U0679611

他来时有星光 终篇

北风未眠 著

天津出版传媒集团
天津人民出版社

图书在版编目（CIP）数据

他来时有星光：终篇 / 北风未眠著. --天津：天津人民出版社，2021.01
ISBN 978-7-201-16829-6

Ⅰ.①他… Ⅱ.①北… Ⅲ.①长篇小说—中国—当代 Ⅳ.①I247.5

中国版本图书馆CIP数据核字(2020)第250529号

他来时有星光·终篇

TA LAI SHI YOU XINGGUANG · ZHONGPIAN

北风未眠 著

出　　版　天津人民出版社
出 版 人　刘　庆
地　　址　天津市和平区西康路 35 号康岳大厦
邮　　编　300051
邮购电话　（022）23332469
电子信箱　reader@tjrmcbs.com

责任编辑　谢仁林
特约编辑　赵芊卉
封面设计　凡人_sandy

制版印刷　河北华商印刷有限公司
经　　销　新华书店
开　　本　880毫米×1230毫米　1/32
印　　张　9.25
字　　数　184千字
版次印次　2021 年 1 月第 1 版　2021 年 1 月第 1 次印刷
定　　价　45.00元

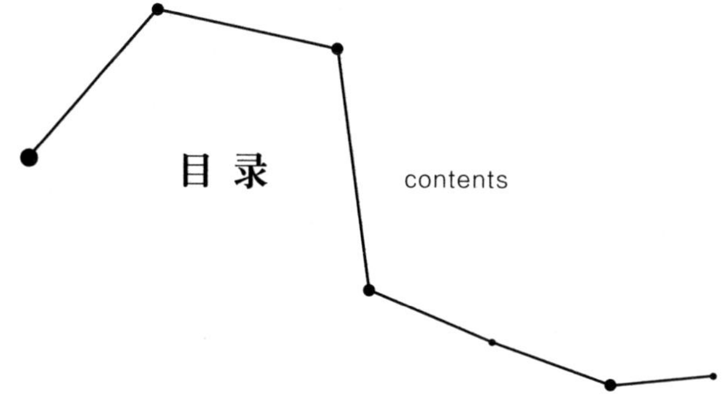

目录

contents

第一章　“她是我的女朋友”

回去的路上，简姝一直把玫瑰花抱在怀里，嘴角扬着笑容。到家后，她腾了一个花瓶出来，又往花瓶里接了水，把花一朵一朵地插了进去。

傅时凛从身后抱住她：“喜欢的话，我下次再送你。”那个小姑娘手里卖的花都是散装的，时间太晚了，附近也没有花店，只能用这个凑合。

简姝转过身面对着他，眼睛里光彩流动：“因为是你送的，所以喜欢。”

傅时凛黑眸里浮现笑意。

简姝趴在他怀里：“傅队长，你的家人知道我们在一起吗？”

从十年前开始，“家人”这两个字，对于简姝来说，就是一个很模糊的概念了。曾经有很长的一段时间，她都认为这个世界上只剩下她自己，直到顾昭回来。虽然傅队长几乎不在她面前提起他的家人，但她很怕，怕他的家人会反对她和傅时凛在一起。

傅时凛知道她在想什么，低声开口：“他们会喜欢你的。”

听到这个答案，简姝悬着的心终于放了下去。

剧组那边快要杀青了，最近行程没有那么紧。相对前一个阶段来说，简姝轻松许多。她今天要拍的是一场夜戏，不用那么早起来。

她醒的时候，窗外阳光正明媚。好久都没有睡到自然醒了。她舒舒服服地伸了一个懒腰，然而刚一动，就感觉有什么硬邦邦的东西正抵着她的后背。她随手拿出来，发现是昨晚还没来得及送出去的礼物。

她揉了揉眼睛坐起来，左右看了看，心想：傅队长不在房间里，是去上班了吗？

简姝掀开被子下床，打着哈欠把窗帘拉开，然后趴在窗户上，仰着小脸，懒懒地晒着太阳。冬天终于过去了。

没过一会儿，她感觉到脚边有个小东西拱来拱去的，于是低下头，见是小家伙跳起来想要她抱，随即一笑，弯腰抱起它："你怎么进来了？"话音刚落，就发现男人单手插着裤兜，倚在门框上看她，笑容深了几分，她走到他面前，问道，"傅队长，你没有去公安局吗？"

"下午去。"傅时凛揉了下她的头发，从她怀里接过小家伙，温和地道："去洗漱，准备吃饭。"

她甜甜地道："好。"

简姝起来得晚，不过刚好赶上中午饭的时间。等她洗漱完，和傅时凛一起吃完饭，也才一点钟。

"傅队长，我今天是夜戏，下午没事，可以和你一起去公安局吗？"

"可以。"下午的事不多，只有一些资料和报告需要处理。

听到他的回答后，简姝"噔噔噔"地跑进房间换衣服，很快便换了一条及膝的裙子出来。简姝在傅时凛面前转了一圈，眨着眼睛问道："傅队长，好看吗？"

"不冷吗？"

简姝指了指窗外高高挂起的太阳："今天天气很好，不冷的。"

傅时凛的目光落在她两条白皙修长的腿上，神情不变："早晚温差大，容易着凉。"

简姝鼓了鼓嘴，还是妥协了。她已经习惯了傅队长的不解风情。

等简姝再次换完衣服出来，傅时凛舔了下薄唇，觉得她身上穿的和刚才比起来，似乎也没有好到哪里去。简姝穿着黑色修身牛仔裤，搭了个同色小外套，穿着马丁靴，看上去洒脱又利落，还带着几分帅气。这一身搭配，将她的身材比例衬托得更好。她被牛仔裤包裹着的长腿笔直，让人浮想联翩。

简姝一抬头，就对上傅队长深邃的眸子。

傅时凛第一次觉得，简姝这双腿好看到了怎么瞧都顺眼的地步。其实，再怎么清冷禁欲的男人在面对自己的女人时，都会变成视觉性的动物，将修养丢在一边，充满占有欲。

想法归想法，但他也不能控制她的喜好。良久，傅时凛才抬手摁了摁眉心。这身就这身吧，至少不会着凉。

偏偏简姝一点儿也没察觉他的想法。快要出门的时候，简姝又突然想起什么，折身往卧室里跑，一眨眼的工夫，又“呼哧呼哧”地跑到他面前，神秘兮兮地开口：“傅队长，手伸出来。”说完，又补了两个字，“左手。”

傅时凛配合地把手抬了起来。简姝去卷他的袖口，把他腕上的表取了下来放在一边，随即把衣服口袋里的东西摸出来给他戴上，是一只黑色皮带的腕表，今年最新款。

见傅时凛垂眸看着自己，简姝把自己的左手举了起来，露出手腕上的腕表，在他面前晃了晃：“情侣款，好看吗？”

傅时凛的目光落在她弯弯的眉眼上：“好看。”

“我选了好久的，送这个礼物最适合了。”送手表的话，傅队长出任务也能戴着，她出席活动也能戴着，没有戒指那么引人关注。

傅时凛知道这款表的价格，她应该把积蓄都花得差不多了。

对于这点简姝倒是没想太多，她只想着和傅队长的第一个情侣用品肯定要买最好的，钱没了还可以再挣。

傅时凛牵了她的手，与她五指相扣：“走吧。”

简姝很喜欢他的手。他的手骨节分明，修长有力，因为常年握枪，长有薄茧，牵着她的时候，温暖干燥，可以给她带来安全感。

到了公安局后，傅时凛说："去办公室等我，无聊的话就玩电脑，密码是你生日。"

简姝歪着头："嗯？"

傅时凛笑，没有解释："去吧。"

这还真是让她猝不及防，这完全不符合傅队长钢铁直男的"人设"。要不是这里人多的话，简姝真想抱着他亲一口。

"可公安局里的电脑不是一般都不让外人用，怕泄露秘密吗？"

"警务系统另设了密码。"

简姝没有了顾虑，开心地朝他挥手："那我去啦，你慢慢忙。"

傅时凛点头："嗯。"

简姝刚走，周进就凑了过来："傅队，你这是光明正大地在局里谈恋爱呢，还把人往办公室领，也不怕叶局看见了削你。"

傅时凛淡笑："他不是没看见嘛。"

周进觉得，傅队自从谈了恋爱后，整个人变了好多，不再那么冰冷严肃、死板无趣。以前八辈子都见不到他笑一次，现在只要有嫂子在，他的笑容就多了起来。爱情的力量真伟大啊。

傅时凛一边走一边问他："报告写得怎么样了？"

"差不多了，你签字以后，就可以交给叶局。"

"张队呢？"

"已经醒了，但是可能归不了队了。上头也打算让他趁着这个机会退下去，等他伤好之后，就给他转文职。"

傅时凛皱了下眉，没再开口。因为受伤不得不转文职，这对刑警来说无疑是很难接受的。

周进又道："上面从其他地方调了一个人来接手三队，应该是在今天入职。”

傅时凛把字签好：“要是有什么问题，你去协助。”三队这次损伤很大，需要一段时间才能恢复。

“是。”

“孟远回来了吗？”

周进答道：“回来了。王建军治疗有一段时间了，情况基本稳定。之前孟远又审问过一次，还是一样的答案。”

傅时凛黑眸半眯，语气偏冷：“他的人际关系情况呢？”

“他早就和家里断绝了关系，跟一群瘾君子混在一起。那一圈人都查了，没有什么异常的地方。不过他们说在此之前，王建军当着他们的面，言语、行动上从来没有表示过对警察的恨意，这次的举动确实有些奇怪。”

“不奇怪。”傅时凛抿起嘴角，“从今天开始，派人保护简姝。”

从B市的模仿杀人案中，简姝站出来配合调查起，再到简姝上了一次热搜，虽然当时话题被及时撤了下来，但并不排除凶手已经看到的可能。凶手现在可能已经基本掌握了简姝的身份信息，所以，简姝这次拍戏时遭受的“意外”，很可能是凶手为了逃避公众视线，不能亲自动手，从而雇凶杀人。若真是这样，那么一次不成功，就势必会有第二次。

交代完之后，傅时凛拿着报告正要去局长办公室，周进小声问了句：“嫂子还好吗？我看网上那些言论挺难听的。”

傅时凛脚步微顿：“怎么回事？”

周进闻言，就知道他可能还不清楚这件事，简单地把网上的情况说了一下：“我听说嫂子本来都已经谈好了几个影视剧和代言，但都因为热搜这件事丢掉了。”说完后，他就去忙自己的事儿了。

傅时凛神色冷了几分，目光带着寒意，他顿住脚步，拿出手机看了眼微博，周身的气息越发沉冷。关于这些，简姝一个字都没提，来的时候还开心地跟他分享这段时间的趣事。

这时候，有警察走过来道："傅队，叶局叫你去一趟。"

傅时凛收起手机，嗓音冷冽如冰："知道了。"

简姝在他办公室转了一圈，看着那些奖杯和奖状，笑容满满。傅时凛向来不喜欢摆这些东西，但凡领了就放进箱子里。摆在他办公室里的这些还是叶常林扣下来，特意命人摆在这里的。傅时凛一个刑警队长，还是公安局的门面担当，办公室里没点这些东西怎么能行。每次上面有领导来局里视察，叶常林都会带他们先逛一圈傅时凛的办公室，然后才去自己那儿。

简姝坐在他的办公椅上，看着面前的电脑。其实她不觉得无聊，就是想感受一下，毕竟他的电脑是以她的生日作为密码的。简姝摁下电源键，静静等着屏幕亮起。到了输入密码的界面，她一个数字一个数字地摁着，嘴角翘起。电脑打开，背景是一个大大的警徽。简姝点开搜索页面，想了想，输入了傅队长的名字。他的名字，代表着整个公安局的荣誉与门面。

简姝单手托腮，浏览着网页。关于傅队长的照片很少，只有几张背面和侧面照，如果是不认识他的人，几乎辨别不出来。往下翻，还有一张他穿着警服训练时的照片，眼神肃冷锐利，有汗水流至下颌，看起来荷尔蒙爆棚，男人味十足。

简姝看得正出神的时候，办公室的门被推开，随即一道冷锐的女声传来："你是谁？"

她转过头，看见一个短头发的女人站在门口，一脸审视地看着她。没等简姝回答，女人又冷冷地说："这是刑警队长办公室，不能随便进来，东西也不能乱动。你是什么案子进来的？负责你的是哪个警察？"

"我不是……"简姝心想，自己应该是被她当成犯人了。

"丁队丁队。"周进赶了过来，刚才丁瑜的话他都听见了，知道她误会了，解释道，“嫂……她不是来接受审讯的，她……是傅队的朋友。”

简姝是艺人，工作的特殊性他知道，傅队也交代过，现在除了他们队里，没人知道两人的具体关系。

丁瑜皱了皱眉，神色缓和了几分，可依然没有退让：“朋友也不能随便用电脑，要是资料泄露了怎么办？”

周进抓着脑袋。他一直听说丁瑜性格直，向来有什么说什么，墨守成规得厉害，不知道变通。可他没想到，她一来就和嫂子杠上了，一时还真不知道应该怎么打圆场。

好在简姝立即关了电脑，没有争辩，也是怕给傅时凛惹麻烦：“抱歉，不过我保证，什么都没有看到。”

周进笑着打哈哈：“没事没事，傅队一般也不会在电脑里放重要资料。”话毕，又看向丁瑜，“丁队，你快去办入职手续吧，叶局还等着你呢。”

丁瑜这才点头，看了简姝一眼后，转身离开。

经过刚才那么一闹，简姝也不好再在傅时凛的办公室待下去了，跟着周进一起往大厅走，问道：“她也是刑警队的队长吗？”

“对，张队不是受伤了吗，上头就派她过来接替张队。”周进道，“我突然想起来，她和傅队好像是一个警校毕业的，可能也就相差了两届吧。她训练挺拼的，成绩等各方面都很优秀。对了，丁队在局里还有‘女版傅队’的称号，厉害吧？”

简姝闻言，扯了下嘴角，心里说不出是什么滋味：“是挺厉害的。”

女生能进刑警队本身就是一件不容易的事，更何况她这么年轻就成了队长，真的很厉害。

周进看着她垂下眼睑，不自在地挠头，他是不是又说错什么了？

傅时凛汇报完工作，正要离开，局长办公室的门被敲响。叶常林道：

“进来。”

丁瑜推开门，几步走到叶常林面前，敬了一个标准的礼，掷地有声地开口：“原长庆分局丁瑜，前来报到！”

“好好好，终于把你给等来了。”叶常林笑眯眯地开口，“小丁是个人才，来我们局里不会亏待你的。”

丁瑜道：“叶局过奖了，我一定会好好努力，为局里争光。”

“不着急，这两天你先熟悉一下三队手里的案子，挑轻松的上手。”叶常林说着，敲了敲烟盒，取出一支烟，“我记得你和小傅是一个警校毕业的吧，两人之前应该认识？”

“是。”丁瑜答了一声后，转头看着傅时凛，笑着叫了声，“师兄。”

傅时凛点了下头，表示回应。

“既然这样，那小傅你也多帮衬着点小丁，你手上没什么事的话，就把三队的案子接些过来，他们现在的情况你也清楚。”

“是。”

叶常林挥了挥手：“行了，也没什么事了，都出去吧。”

出了局长办公室后，丁瑜率先开口：“师兄，你从警校毕业后，我们都好些年没见了。”

傅时凛淡淡地“嗯”了声，便没了多余的话。

丁瑜也了解他，从她在警校认识他，他就是这样的性格，闷闷的，话少得可怜。她笑了笑，又开口：“这些年我听到师兄不少的传闻，我们局长也经常夸你，还想着有机会找你讨教一下经验呢，没想到这次竟然分到一起了，以后还真得麻烦师兄多指导。”

“指导谈不上，有解决不了的事来找我就可以。”

“那我就提前谢谢师兄了。”

说话间，两人已经走到了大厅。见简姝正坐在周进的位置上，手指戳着桌面上的盆栽发着呆，傅时凛加大步伐，走了过去，低声问道：“怎么出来了？”

听见他的声音，简姝蓦地抬起头，扬起一个大大的笑容：“里面有些闷，我出来透透气。你结束了吗？”

“嗯。”傅时凛看了看四周，人很多，好在周进桌上资料一大堆，没什么人注意到她，“我要去一趟医院，你几点到剧组？”

简姝低头看了下时间，现在是三点半，回道：“现在还早，七点到就可以了。”

“那就先去医院，吃完饭我送你。”

“好的哦。”简姝拿起包包，跟他一起离开。

丁瑜站在原地，看着他们的背影，眉头皱了皱。看上去，他们俩不只是朋友这么简单吧？但她印象中，师兄也不像是会谈恋爱的人。

周进这时候出现在她面前：“丁队？”

丁瑜收回视线，平静地问道：“怎么了？”

“傅队让我协助你，我先带你去三队和他们认识一下。”

“好。”

傅时凛进了病房后，简姝就在医院走廊里等他。不一会儿，她之前在公安局那次颁奖活动里看到的女人垂着头走了出来，脸色惨淡，思思跟在她身后。

关上门后，女人坐在旁边的椅子上，捂着脸小声地啜泣，似乎在病房里表现出来的所有坚强都在这一刻被击破，只剩下脆弱。

思思眼眶泛红，坐在她旁边安慰她：“姐，医生不是说了吗，姐夫已经度过危险期，没事的，一切都会好起来。”

女人抱住思思，声音哽咽不止：“你姐夫这样子我看了心疼啊，他每次出任务都是这样，把自己弄得浑身是伤，这次比任何一次都要严重。医生刚才跟我说，他这次伤到了脊椎神经，有可能这辈子都站不起来了。"

"姐……"思思不知道该怎么劝她，两姐妹抱头痛哭。

简姝靠在墙上看着，鼻子有些发酸。她不敢想象，如果今天躺在里面的是傅队长，她会怎么样。刑警是高危职业，说不定哪次去执行任务就回不来了。

那边的哭声还在继续，简姝收回视线，抬眼望着头顶的白炽灯，目光有些失焦。不知道过了多久，男人高大挺拔的身影出现在面前，笼罩着她。

简姝冲他笑了笑："好了吗？"

"嗯。"傅时凛的黑眸比平时沉了几分，透着一股浓浓的阴郁。

简姝牵起他的手："那走吧，我刚才已经预约好餐厅了。"

"傅队长。"只听有怯生生的女声从身后传来。

傅时凛转过头看向思思，嗓音低沉冷淡："什么事？"

思思红着眼睛说："姐夫把警枪和手铐给你了，他说他以后都用不到这些东西了。"

闻言，傅时凛抿着嘴，沉默不语。

他离开前，张队最后说了句："这样也好，我就有更多时间来陪她们母女俩了。"说话时，张队眼里有千般无奈——没有一个刑警愿意以这样的方式退下来。

思思朝他点头致意后，转过身跑着离开了。

简姝站在他身侧，没有说话。并肩作战的战友，如今却变成了这样，他心里怎么会好受。

吃完饭，傅时凛把她送到片场，距离她开工还剩十来分钟。两人亲昵了一会儿后，傅时凛轻轻咬着她的耳朵，嗓音富有磁性地道："几点收工？"

“应该是明天早上，你回去好好休息。记得伤口不要沾水，按时换药，我回去要检查的。”

傅时凛道：“好。”

看着简姝走进片场后，傅时凛才收回视线，拿出手机拨出一个电话：“刘队你好，我是傅时凛。”

关于网络安全负责这一块，刘正从接手以来，大大小小的案子接触得也不少。可不论怎么说，这些案子跟刑侦队接到的那些案子比起来，根本不值一提。所以在接到傅时凛的电话时，他是有些纳闷的。一个刑警队长，怎么会来管网上的事？

挂了电话后，他站起来，问道：“谁在负责跟进女明星勒索霸凌的案子？”

一个二十多岁的男警察回答：“刘队，是我在负责。”

刘正走了过去：“具体情况是什么？”

“这个女明星是前段时间刚火起来的，爆料人说她在出道之前，经常出入酒吧，打架闹事，还数次勒索霸凌同学。我查了一下，她确实是有打架的记录在案，不过关于勒索、霸凌同学这一点，却一直没有证据，我还在观察。”

“网友是什么看法？”

男警察道：“言论挺难听的，你要看看吗？”

“翻出来看看。”

男警察点开了网页，底下的评论一条条映入眼帘——

“现在当明星的要求还真是低，这种垃圾败类随便包装一下，就能出道。漂亮又怎么了，内心不知道多么肮脏恶臭。”

“这整个就是小太妹，认识一两个社会人就觉得自己牛掰，不知道私生活多乱呢。”

“真是恶心透了，她怎么不去死啊，像这样的人根本不配活在这个世界上好吗！”

刘正看得皱紧了眉头，网络暴力太可怕了。

男警察看了眼电脑弹出的消息，浏览了一眼：“刘队，这件事有新进展。”

一个博主发了一篇长文，说自己曾经在念高中的时候，长期被简姝霸凌，导致她身心都受到了很大的伤害。事情都已经过去了这么多年，她本来都打算忘了的，可是没想到简姝竟然成了明星，她实在无法忍下去，才选择出来爆料。她这篇长文出来之后，立即被送上了热搜。

刘正拍了拍男警察的肩膀：“打个电话给运营商那边，问这条热搜是不是买的。”

男警察打了一个电话后，对着他点头。

“你先查一下发博这个人的IP地址，然后继续关注这件事的进展，尽量把伤害降到最小。”刘正边拿起外套往外走，边道，“来两个人跟我出警。”

上车前，刘正给傅时凛打了个电话说明情况，并告诉他查到博主的IP地址是在一个黑网吧。

傅时凛找到这个人的时候，他正叼着烟敲击着键盘，用其他账号刷新着恶评。刘正也是差不多时间赶到。男人看到警察，连忙关了页面就准备跳窗逃跑，傅时凛冷着脸上前，直接把他撂倒在地上，给他铐上了手铐。

“你们做什么？我又没做违法的勾当，凭什么抓我？”

刘正以前只在演习中看到傅时凛的身手，这还是第一次看到他现场缉拿，身手是真的利落。

他走过去踢了踢挣扎中的男人的腿：“到公安局有你说的。”

网吧里的人都聚集了过来，围观着。很快，男人就被刘正带来的两个警察带上了警车。

刘正拍了拍傅时凛的肩：“这次多亏了你，不然我们可能还真让他逃脱了。”

“是我该谢刘队。”

“谢就别说了。不过，那姑娘你认识？”

傅时凛抿着唇点头，没有做过多的解释，从车里拿出卷宗给他：“这是她之前打架的记录，霸凌和勒索都不属实。”

刘正接过：“明白，今晚的事我都看到了。放心，我会给这姑娘一个交代的。”

简姝刚拍完一场戏，正在喝水，方方就苦着脸，拿了手机过来：“简姝姐，你看。”

“怎么了？”简姝把水杯放下，接过手机，看着上面言之凿凿的控诉，脸色沉了几分。

方方犹豫着开口：“简姝姐，这件事愈演愈烈了，我们现在应该怎么办啊？”

“阮兰姐怎么说？”

“我还没联系上她，估计被老板叫去问话了，这件事影响很大的。”

简姝放下手机，正要起身时，身后传来调侃的一声：“小太妹。”沈行吊儿郎当地走了过来，站在她面前戏谑地道，“看不出来你还挺彪悍的啊，还真是让我刮目相看。”

简姝冷着脸：“滚。”

沈行非但没有滚，还逼近了一分，挑眉道：“你这个样子，让人拍到了，还以为你要打我呢，你现在处在风口浪尖上，最好还是不要让自己有这样的传闻比较好。叫两声好听的，我帮你解决这件事，怎么样？”

简姝没有理他，转身要往旁边走，沈行长腿迈过去，继续拦着，死活就是不肯让开。

简姝抬脚，狠狠地踹在他的腿上：“一边儿玩去。”趁他吃痛之际，大步离开。

沈行疼得脸都变色了，却愣是没让自己叫出声来，这死女人下手够狠啊。

方方见状，慌忙朝沈行点了一下头，拿着简姝的东西跟了上去：“简姝姐……”

不远处，秦可可坐在位子上看着这一幕，缓缓露出了笑意。

简姝刚准备去找导演请假，回公司一趟，方方就追了上来，气喘吁吁地开口：“简姝姐，你电话。”

简姝看了一眼，见是一个陌生的座机号。她停下脚步，接通后，那边问道：“请问是简姝吗？”

“我是，请问你是哪位？”

“我们这边是公共信息网络安全监察科，也称为网络警察。有关网络上最近关于你的不实报道，我们已经掌握了证据，等下会发一条针对本次事件的公开处理结果，麻烦你稍后关注一下，必要时，也可以转载辟谣。”

简姝停顿了两秒：“知道了，谢谢。”

见她神色有所缓和，方方问道：“简姝姐，是谁啊？”

“网络警察。”

方方愣了愣，这件事都惊动网警了吗？

沈行跟了上来，倒也没因为她刚才那脚生气，见她站在那里不动了，语气颇有几分得意：“怎么样，是不是很感谢我及时给你撤下了热搜？”

简姝没理他，点开了手机微博。虽然热搜撤下来了，却引起了网友更多的激愤言论。

“霸凌本来就是现在学生中最严重的问题，难道有关部门不该好好整治一下，以儆效尤吗？”

“这个博主真的惨哦，好不容易鼓起勇气站出来，就只是想要得到一个道歉而已，还是斗不过这些人啊。”

就在评论越骂越难听的时候，“云城网警”官微发了一条微博。

“经不少网友举报，日前，我们已经针对#简姝打架##简姝霸凌勒索#等话题映射的事件做出了调查，结果如下：

今日，××账号于19时13分发布的长文，控诉艺人简姝在校期间对其进行数次霸凌勒索，经我警查证，内容均不属实。并且，我警于今日19时50分抓获此次谣言的散布者——罗某，目前正在审讯中。在此，我警呼吁网友理性对待本次事件，切勿使用网络暴力伤人。”

底下有一条评论说：既然今天那个账号发的内容都是假的，也就是说，简姝勒索霸凌这件事根本不存在，从一开始就是被捏造的？

云城网警回复：“是的。”

又有人说：“就算没有霸凌勒索，打架也是改变不了的事实啊，视频拍得那么清楚，这点总不可能抵赖吧。”

楼下有人回复层主：“官微都说了要理性吃瓜了。其实我觉得打架很正常吧，别人打了你，你难道要站在那里让他打吗？”

还有人回复层主：“对啊，不要这么性别歧视好不好？男生打架就觉得帅，女生打架就觉得是小太妹？只要没有霸凌勒索，这就是别人的私生活，我们管不着。”

又有人回复层主：“我看过简姝打架那个视频，那个男生也在打她啊，她肯定是出于自卫吧。”

层主回复："呵呵，正常女生谁会出入那种地方？"

结果层主的这条回复引起了更多人的反感，大家纷纷回复："女生为什么就不能去酒吧了？"

"这都21世纪了，为什么还有这种智障言论存在？"

"层主脑子有坑，鉴定完毕。"

简姝没有再看下去，只是随手转载了"云城网警"的那条微博，什么都没说，直接关了手机。

沈行出声："喂，你都不表示一下感谢的吗？"

简姝这才看向他："有什么好感谢的，你没发现你撤了热搜后，骂我的人更多了吗？"

"怎么可能！"沈行摸出手机，看了一眼，骂了一声，"这网警出来抢风头的吗？明明老子都快把这件事解决了，这是不是就是传说中的捡现成？"

既然事情已经解决了，简姝也不用再回公司，更不想理沈行，准备了一下，继续拍戏去了。方方想要跟着离开，却被沈行粗暴地叫住："你回来。"

"沈……沈二少，有事吗？"

"你见过她男朋友吗？"

方方满脸疑惑："啊？"

见她这样，沈行就知道简姝有男朋友的事，连身边的工作人员都不知道。他勾了勾手指："过来，我问你个事。"

方方一脸不情愿地凑近："沈二少您说。"

"你有没有看到她身边出现过警察？"

"这我哪能看到过啊，不过……"

沈行问："不过什么？"

方方解释道："之前简姝在片场的时候，差点被人用刀捅伤，是傅队长救了她。”

“傅队长又是谁？”

“傅队长是剧组请来做指导的，那天幸好有他在，不然简姝姐就要受伤了。”

沈行挑了一下眉，确定自己那天看到的肯定就是这个人，于是问道：“全名？”看来这两人是暗度陈仓啊。

“傅时凛。”

在云城素来有花花公子之称的季承北正百无聊赖地跟着手下的一群高管在商场巡店时，突然看到一道熟悉的身影，他下意识就想过去打招呼，却见对方进的是一家戒指店。他差点没被呛到，连忙拿出手机在群里发了一条消息：“兄弟们，惊天大消息，傅老大要结婚了！”

沈止：“结婚？我看你是喝多了酒，脑壳昏吧。”

周豫南：“北北，今晚又在哪儿浪？乖，喝多了就早点回家啊。”

陈斯：“你怕是太久没有被傅老大揍了，这种话都敢乱传。”

季承北：“我说的是真的！我亲眼看见他进了一家戒指店，就是那个‘DR’牌子，号称一生只爱一人的戒指店，你们知道吧？他要是不结婚，我脑袋拿下来给你们当球踢！”

群里沉静了一会儿后，傅时凛回复：“滚过来。”

我的天，诈尸了！季承北扔下一众高管，屁颠屁颠地进了“DR”。

这几人和傅时凛是发小。小时候，他们觉得傅时凛有个当警察的爸爸很威风，而且傅时凛打架又厉害，就一直喜欢跟着傅时凛“混”。但自从傅时凛考上警校后，和他们联系就少了，毕业后，就更不带他们玩儿了。

这个微信群还是几年前季承北有一次碰见他，死活要了他的号码，把他拉进来的。从进群到现在，傅时凛总共就没说过几句话。

季承北过去的时候，傅时凛正站在柜台前，看着一排戒指皱眉，不知道应该选哪个。

售货员向他介绍道："先生，这些都是我们今年出的最新款。像这款，在边角镶了粉钻，很受女性喜欢的。"

傅时凛看了眼，嘴角微抿："就这个。"

"好的，请问先生要多大的型号呢？"

傅时凛扫向旁边摆放的尺寸表："七号。"应该差不多，他这两天已经量过很多次。

售货员道："先生，我们这边所有的戒指都是需要拿身份证定制的，一般来说十五天能拿到，这款镶嵌有粉钻，时间会长一些，差不多二十天，到时候我们会联系您来取戒指的。"

"好。"

"那麻烦先生拿着身份证，在这边填一下资料。"

季承北凑了过来："哇哦，一克拉！傅老大，你一个连女朋友都没有的人，买回去当弹珠玩儿？"

傅时凛淡淡地道："买回去给你的脑子开洞。"

沈行跷着腿坐在椅子上，晃晃悠悠的，一边看简姝拍戏，一边无聊地玩儿着手机游戏，整个一退休老大爷的闲适模样。他毕竟是一个富家公子哥，见过的名媛、淑女、明星、嫩模不少，鲜有动心的。他第一次见到简姝的时候，只是觉得她漂亮，还带刺。可能是出于男人本质上的劣根性和征服欲，再加上能从中获得利益，就缠着简姝不放了。而现在时间长了，他已经分不清自己到底抱有什么目的，可想要得到她是真的。

屏幕亮起，有电话打了过来，他不紧不慢地接通。

"沈二少，警察的个人资料都是不对外传的，尤其是刑警，身份信息都必须保密。你让我查的那个人，我什么都没有查到。"

沈行皱着眉头："行了，我知道了。"挂了电话，沈行重新看向简姝，实在不明白她为什么会喜欢一个又穷又没前途的警察。

拍完这个镜头后，导演说休息十分钟。

简姝在喝水的时候，方方给她拿了外套过来，小声道：“简姝姐，沈二少在那儿坐了一个晚上了，你说他到底想做什么啊？”

“别管他。”沈行这人脸皮特厚，她嘴皮都要磨破了，也起不了什么作用。

简姝拿起手机看了眼时间，快要十二点了，也不知道傅队长睡了没有。她从方方手里接过外套，走到旁边发短信。她发完后，又点开微博，看“云城网警”那条调查公告。

诬陷她的那个账号是19时13分发的微博，而涉案人员在19时50分就被抓了，中间就隔了不到四十分钟。且在抓到人之后，还在审讯就帮她发文澄清。这件事解决得这么快，又是官微帮她辟谣，除了是傅队长出面，她想不出还有什么其他理由。

她本来不想让他瞧见网上那些恶评的，现在看来他已经知道了。简姝发出短信后，一直没有得到回复，想来已经这么晚了，傅队长可能已经睡了，也就没有再等。休息时间很快结束了，她放下手机，继续拍摄。

身后，有一道影子快速没入了人群中。

傅时凛和季承北从戒指店出来后，季承北就以好几年都没有聚过的理由，组了个饭局。他本来还怕傅老大公务繁忙不会答应，没想到竟然成功把人喊来了。不过，也就周豫南来得最快，陈斯在维和部队执行任务，来不了，沈止有应酬，晚点才能到。

傅时凛从卫生间回到包间，季承北扯着嗓子喊了声：“傅老大，你手机刚才响了一下，你赶紧看看是不是又有什么重要案子了。”

周豫南踹了他一脚：“乌鸦嘴吗你，哪儿有那么多案子。”

傅时凛坐下，拿出手机看了眼，淡淡地问道：“沈止到哪里了？”

季承北说："我打个电话问问，你找沈止有事？"

"嗯。"

季承北出去打电话，周豫南调整了一下坐姿，问道："季承北说你要结婚的事是真的？"

傅时凛点了一支烟抽了一口，黑眸半眯着，嗓音有些低哑："婚还没求。"

"哟，那就是说真有这回事了？"

关于求婚，傅时凛其实想了很久，从到西南边境那天就一直在想，中途也有几次想过放弃，尤其是在看到张队受伤的时候，怕有一天会无法回到她身边。但当他昨晚听到简姝提及他家人时的紧张与担心，又觉得自己有些浑蛋，已经选择和她在一起，却连最基本的安全感都给不了她。

不一会儿，季承北回来了，"啧"了一声："沈止说他不来了。"

周豫南问道："什么情况？"

"他那个弟弟最近不是在追一个女明星吗，好像是剧组发生了安全事故，沈行被送医院去……"季承北话还没说完，只感觉眼前一道身影快速闪过，坐在那儿的男人已经消失了。

他愣了愣，道："什么情况？"

周豫南起身："跟上去看看。"

医院里，只穿了单薄戏服的简姝蹲在地上，头发被汗水打湿，看着急救室，胸膛剧烈起伏着。刚才摇臂砸下来的时候，如果不是沈行把她推开，那现在躺在急救室里的就是她。旁边，警察已经来了，负责管理摇臂的工作人员正在做笔录。

沈止刚结束应酬，就接到沈行出事的消息，匆匆赶了过来。见状，他大步上前，冷声问道："怎么回事？"

制片人连忙解释道："沈总，现场的器械出了一点问题，沈二少及时发现，为了救简姝被砸伤了。”

沈止闻言，眉头皱得更深。沈行最近在做什么，他不是不知道，只是没有想到，沈行竟然能做出舍己为人这种事。他之前就再三提醒过，让沈行离顾昭远一点。

简姝听到了动静，站起身走到沈止面前，极力克制着声音中的颤抖与恐惧：“你好，你是沈行的哥哥吗？我……”

沈止看着她，眼里都是冷漠与敌意。在他看来，顾昭兄妹都不是什么好人。沈止出声打断她：“不管他醒来恢复如何，我希望你以后离他远一点。”

简姝动了动唇，却不知道该说什么。冷风从窗外灌进来，她被汗水打湿的后背一片冰冷。她只觉喉间有些疼，艰难地开口：“对不起……”如果沈行不是为了救她，也不会受伤。

沈止还想要说什么，一道高大冷峻的身形出现在他面前，以保护的姿态将他们隔开，把简姝挡在身后。

沈止微怔，很快反应过来：“傅老大？”

傅时凛语气偏寒：“出去说。”然后他回过头，低声地对简姝道，“等我一下。”

简姝轻轻点头。

他们出去后，制片人过来对简姝道：“剧组还有很多事要处理，我们就先回去了，你在这里守着，沈二少一旦醒来的话，立即打电话告诉我们一声。”

“好。”

走廊恢复了安静，简姝一个人站在那里，手指紧紧绞着。

医院外，沈止满脑子疑惑，还没来得及开口询问，傅时凛就道：“把你的衣服拿给我一件。”

沈止从后备厢里拿出一个袋子，递给傅时凛："到底怎么回事？你不是和季承北他们在一块儿吗，怎么突然来了？"

傅时凛接过袋子，坐进车里，连车门都没有关，双手抄着短袖的下摆往上提，脱了放在一边，眨眼的工夫就换上了沈止的衣服。

沈止一时无言。为什么这么多年不见，这才见面，傅老大一言不合就在他面前表演脱衣秀？

傅时凛把换下来的衣服装进了袋子里，把车门关上，停顿了一秒，言简意赅地回答道："她是我的女朋友。"

沈止直接呆住了，这是见鬼了啊？

不给他反应的时间，傅时凛已经转身往医院里走去。

沈止拿出手机，发了一条求救短信："我刚才凶了傅老大的女朋友，存活的几（概）率还有多大？"

周豫南和季承北都迅速回复了一个问号。

陈斯："等死吧你。"

简姝没等多久，傅时凛就回来了，他把手上的袋子递给她："我的衣服，去换上。"

"傅队长，我真的不知道会变成这……"简姝的眼睛很红，极力克制着才没有让眼泪流出来，说话的时候都在抽噎，颤抖明显。

傅时凛把她抱在怀里，低声安慰着："没事了。你身上很凉，去把衣服换了，嗯？"

走廊拐角处，季承北看了一眼就收回视线："完了完了，我还没见傅老大对谁这么温柔过，这肯定是他要结婚的对象，阿止这次死定了。"他转过头，看见周豫南在摆弄手机，问道，"你干吗呢？"

"订骨灰盒。"

刚走到他们身边的沈止闻言，一时无言。

等简姝去换衣服的时候，几个人才走过去。这时候，刚好急救室的门打开。医生取下口罩问道：“病人的家属在吗？”

沈止上前一步：“我是。”

“手术已经完成了。病人是右腿胫骨骨折，也就是小腿的地方。”

“那他怎么当场就晕过去了？”

医生道：“应该是倒在地上的时候，不小心摔到后脑，导致轻微脑震荡，不过问题不大。”

沈止不由得腹诽：真有能耐！

“大概再有半个小时麻药就过了。”医生说完后，朝他们点了一下头，离开了。

很快，护士把沈行推了出来，沈止跟着去办住院手续了。

季承北憋了半天，终于忍不住开口：“傅老大，这什么情况啊？我不太明白。”

傅时凛单手插在裤兜里，轻轻靠在墙上，淡淡地道：“哪里不明白？”

“你们……这是三角恋吗？”

“他单恋。”

季承北恍然大悟：“你今天要找阿止，为的就是这事儿？”

“嗯。”

周豫南突然出声：“等等……不对啊，沈行最近不是一直在追顾昭的妹妹吗？刚才那个……”

季承北瞬间感觉头皮发麻：“傅老大，你该不会还不知道顾昭就是你……”

傅时凛声音没什么起伏：“知道。”不过也才知道不久。之前在公安局发生那件事后，孟远在他面前提过一次顾昭是私生子的事。

病房里，沈行醒的时候，看着自己被包成粽子的腿，四下瞧了瞧，一个人影都没看见。那女人这么狠心吗，竟然都不来看他的？沈行刚撑着身子坐起来，准备拿手机找人，门就被推开。他看到来人，嘴角抽了抽："哥。"

沈止冷冷地扫了他一眼："你想做什么？"

"渴了，喝点水。"

"你少跟我来这套。"沈止坐在沙发上，再次开口，"你是不是有病？明知道别人有男朋友，你上赶着闹腾什么呢？"

既然他都这么说了，沈行也不打算再瞒着，懒懒地靠在床头："他们不适合。"

"适不适合你说了算？"

"我说了不算，但你也知道顾昭有多宝贝这个妹妹，之前为了给她找个好人家嫁了，把云城几乎翻了一个遍，他不会同意她嫁给一个警察的。就算不是我，还有其他人。"

沈止敲击着沙发的扶手，不紧不慢地说："其他人我管不着，你以后离她远一点，也离顾昭远一点。"

沈行皱了皱眉，也没再和他争辩。他们兄弟关系也就那样，说好也好不到哪里去，说不好也还行。不过沈行不解的是，沈止向来很少管他的事，都是各做各的，井水不犯河水，这次怎么这么婆婆妈妈？

沈止起身道："行了，我还有事先走了，记住我说的话，别再乱来。"

傅队长的衣服太大了，简姝穿着他的短袖跟穿裙子似的，她把衣摆扎进裤子里，穿上外套后，把身上的湿衣服装进了口袋里。她出去的时候，傅时凛正站在走廊处的阳台等她，烟头忽明忽暗的火光，将寂冷的夜色衬得多了几分温度。

听到脚步声传来，他踩灭烟头，转过身。简姝看了一眼急救室已经熄灭的灯，小声问道：“傅队长，他……出来了吗？怎么样了？”

“胫骨骨折，问题不大。”

简姝终于松了一口气，只要他人没事就好。她有些踌躇，想要说什么，几次话到嘴边，都咽了下去。

傅时凛问：“想去看他？”

简姝的眼睛亮了亮，试探性地开口：“可以吗？”

“不可以。”傅时凛上前，牵住她的手，说道，“我先送你回家。”

简姝抱住他的胳膊，鼓了鼓嘴，小脸仰起：“沈行是为了救我才受伤的，我不去看他的话，会不会不太好？”

“不会，他居心不良。他救了你这个人情，我来还。”

简姝的笑意怎么都止不住，声音甜甜的：“好。”然后，乖乖地跟着他走了。

她坐上副驾驶座后，给剧组打了一个电话，把沈行的情况说了。制片人知道沈行没事后，跟从鬼门关里捡回一条命似的，心里的大石头终于落了下来，道：“那行，沈二少没事就好，今天你先回去休息，这场戏调整到了明天晚上拍摄。”

挂了电话后，简姝系着安全带，突然想起了什么，转过头问道：“傅队长，你怎么知道剧组出事了？你没回家吗？”

傅时凛移开视线，咳了一声：“嗯，有点事。”

“是又有什么案子吗？”

“算是。”

简姝也没想太多，毕竟傅队长平时工作很忙，经常有大大小小的案子。她皱着眉问道：“那你就这样跑过来，你那边的事解决了吗？”

简姝说着话，安全带半天没有扣进去。傅时凛从她手上接过，“啪嗒”一声，替她轻松插上：“解决了，回家吧。”

车开了一会儿后，简姝从旁边的盒子里拿出一袋饼干，撕开后，拿了一块喂给他："啊——张嘴。"

傅时凛看着她，轻笑了声："我不饿。"

"你吃一点嘛，在外面跑了大半夜，怎么可能不饿。"简姝把饼干喂到他嘴里以后，自己也吃了一块，眼睛弯弯的，"好吃吧，我最喜欢吃这个味道的饼干了。"

"嗯，好吃。"这些还是她之前买的。

到楼门口后，傅时凛揉了揉她的头发："你先睡，我出去一趟。"

简姝转过头，有些诧异："你还有事？"

"去片场一趟。"

简姝嘟起嘴，环住他的腰，仰起小脸望着他："都这么晚了，明天再去吧，而且你身上还有伤。"

傅时凛吻在她的眉心："天亮后人多，会破坏现场。乖，我很快回来。"

"那你小心点。"

"好，早点睡。"

傅时凛走后，简姝回到家，抱起在腿边跳的小家伙，摸了摸它的小脑袋，陪它玩儿了一会儿后，才去洗澡。

她的脑海里，全是今天摇臂砸下来的情景。头发吹到一半，她突然停下来，看着被雾气笼罩的镜子，想了一会儿后，还是给沈行发了一条消息。

沈行等了好半天，手机终于响起，他连忙抓起来一看，"谢谢"两个字，静静地躺在和简姝的对话框里，他勾了勾嘴角，打下一行字：我不需要这种口头上的感谢，来点实质的，明天一起吃饭？

消息发出去后，显示的是红色感叹号。系统提示："你还不是他

（她）朋友。请先发送朋友验证请求，对方验证通过后，才能聊天。”

沈行一脸懵。这女人把他删了？！

沈行又找出她的电话号码拨了过去，电话里传来冰冷机械的女声：“对方暂时无法接听您的电话，请稍后再拨。”

自己被她拉黑了！沈行差点没气得从床上跳起来，这个女人实在是太可恶了，他都豁出一条命去救她了，就这么铁石心肠的吗？

简姝把沈行拉黑后，就倒在床上睡了。她是很感谢他这次救了她，但同时也知道他是什么想法，不想和他纠缠不清，等以后有机会再还这个人情。

简姝缩进被子里，闭上眼睛睡觉。不知道过了多久，她仿佛陷入一片迷雾之中，什么都看不真切，耳边只有铁链拖曳在地上发出的碰撞声，刺耳又骇然。

她浑身颤抖，不住地后退，一转眼，看到的是在广场上拿刀朝她刺过来的男人。男人嘴角淬着阴毒的笑意，匕首深深捅进了她的心脏。她大口地喘息着，想要呼救却发不出声音。

身后，摇臂直直朝她砸了下来，她仿佛听见了全身骨头碎裂的声音。黑暗中，有一双眼冷漠地看着这一切，随即从摇臂边转身离开。

整个世界都是无边的黑暗，如同有只手扼上她的脖子，她开始大口喘气，拼命想要摆脱这一切。可是不论她怎么逃，那只手都如影随形，耳边铁链声更加清晰。

“简姝，简姝！”有谁在叫她……头顶的天空一点点裂开，出现淡薄微弱的光芒。她像是看到了希望，不顾一切地跑去。

终于，简姝猛地睁开眼，头顶的灯光眩晕，让她一时分不清这是在梦里还是梦外。过了几秒，面前男人的脸逐渐清晰起来。她不顾一切地扑到他怀里，浑身颤抖得厉害，像是身后有洪水猛兽在追赶。

傅时凛紧紧抱住她，在她耳边一遍遍低声安慰着：“乖，没事了。”

他到了片场，来办案的警察给他的答案是摇臂少了一个螺丝才会砸下来，具体原因还在调查。傅时凛想起之前在医院看到简姝时的情景，没有再停留，用最快的速度赶了回来，打开门就看到她在做噩梦。

简姝在他怀里，好半天才逐渐恢复平静，她好像已经很久很久，没有再做这么恐怖的梦了。

傅时凛抱着她躺到了床上，低头吻在她眉心："时间还早，继续睡吧。"

过了很久，她才找回自己的声音："傅队长，这次和上次在广场都是冲着我来的，是吗？"

"不是，意外而已。"

简姝摇头："我能感觉得到，是他，都是他做的。"

傅时凛的眸色暗了几分，嗓音有些沙哑："简姝……"

"我没事的。"早在决定去协助警方调查的那一刻，她就已经设想好了所有后果。她抱紧男人的腰，小脸贴在他结实的胸膛上，说话的时候，温热的呼吸如同羽毛一样，轻轻喷薄在他胸口，"只要有你在，我就什么都不怕。"

第二章　你好，师妹

简姝原本的打算是一觉睡到第二天下午，起来吃个晚饭就可以去片场。谁知道才睡到第二天中午，她就被喊醒了。这时候，她整个人都是迷迷糊糊的，把脸埋到枕头里，小声嘟囔着："时间还早，我再睡会儿。"

傅时凛俯身，将她从枕头上扒出来："真的不起来？"

简姝闭着眼，皱眉道："不要。"

"那今天的约会取消。"

听到"约会"两个字，简姝瞬间清醒，看着近在咫尺的男人，精神了不少："真的吗？"

傅时凛勾唇："嗯。"

她快速从床上跳了起来，一边找衣服一边问道："我们去哪儿约会啊？我穿什么？裙子还是裤子？"

"穿轻松一点儿，会很累。"

今天天气比昨天冷了一些。出门前，她穿了一条阔腿裤和一件薄大衣，还化了美美的妆。傅时凛觉得，她这一身比昨天顺眼得多。

收拾好之后，简姝跳到他面前，小脸上满是明媚的笑容，声音甜甜的："傅队长，我们走吧。"

说起来，他们还没有正式约过会，今天算是第一次。然而，当简姝站在健身房门口的时候，整个人都傻了，僵硬地转过头："傅队长，我们是不是走错地方了？”

“没有，就是这里。”傅时凛牵着她的手，往里面走。简姝抱住他的胳膊，说什么都不进去。

傅时凛低声哄着她：“你的身体素质太差了，容易生病，需要锻炼。”

“不要不要，生病了吃药就行。”

男人停顿了一下，不知道想起什么，略一抬眉，“你不是说让我有时间带你一起运动吗？”

听到这句话，简姝瞬间涨红了脸。那都是好久之前的事了。再说了，谁第一次约会来这种地方！

“可是……我穿这身也没法运动，我们改天再来吧。”简姝说着，把他往回拉，试图做最后的挣扎。

傅时凛提起手上的袋子：“我给你带了。”

从运动内衣到运动鞋，里里外外，一应俱全。简姝磨牙，傅队长还真是体贴。她在更衣室磨磨蹭蹭了好半天，才极其不情愿地走出来。

等简姝重新回到健身大厅，傅时凛已经站在跑步机旁边等她了。她慢吞吞地走了过去。简姝扎了个马尾辫，脸上的妆卸了，白白嫩嫩的，眼神略带幽怨。

傅时凛眼里隐着笑意，等她走近，他缓声道：“先跑二十分钟。”

今天是工作日，现在又是上班时间，来健身的人不算多。这个健身房的保密性挺好，基本都是各练各的，也不用担心简姝会被认出来。

简姝站上跑步机，深深呼了一口气：“开始吧。”

她真的好久好久都没有跑步了，上次还是傅队长在她家楼下给她训练，不过那时候脚崴了，逃过一劫，这次就没那么幸运。傅时凛打开跑步机，给她调整速度。

简姝只跑了几分钟就开始喘。

傅时凛看了眼时间："还有十三分钟，继续，我去买水。"

语气严厉得不像是她男朋友，更像是公安局里不近人情的傅队长。简姝觉得委屈，一想到自己的第一次约会被他给骗到了这种地方，就觉得气。她总算是信了，男人的嘴，骗人的鬼。

傅时凛刚走出几步，就听身后传来一道略微有些诧异的声音："师兄？"见傅时凛转过身，丁瑜露出一个笑容，快步上前，"师兄，真的是你啊，我还以为认错人了呢。"

傅时凛点了一下头，语气平淡："三队的交接工作完成了吗？"

"差不多了。我这两天都没时间运动，看这会儿有点时间，就说来健健身，没想到能在这里遇到你。"丁瑜停顿了一下，又问道，"师兄，你家是住在这附近吗？"

"嗯，不远。"

丁瑜笑："我家也离这里不远，不过才搬来不久，还不太熟悉周围。以后局里不忙的话，我们可以一起来这里。"

他们两人聊着天，逐渐走远。听到这些的简姝气得肝疼，本来跑步就有些岔气，这会儿更难受。出来健身都能遇到傅队长的熟人，竟然还跟傅队长约着以后一起。她怎么能允许傅队长和其他女人单独在一起？这不是逼着她必须来吗？

自动售水机前，傅时凛买了三瓶水，递给丁瑜一瓶。

丁瑜接过，视线停顿了一下："师兄，你还有朋友一起？"

"嗯。"傅时凛答了一个字后，就往回走，丁瑜也没再多问，跟了上去。

此时，已经有健身教练在跟简姝搭讪了："美女，一个人运动没什么意思，加个微信，交个朋友嘛，我可以免费教你啊。"

教练的话还没说完，一瓶水已经放在跑步机上。他回过头，就见到一个男人正冷冷看着他，目光微寒，极具压迫感，不由得问道："你们一起的？”

简姝听见声音，转过头看了教练一眼，腾出力气“哼”了一声。

教练就算再傻，这时候也能看出来两人的关系非同一般了。他尴尬地摸摸脑袋，灰溜溜地走了。

丁瑜认出简姝就是之前在傅时凛办公室见到的那个女人，敛了敛神色，上了旁边那台跑步机，把速度调到最快，跑得酣畅淋漓。

相对简姝这边，慢得跟乌龟似的，还要死要活。简姝本来就累得不行了，偏偏耳边还有用力跑步时才会有的“咚咚咚”声。天知道她最后几分钟是怎么跑完的。跑步机一停，她就跟失去所有力气似的趴在扶手上，小脸上满是汗水。

傅时凛拿起毛巾给她擦了擦汗，把她扶了下来：“休息一下再喝水。”

简姝嘶嘴：“我想回家……”

“刚开始很难，多跑几次就好了。”

见傅时凛直接忽视她的话，简姝气得在他腿上踹了踹，可这点力道对男人来说，不痛不痒。

等她呼吸均匀了一点儿，傅时凛问：“知道怎么拉伸吗？”

简姝故意扭过头不看他：“不知道。”

她只是不喜欢运动，又不是不会。以前念书的时候还学过几年舞蹈，所以只是控制食量，身材也能保持得这么好。

“那去找教练教你？”

闻言，她的嘴角抑制不住地翘起来，笑着说了声：“醋缸。”

她才运动过，嘴唇红润饱满，像是娇嫩的果冻，让人想要咬一口。傅时凛移开视线，咳了声：“拉伸吧。”

那边，丁瑜已经戴上了耳机，专心跑着步，像是没有注意到他们似的。简姝压腿的同时，小声问道：“傅队长，你和她关系很好吗？”

“在警校时的师妹。”

也没答好不好，不过简姝总是能听出画外音。一般的女生，像是秦可可、思思那些，傅队长都是一副钢铁直男、拒人于千里之外的样子。就连她最初也是一样，问个电话号码，他能跟你说是“110”。刚才听他们聊得挺开心呀，关系应该不差。

简姝又换了只腿，转移了话题：“我们晚上吃什么？”

“你想吃什么？”

“火锅？算了吧，你又不能吃辣，就像你喜欢运动，而我却不喜欢一样，还是找个志同道合的人比较重要，我找孟远吃好了。”

傅时凛总算听出简姝话里的不对味。男人低笑了声，缓缓地道：“真的只是师妹。”

“那你倒是跟我说说，你那个小女朋友是怎么回事？”

傅时凛扬眉，嘴角勾起：“你想听什么？”

简姝想了想，才问：“她漂亮吗？”

“漂亮。”

“比我还漂亮吗？”

“差不多。”

简姝咬了咬牙，危机感瞬间放大了十倍：“你们怎么在一起的？你先表白的还是她先？”

“她先。”

“你就答应了？”

傅时凛笑意更深：“没。”

简姝呼了一口气。那还好，不然直接就答应的话，她真的撞死得了。她又问：“那你喜欢她吗？”

“喜欢。”

“有多喜欢？”

“很喜欢。”

简姝开始咬后槽牙：“你们发展到哪一步了？”

傅时凛意识到，再逗下去，她真的要生气了，于是岔开了话题：“晚上吃火锅吗？我现在预订。火锅店人多，要提前预订包间才行。”

简姝见他避而不答，就猜到肯定最后一步也发生了，狠狠在他腿上踹了一脚，这次用了十足的力道：“渣男！”骂完之后，直接走了。

简姝觉得自己有病，好端端问他前女友做什么，非要给自己找气受。傅队长不愧是钢铁直男，一点儿求生欲都没有，她问什么他答什么。不过听他话里的意思，好像现在都还很喜欢那个小女朋友？简姝心里就跟有爪子在挠似的。

傅时凛跟过来，摸了一下鼻子，把她手上的器械取走：“这个不是这么练的。”

简姝“哼”了一声，不理他。

“先喝水，一会儿我教你。”傅时凛拧开瓶盖，递给她。

刚才出了那么多汗，简姝确实渴了，接过他手里的水喝了几口：“你经常来这里吗？”

“偶尔，一般警队有训练。”

简姝把水还给他：“我想吃火锅，你预订位子。”

“好。”

简姝差不多练了半个小时的样子，丁瑜也跑完步走了过来，边擦着汗边问道：“师兄，你们要走了吗？”

傅时凛看了眼时间：“差不多。”简姝第一次来健身房，不适合待太久。

“那你等会儿有事吗？没事的话，关于三队有个案子我想请教你一下。”

简姝眼巴巴地望着他，用眼神向他传输着“快拒绝她”几个字。

傅时凛道："可以。"现在离吃饭还有三个小时，有时间。

听到他的回答后，简姝自闭了。她还说趁着这个空当去看看电影，正式约个会，看来又泡汤了。简姝嘬了嘬嘴："我去换衣服了。"

"我在门口等你。"

"知道了。"

更衣室，简姝刚把湿答答的衣服换下来，放进口袋里，丁瑜就进来了，朝她点了点头："你好。"

简姝扯出一抹笑："你好。"

丁瑜打开自己的储物柜，转身道："上次的事，不好意思，我不知道你和师兄的关系……那么好。师兄一向有分寸，他既然让你用电脑，应该也不会存在资料外泄的事。"

"我也有不对的地方，公安局的电脑本来就是不能乱用的。"

丁瑜笑了笑："那我们就算是解除误会了吧？"她一边说着，一边当着简姝的面脱了运动服，套上日常的衣服。

简姝看着她身上小麦色的肌肤，还有肌肉和马甲线，想起她刚才跑步的样子，真的觉得她很厉害。

丁瑜换完衣服后，意识到简姝正在看她，稍稍停顿了一下才道："不好意思啊，我在警队里习惯了，有时候出任务忙，大家都用一个更衣室，也没时间去单独找地方换。都是女孩子嘛，就没计较那么多。"

"没事没事，我就是觉得你身材挺好的。"

丁瑜看了她一眼："你身材也不错啊，男人就喜欢你这样白白嫩嫩的，有保护欲。"

简姝笑得有些尴尬。这不是变相在说她弱不禁风吗？虽然事实也是如此。简姝说道："那你继续换吧，我先出去了。"

简姝出了更衣室，到了健身房门口，看到傅队长站在墙边抽烟，简单一个弹烟灰的动作，都足够令人心动。她走了过去："傅队长，我好了。”

傅时凛轻轻抬眼，踿灭了烟头：“我要去一趟公安局，你和我一起，还是回家？”

“回家，睡觉！”

“行，那我先送你。”

结果当然是傅时凛又挨了一脚，他哭笑不得，压低嗓音问她：“不是你说的回家？”

“我说的是气话，你听不出来吗！”简姝觉得自己今天就像是一个煤气罐，随时随地都在生气。这本来就要怪他，好端端一个约会，非要带她来这种地方。要是好好去吃个饭、看个电影，能有这些事吗？

傅时凛又问了一遍：“那你和我一起去公安局？”

“大概多久能结束？”

“应该不超过两个小时。”

简姝道：“那我在车里等你。”

傅时凛抬手，轻轻揉着她的头发：“好。”

丁瑜出来的时候，刚好看见这一幕，她平静地开口：“师兄，我们走吧。”

丁瑜没车，三个人又都是去公安局，理所当然地坐了傅时凛的车。有个外人在，简姝也不像平时那样动手动脚，连话都不方便说，就乖乖坐着，拿着手机玩儿。阮兰才听说片场的事儿，这会儿正给她发语音，问她具体情况。

简姝打字回复：沈先生胫骨骨折，问题不大，凌晨的时候就已经醒了。

阮兰又给她发了一条语音过来：“不管怎么说，沈二少都救了你，你应该好好感谢一下他。你这会儿在哪里？我来接你，咱们一起去给他道个谢。小姝，这段时间我也看出来了，沈二少是真的对你好。你去找他谈谈，你之前丢掉的那些代言，说不定可以让他帮忙拿回来。”

其实简姝觉得代言拿不拿无所谓，但如果是因为那些空穴来风的谣言，广告商才决定换了她，她是肯定忍不住这口气的。只是她从来没想通过沈行这条途径去想办法，包括之前因为顾昭而丢掉的那些。

昨天澄清的公告才出来，她打算等过两天有时间了，就一一去找广告商解释这件事。简姝没有立即回答，阮兰的下一条语音又发了过来。简姝点了一下，她忘了放在耳朵上，这才意识到，车里安静得完全能听到语音里在说什么。

那刚才阮兰姐说的那番话，傅队长都听到了？她偷偷看了眼身旁的男人，发现他目光沉静，神色冷淡，似乎并没有受刚才语音的影响。

这时候，丁瑜开口：“你是艺人吗？”

“对……”

“对了，好像还一直没有介绍过自己，我叫丁瑜，你呢？”

“简姝。”

丁瑜闻言，皱了皱眉：“我好像听过这个名字。”想了一下后，她道，“你是不是出演‘铁链连环杀人案’的……”

傅时凛突然出声，打断了她：“换首歌。”

简姝应了一声，连忙切歌。

丁瑜没有再开口，车内再次恢复了安静。二十分钟后，黑色越野车在公安局门口停下，丁瑜率先下了车：“师兄，我先进去等你。”

“好。”傅时凛从后备厢里拿出零食给简姝，又把矿泉水的瓶盖拧松，放在她旁边：“饿了就吃点，我很快就出来。”

“知道了，你去忙吧。”

等傅时凛离开后，简姝才重新拿出手机，回阮兰消息。她说自己今天有点感冒，在家休息，就不去看沈行了，关于那些代言的事，再想其他办法。阮兰可能这会儿去忙了，没有立即回她。简姝拿起水喝了一口，再被傅队长这么宠下去，她以后可能连瓶盖都打不开了。

公安局，丁瑜刚把卷宗拿到，走到大厅，傅时凛就道：“你先坐一下，我打个电话。”

她轻轻点头，找了个地方坐下，翻着手里的卷宗。

傅时凛进了办公室，过了几分钟才打开门：“进来吧。”

讨论案子的时候，丁瑜注意到他手上戴的那块手表。如果她没记错的话，和简姝手上戴的是同款。她突然有些走神。

以前在警校，也有过很多女生跟师兄表白，他却始终没有任何回应。她一直以为像师兄这样性格的人，永远都不会谈恋爱。他实在太冷淡了，要走进他心里，其实很难。所以，她从来不敢有非分之想，只希望能以另一种方式陪伴在他身边就好。其实这次来公安局，是她自己主动申请调过来的。

“丁瑜？”听到男人低沉的声音在旁边响起，丁瑜连忙回过神：“师兄对不起，我……”

“这个人着重调查，有很大嫌疑。案发时的目击者再调查一遍，派两个人去现场。”

“好，我知道了。”

简姝吃饱喝足后，拍了拍自己的肚子，今天运动了那么久，吃这么多也没有那么强烈的罪恶感了。她打了一个哈欠，看了看时间，才过了半个小时。

简姝刚闭上眼睛没一会儿，手机就响了，是阮兰打来的：“小姝，你感冒好点了吗？”

她说完后，简姝才想起刚才跟她撒了谎，于是象征性地咳嗽了两声：“好一点了，阮兰姐，有事吗？”

电话里，阮兰的声音隐隐有些激动：“有一个好消息。”

“什么？”

“又有一个新代言找你了，而且还是国际性的大代言，很多一线女星都在接触。”

简姝闻言，就觉得希望不大，咧嘴笑了一下：“既然这样，我们还是别掺和了吧，争也争不过。”之前江导的电影也是一样，都是顶尖的资源，但以她现在的实力明显是拿不到的。

阮兰道：“这次不一样，对方内部已经确定请你了，你只需要签个字。”

简姝愣了愣：“真的吗？”

“对，明天下午签合同，你抽个时间过来。”

“好……”一时间，简姝被这天上掉下来的馅饼砸得有些蒙，“阮兰姐，是什么代言啊？”

阮兰说出牌子的名称后，简姝更加震惊，下意识看向自己腕上的手表。

表盘上刻着带着全钻的三个字母：“LIN”。

不是吧？！挂了电话后，简姝也睡不着了，开心得想要立即和傅队长分享这个消息。

可简姝这一等，等到晚上六点半，他都没有出来。本来说的两个小时，她已经等了三个半小时。

简姝兴奋的心情，早就在这漫长的等待中逐渐耗尽。她抿了抿唇，下车后，看了一眼公安局，然后走了。她再不去剧组的话就要迟到了。火锅也没吃成。

丁瑜才接触三队的案子，确实有很多地方不明白，问题一个接着一个。等到处理完这些问题之后，傅时凛才起身：“你再整理一下，看看还有什么地方不懂，我出去抽支烟。”

走到大厅外，傅时凛才发现天已经黑了，他从裤兜里摸出一盒烟，拿出一支咬在唇间，正准备点燃的时候，突然想起简姝还在车里，赶紧收起烟，大步走向车子，却发现车里已经没人了。傅时凛看了眼时间，六点五十三分。他心想：完了。

丁瑜出来，走到他身后，开口道："师兄，今天麻烦你了。我请你吃饭吧？"

傅时凛回过头，淡淡地道："不用，没什么事我先走了。"

"师兄……"丁瑜还没来得及挽留，傅时凛就已经坐进车里，驱车离开。

丁瑜收回视线，回了办公室。是的，她就是故意的。

简姝到了剧组，刚换了衣服出来，就遇到秦可可。后者瞥了她一眼，神色有所波动，似乎想要说什么，最终却没开口，十分高傲地转过头走了。

简姝觉得莫名其妙，她发觉秦可可越来越神经质了。

她今天要拍的剧情，昨天已经拍了一部分，今晚只需要补拍剩下的就行了。在开拍之前，制片人特地来找简姝说了一下情况，说昨晚摇臂之所以会砸下来，是因为工作人员的疏忽，只是一个意外，让她不要放在心上，今天已经把所有的设备器材谨慎检查过了，不会再出现问题。

简姝闻言，轻轻点头。可当她站到摇臂下拍摄时，还是有些紧张，脑海里全是昨晚那个梦，以及摇臂砸到她身上的那一幕。这肯定不是意外，一定是"他"做的，昨晚她问的时候，傅时凛也默认了。可是这里这么多人，"他"一次不成功，会选择再次动手吗？

"简姝，你在看什么？"导演的声音通过话筒传来。

简姝连忙回过神："对不起，我走神了。"

导演挥了挥手："休息五分钟再拍。"

要是换作以前，他早就开骂了。他之前对简姝被投资商塞进来这件事确实很不满，但戏开拍这么久，简姝戏里戏外受过好几次伤，几次都差点出事，她却从来没有抱怨过一个字，也没有提出什么要求，依旧安安静静地拍着戏。

简姝坐回位子上，接过方方递过来的瓶装水，喝了一口："才看到你，你去哪儿了？"

"阮兰姐让我代表你去跟沈二少道谢了。不过，他的脾气是真大，见你没去，拿着东西把我砸出来了。反正我们去了，心意也到了。"

简姝笑着问："你现在还觉得沈二少比傅队长好吗？"

方方这次深思熟虑地想了想，最后才为难地开口："我还是选沈二少吧，虽然他真的有些恶劣，但我只图他的钱啊。要是和傅队长在一起，要面对的太多了，他的工作不仅危险，还很忙，我们这行也忙，双方忙起来，可能一年半载都不能见上一两次，更别说约会了。"

后面这句话说到了简姝心坎里。他们以后忙起来，能在一起的时间太少了。况且，两人的首次约会，还被搅黄了。

方方突然想起来了一件事，说道："对了，昨晚沈二少还跟我问起傅队长呢。他先是问我见过你男朋友没有，又问我你身边有没有出现过警察，我就说傅队长救过你。不过，他当时的笑容好诡异啊。"

简姝嘴角抽了抽，说："没事，他的举动向来都很奇怪诡异。"

方方表示赞同，没有再继续追问下去。

后半部分拍摄得很顺利，凌晨三点便收工了。导演用喇叭道："辛苦大家了，回去休息吧，明天十点开工。"

这部电影的拍摄已经进入了尾声，用不着那么赶了。工作人员纷纷离开。方方把东西收拾好了："简姝姐，我们也走吧，保姆车已经在外面等着了。"

简姝走到门外，就看见停在不远处的黑色越野。她对方方道："你先回去吧，我突然想起我还有点事。”

“啊？这么晚了，你一个人不安全，我陪你一起吧？”

“不用，你快回去休息吧，我朋友马上来接我。”

方方抓了抓头发，见简姝态度坚决，也没有再说什么：“那好吧，你自己小心点，到家后给我说一声。”

“好，再见。”

等方方上了保姆车，简姝才慢慢往黑色越野车那边走。她刚准备过马路，一辆卡宴就停在她面前。顾昭从车里下来，身姿挺拔，五官英俊。只是他一副风尘仆仆的模样，像是刚下飞机就过来找她了。

简姝抿了抿唇：“这么晚了，你来找我有事吗？”

顾昭道：“我听说沈行为了救你进医院了，他是真心待你。”

简姝笑了笑：“他为什么接近我，目的是什么，你不知道吗？”

顾昭神色不变，声音低缓：“不管目的是什么，他都会对你好。”

“包括成为你们交换利益的棋子？”

“这是我和他的交易，不会把你牵涉进来。你的生活也不会因此发生改变，只会更好。”

简姝失笑：“我的生活现在已经够好了，我只想和我喜欢的人在一起。”

顾昭深深看了她一眼：“小姝，这段时间发生的事，还不够你明白吗？”

“我不明白。顾昭，我一直以为爸妈不在了，你对我来说，就是这个世界上最亲、最能理解我的人。我真的不明白，为什么你连我喜欢一个人的权利都要剥夺。当初你要走，没人能拦住你，你去给别人当私生子都那么义无反顾。是你自己要和家里脱离关系，凭什么现在又来管我？”

顾昭加重了声音，透着隐隐压抑的怒气：“你可以喜欢任何一个人，唯独他不行！”

简姝从始至终都很平静："为什么？"

因为你对他太依赖了，对他的执念太深了。因为他对你来说，可以重要过这个世界上的任何一个人，包括我。这些答案，顾昭通通没有说出口，只是道："小姝，听话好吗？如果你实在不喜欢沈行，我可以给你再找一个。"

"够了！我不需要这些，顾昭，以后我的事不用你管，我们从此两不相干。我就当没有你这个哥哥，你也当没有我这个妹妹。"简姝说出这句话后，眼泪在眼眶里打转，转身跑走。

黑色越野车旁，男人静静靠在车门上抽烟，五官冷峻，下颌线条分明。简姝扑过来的那一刻，他伸手将她稳稳搂进怀里，淡淡地抬眼，对上顾昭冰冷的目光，眼中没有丝毫波澜，气场却铺天盖地地压下。

顾昭暗自握了握拳，紧抿着唇。

简姝很快从傅时凛怀里抬起头，吸了吸鼻子："傅队长，我们回家吧。"

"好。"傅时凛给她拉开车门，等她坐好后，才绕回驾驶座，驱车离开，没有再看顾昭一眼。

简姝上车后，把车窗打开，脸对着窗外，不想让傅队长看到自己哭了。也不知道刚才她和顾昭说的那些，他听见了没。她不想让他知道这些事，实在是太糟心了。

傅时凛知道她心情不好，开了音乐，放她最喜欢的歌。

过了十分钟，眼泪被吹干了以后，简姝才回过头，把车窗关上："傅队长，我们去哪儿啊？这好像不是回家的路。"

"马上就到了。"

当车在火锅店门口停下的时候，简姝噘起嘴："你还记得你答应我了啊。"

傅时凛将她扯进怀里，低低在她耳边道："抱歉，工作太忙忘记了，不生气了好不好？”

“我生气的不是你因为工作太忙，没有陪我吃火锅，而是因为……”简姝因为委屈，声音小了好几分，“你明明说是出来约会的。”

傅时凛抱着她，薄唇微抿，语调更轻：“抱歉。”他不该忘了这件事。

简姝本来也没真生他的气，她知道傅队长的工作都很重要，一丝一毫不能耽误，迟了可能就会影响破案的进度，让凶手逃脱。

简姝从他怀里抬起头来，眼睛在一片寂静的夜色中显得尤其明亮：“给你一次机会，想好下次约会该做些什么。”

傅时凛勾唇：“好。”

“走吧，吃火锅去。”

简姝拉开车门下了车，笑容浅浅。看上去，心情比之前好了不少。

这个点火锅店人不算多，他们也就没坐包间。简姝把菜点完，锅底选了鸳鸯锅，等服务员一走，就迫不及待地分享好消息：“傅队长，我有事跟你说。”

傅时凛给她倒着水，尾音微扬：“嗯？”

简姝的视线落在他的腕表上，刚想开口，又改变了主意：“算了，暂时不说了，等过几天你就知道了。”现在还没有签约，她怕临门一脚黄了，还是等到时候官宣了再说吧。

傅时凛轻笑了声：“很开心的事吗？”

“嗯，很开心！我完全没有想到，你肯定也不会想到的。”

“那我等着。”

火锅吃到一半，简姝就开始有罪恶感了，但一想到之后可能会经常去健身房，又咬咬牙，继续吃。

等他们吃完到家，已经快五点了。她躺在傅时凛旁边，声音轻轻的：

“晚安，傅队长。”

“几点起床？我叫你。”

“十点到剧组就可以。”

傅时凛把她搂在怀里，吻在她的眉心：“好，睡吧，晚安。”

简姝第二天的拍摄戏份都比较轻松。三点，简姝去找导演请假，导演直接就批了。简姝和阮兰到了MR公司，立即有工作人员把她们请了进去。

会议室里，已经有一个中年男人在等候了。工作人员介绍道：“简小姐，这是蒋总，负责这次的签约事项。蒋总，这是简姝小姐和她的经纪人阮兰女士。”

蒋均朝他们颔首，然后挥手示意，让工作人员先下去。

双方打过招呼后，蒋均把合约书递到她们面前，十分客气地开口：“两位可以先看一下，如果没什么问题我们就可以签约了。”

阮兰点头，低头认真看着，看到第二页的时候，不由得皱眉：“独家代理权？”

蒋均保持着微笑：“是的，目前我们MR公司拥有这个LIN品牌在中华片区的独家代理权，所以代言人的事，也是由我们来决定。当然，我们给品牌方看过简小姐的资料，他们很满意。这样做，只是为了避免引起不必要的麻烦和争端，也能保证代理权在我们手里的这几年，LIN品牌的代言人都是简姝。”

阮兰又道：“可是我之前没有听说过LIN有独家代理权的事……”

蒋均的手指轻轻在桌上敲了敲，笑容不变。因为是昨天连夜谈下来的。

他清了清嗓子：“是这样的，我们两家这次能达成战略合作，也是双赢的局面，之前没有什么消息传出，实属商业机密。你们如果信不过的话，我可以拿合约书给你们看。”

“不用。”阮兰连忙拒绝，MR是国内的大公司，完全没有理由骗她们，是她多心了，“合约我看过了，没什么问题。很感谢你们给简姝这次机会，我们一定会配合宣传，争取最大程度的双赢。”

蒋均点头，又看向简姝：“简小姐还有什么问题吗？”

“有一个。”简姝缓缓开口，“我能问问，你们是因为什么选择我吗？”

不论是LIN品牌，还是MR这样的大公司，供他们选择的太多了。这种顶尖的资源，怎么都不该落到她手里。

蒋均咳了一声，随口扯了一个理由：“简小姐之前到我们商场专柜去购买这款腕表的时候，工作人员觉得你非常符合这款腕表的气质，就和我们反映了一下，我们也针对简小姐做了很多考察，最后才决定用你的。”

简姝更蒙了：“可是……我是网上购买的啊。”她从来不相信有天上掉馅饼的好事，而且这个馅饼处处透着奇怪。

蒋均严肃了神色，深思熟虑了十几秒后，才道：“那我知道了，可能我们的工作人员是你的粉丝，才找了这么个理由，但简小姐确实很符合我们的要求。不然就算是老板点名要求，品牌方那边也不会同意的。”

简姝成功被他绕了进去，签了合约。等出门的时候，她才反应过来不对劲。等她回过头，蒋均早就走远了。简姝对阮兰说道：“总觉得好像哪里有点怪……”

阮兰说道：“说实话，我也觉得这件事挺不可思议的，不过合约的条款我都看得很仔细，没有问题，MR也是大公司，不会有什么问题。既然签约了，就不想这些了，这个代言拿到手，对你的各方面都有很好的推动效果，资源只会更好。”

简姝点了点头：“知道了，谢谢阮兰姐。”

“行了，没什么事我就送你回剧组吧，这部戏就快要杀青了，你之后的工作就是配合品牌宣传，其他行程，等我安排好了告诉你。”

“好。”

简姝回到剧组，刚好遇到白长舟，她上前打了声招呼：“白教授。”

白长舟笑着颔首：“我听他们说你今天请假了，以为见不到了。”

“事情处理完就回来了，白教授要走了吗？”

“不着急，今天要和剧组一起离开。”白长舟顿了顿才又道，“我听说，前天晚上剧组的器材出了一点问题，你差点受伤？”

简姝抿了抿唇，轻轻点头。

白长舟的眉头不着痕迹地皱了一下，眸色愈渐深沉。

三天后，简姝去拍了腕表宣传的海报。在这几天里，阮兰那边多了不少资源，都是MR介绍过来的。简姝之前丢掉的那些资源，跟这些比起来，完全不是一个档次。起先简姝还有些不适应，后来阮兰告诉她，既然MR选择她做代言人，就肯定要为自己的利益着想，所以会给她介绍这么多资源也是合理的。因为只有她的名气和热度上去了，才能带动品牌的销量。这个理由，完全让她无法拒绝。

在简姝拍完宣传海报的第五天，品牌方正式官宣。当然，最震惊的莫过于在医院里养伤的沈行，看到消息时，他差点被一口苹果噎死，转头问助理：“她是怎么拿到这个资源的？”

助理无语，心想：我怎么会知道？

沈行立马把手里的苹果扔了，急声催促道：“去去去，给我查查是什么情况！”他就不在几天，难道这女人就有了新的追求者吗？出手还这么大方。他觉得之前听顾昭的，先压着她，等她知道这条路不好走就会低头的策略，完全是错的。

助理应下，出去了，隔了十分钟再次进来，给他的回答是，MR前不久买下了LIN品牌的独家代理权。关于这次选代言人的事，是MR先找上简姝的。

沈行闻言，眉头皱得更深。MR是许氏旗下最大的子公司，这件事难不成是顾昭做的？不，应该不至于，顾昭如果会做出这样的事，前段时间也不会压她的资源了。

沈行道："这件事不对，一定哪里有问题。"

助理猜测道："其实简小姐长得挺漂亮的，也有气质，虽然名气小了一点，但说不定刚好机遇来了，被MR赏识了呢。"

"你还是太年轻。"沈行用完好的那只脚踹了踹床，吩咐道，"去给我办出院手续。"

关于简姝代言LIN品牌腕表的事，网上掀起了一小波热潮。有人说她未来可期，也有人说以她的名气没有资格拿下这个代言。

简姝忙着拍戏，没有太多心思去管网上的言论。唯一值得一提的就是，秦可可现在越来越安静，以前还总是对工作人员嚷嚷，现在休息的时间就自己坐在那里默默背台词，也不和周围人说话。

这部电影还有几天就要杀青了，好多演员已经陆陆续续杀青。简姝以前都是跑龙套和存在感极低的配角，往往都是最先杀青的那个，这次却等到了最后。

三点半，今天的戏份拍完了，提前收工。她正在收拾东西的时候，手机响起，是一个陌生号码。简姝刚接起，电话那头就传来一道熟悉的声音："简小姐你好，我是江之舟。你今晚有时间吗，方便和我聊聊吗？"

简姝答："有的。"

"行，那我就在上次的地方等你。"

挂了电话后，简姝对一旁收拾东西的方方说道："江导约我晚上见面。"

方方听了一阵激动："好的！简姝姐，现在离晚上还有几个小时，我先送你回家休息，等晚点再来接你。"说完，方方给司机打了个电话让他过来接人，然后去买奶茶了。

简姝站在路口给傅队长发消息，说她晚上有点事。她发完消息，一抬眼就见到一辆没有牌照的黑色轿车朝她疾驰而来！简姝还没来得及反应，就有一只手将她拉到了安全区域。

那辆黑色轿车擦过她刚才站的地方，很快离去。

白长舟问道："有哪里伤到吗？"

简姝转过头，有些诧异："没有。不过白教授，你怎么会在这里？"

白长舟点了点头："刚才跟导演聊了一点事，刚好看见你站在路口，本来想跟你打个招呼的。"白长舟说着，看了一眼黑色轿车离开的方向，已经看不到任何影子了，然后缓缓道，"现在开车不守规则的很多，下次记得站在安全点的地方。"

简姝刚才站的位置，是人行道路口，正常情况来说，已经是安全地带了。她抿了抿唇，笑了一下："谢谢白教授。"

"不客气。"白长舟见简姝的车来了，又道，"那我先走了，下次再见。"

"白教授再见。"

简姝上了车，想起刚才那辆车朝她冲过来的样子，感觉太阳穴跳了跳，脑海里的神经紧绷。是她想多了，还是和前几次一样，根本不是意外？

很快，方方就买了奶茶回来："简姝姐，我们走吧。"

简姝转过头道："我想去一个地方。"

戒毒所，简姝填好资料后，和傅时凛就坐在旁边等着。

王建军从医院出来后，就被送到这里强制隔离戒毒了，到现在已经差不多有一个月了。情况相对来说已经稳定了许多。过了十分钟，傅时凛站起身走进戒毒所，回头看了一眼简姝："等着我，我提审完马上就出来。"

王建军坐在房间里，头发剃成了板寸，脸颊凹陷，颧骨突出，穿着戒毒所统一的蓝色服装。他坐在那里，整张脸上的表情是麻木冷漠的。

傅时凛坐在他对面，神色平淡。王建军转过头："无论你们再问多少遍，我都是一样的答案，我讨厌警察，世界上所有的警察都该死！"

傅时凛没有说话。稍停顿了一下，又道："你好像有个女儿吧，今年就要高考了。"

这句话像是触到了王建军最敏感的点，他猛地站起来，恶狠狠地说："我和家里早就脱离关系了，你就算拿我的家人威胁我也没用！"

"坐下！"傅时凛声音似乎穿透了整面墙壁。

"我不是想威胁你，我只是挺明白你女儿的感受。"傅时凛低着头，视线落在桌面上。王建军神情依旧冷漠。"别以为这样说，我就会动摇。"

傅时凛笑："我当然知道你不会。"指望一个为了吸毒和家里断绝关系的人有良知，是永远不可能的事，他继续说道，"只是我想告诉你，让你去杀简姝的人，就是十年前'铁链连环杀人案'的凶手，你女儿正好符合他作案的所有条件。"

"砰"！王建军重重拍在桌子上，双目狰狞血红："你放屁！"

傅时凛神色不变："我说的是事实。我知道你和家里脱离了关系，相信你女儿的死活，应该也不关你的事。既然如此，我该说的都已经说完了，你自己想想吧。"

傅时凛说完后，起身往门外走。王建军这时候就像失控了一样，奋力向前想要抓住他，傅时凛料到他会如此，在他扑上来的那一刻，身子快速往旁边一侧，而后狠狠踢在他膝上。王建军不备，直接跪在了地上。这时候工作人员也听到了响动，连忙跑进来控制住他。

王建军拼命挣扎着，目眦欲裂地看着傅时凛。

王建军虽然吸毒吸到和家里断绝关系，但不可否认，他还有作为一个父亲基本的尊严。每次有事路过女儿的学校时，他都会绕开三条街。

曾几何时，他们一家人也是其乐融融，上慈下孝。毒品这个东西，一旦沾上，就毁了一生。当那个男人找到他的时候，他已经花尽了身上最后一分钱，毒瘾犯了，正打算去抢。男人蹲在他面前，给了他足够的量，从兜里缓缓掏出一张照片，笑道："你女儿长得可真漂亮，只是摊上你这么个父亲，有点可惜。"

王建军的情绪逐渐平静下来，警惕地看着他。

男人拍着他的肩膀："别紧张，我是来帮你的。"然后，男人给了他一大笔钱，并且给他供应了一段时间毒品，承诺他，如果他有本事杀了简姝还能全身而退的话，将会继续为他提供毒品；如果他不幸被抓，等他出狱依旧可以去找他。

男人说的话对他真的很有诱惑力，既能让他在家人面前重新抬起头来，又能让他以后都不为找货源而发愁。王建军没有理由不答应。

他的描述中，男人戴着口罩和鸭舌帽，中途他看见男人取下过一次手套，左手无名指上戴着戒指。王建军回忆了一下，听声音，男人应该四十岁以上，身高方面，大概和他差不多高。而王建军的净身高是一米七六。

傅时凛出来后，简姝立刻站起身："怎么样，他说了什么？"

傅时凛摸了摸简姝的头："没什么，我先回局里了，还有案子要处理。"简姝只好悻悻地看着傅时凛离开。

半个小时后，方方的车子在公安局外面停下。

方方把简姝送到会所门口后就离开了。见江之舟已经在那儿等着她，她走过去在他对面坐下："江导。"

江之舟微笑颔首，给她倒了一杯茶，吩咐服务员上菜。等服务员离开后，他才开口："今天约你，除了给你说声恭喜，还是想和你谈谈电影的事。”

简姝有些意外，怔了一下才道：“很感谢江导对我的赏识，但你的电影我真的……”

江之舟抿了一口茶：“可你也知道，上次和现在是不同的处境。”简姝才拿下LIN腕表中华区的代言，MR那边也因此给了她不少资源，她正是炙手可热的时候。江之舟接着道，“我理解你上次的想法，那时候你正在风口浪尖上，不想卷入这个漩涡。但现在不同，网上的造谣基本已经澄清，又有那么大一个代言作为支撑，现在你拿下任何资源，都不足为奇。”

“江导为什么会选择我？”

如果说第一次见面是觉得她适合的前提下，抽出时间谈了一次，她都觉得正常，不会有这种疑惑。娱乐圈里，从来不缺好的演员，尤其想出演这部电影的人还这么多，江导却时隔大半个月再次找上她。简姝真的觉得，她还没有这样的本事，能让一个如此有才华的导演等到她有足够的实力去出演这部电影。

江之舟笑了笑：“可能就是眼缘吧。”

上次沈行找他的时候，他当时确实没有对简姝有什么过多的了解，只是知道她漂亮。回去之后，他翻了她以前出演的作品来看。从五年前到现在，虽然每一部作品她的镜头都很少，但是能看出来，是逐渐在进步的。目前，他确实一直没有给他的这部电影找到能让他满意的女主角。其实对他来说，演员出不出名不重要，只要外形合适，演技过关就行。而且现在的市场太过浮躁，好多演员都静不下心来演戏，那样拍出来的东西就是一个残次品。

可简姝不同，从她上次拒绝他之后，他就知道简姝能拍出他想要的东西。但简姝有她的顾虑，他也没有勉强。这段时间他见了不少女演员，正觉得越来越头大的时候，就看到今天LIN品牌的官宣。

江之舟又道："导演和演员是互相成就的，我也没有传闻中那么好，可能就是要求高了一些，挑剔了一些。简小姐应该也不会让我失望，我相信这次合作，能让我们双方都满意。"

简姝轻轻抿了一下嘴。江导说得对，导演和演员都是互相成就的。更何况他两次来找她，她没理由不答应。这么好的机会，她也不想再错过。很快，她笑着回答道："好，谢谢江导。"

江之舟挑眉，举起茶杯和她碰了碰："那就提前祝我们合作愉快。"

很快，菜就上来。吃到一半，简姝手机响了，见是傅队长打来的，拿起手机起身："抱歉，我出去接个电话。"

江之舟点头："去吧。"

走到几乎没有什么人的走廊里，简姝才接通电话，音调上扬："傅队长，你忙完了吗？"

男人声音低沉，清冷好听："嗯，你几点结束？我来接你。"

简姝看了眼时间："可能还有一个小时。"吃了饭应该还要谈谈工作。

"好，到时候在楼下等我。"

"傅队长。"简姝喊住他，听到他在电话那头"嗯"了一声，她翘起嘴角，笑容灿灿，"等会儿我有两个好消息要告诉你。"

傅时凛薄唇微勾，低低的嗓音透过话筒传来："好。"

挂了电话后，简姝回了包间。

吃完饭，江之舟给她简单讲了一下工作方面的安排。这部电影已经筹备很久了，唯一没有敲定的就是女主角，现在确定之后，后面的进展都会很快。不出意外的话，应该在一个月以后开机。

简姝点头，说："好，等会儿我就打电话给阮兰姐，和她说这件事。"

等交代完一切事宜，江之舟拿出合约："看看吧，没什么问题就可以签字了。"

简姝大致看了一遍，在末尾处签下了自己的名字。

简姝和江之舟走到楼下大厅时，遇见了从另一个包间里出来的几个人，其中有顾昭。

他们一行人中，一个五十岁左右的中年男人走在最前面，气度不凡，面色严肃，不苟言笑，属于上位者的威严尽显。和他们碰上的时候，江之舟打了一个招呼："许伯伯。"

许远征停下，对江之舟轻轻点头示意，极具压迫感的目光却越过他，看向他身后的人。

简姝抿了抿嘴，神情冷淡。自从上次她说和顾昭断绝关系之后，他们就再也没见过面。

许远征顿了两秒才问："这位是？"

江之舟连忙介绍："这是我新电影的女主角，简姝。"说着，又向身旁的人介绍，"简姝，这位是许氏集团的副董事长。"

简姝不疾不徐地对上许远征的视线，没有打招呼，只扯了扯嘴角，笑容轻嘲。许远征身后的一群人倒吸了一口凉气。这女人怕不是疯了吧？

许远征看向她的眼神深了几分。他当然知道她是谁——蒋均都没有经过他的同意，就给了代言的女明星。今天在网上闹得沸沸扬扬，他怎么可能不知道？

江之舟也被简姝这个态度吓到了，心里暗说了声：我的天，这是什么情况？

顾昭脸色紧绷，快步上前："许董事长，车已经在外面等了。"

许远征"嗯"了一声，收回视线，正准备离开，就听见一道冰冷带笑的女声响起："现在都还喊许董事长吗？"

许远征停下脚步。顾昭压着怒气，低声道："简姝！"

简姝脸上仍旧带笑："原来，你抛弃了那么多，换来的也不过就是'许董事长'这几个字。"

一群人面面相觑，连大气都不敢出一下。她话里是什么意思，其实大家心知肚明。关于顾昭是许远征私生子的事，已经不是秘密了，只是大家都心照不宣而已。可这个女明星是哪里来的胆子？

许远征重新看向简姝，眸子眯了眯：“你好像对我有很大意见。”

顾昭道：“许董事长……”

“意见不敢，就事论事而已。”简姝站在那里，脊背笔直，没有丝毫畏惧和退步。

许远征觉得有意思，又看了简姝一眼：“我应该知道你是谁了。”顾昭还想说话，却被他抬手拦住，许远征接着道，“小姑娘，你想就在这里说，还是换个地方？”

简姝笑：“我没做什么亏心事，用不着换地方。”

她说完这句话之后，原本跟在许远征身后的那些人都自觉离开了。江之舟站在简姝旁边，一时走也不是，不走也不是。这到底是个什么混乱的人物关系啊？可这里的气氛实在尴尬，他咳了一声：“许伯伯，我先出去，你们慢聊。”

很快，偌大的厅里，就只剩下他们三个人。

许远征慢条斯理地整理了一下袖口，缓缓开口：“我时间有限，说简单一点，你现在拥有的一切都是顾昭给的。那你以为，他所拥有的又是谁给的呢？如果没有我，你什么都不是，他也一样。”他说这些的时候，顾昭就站在旁边，脸色冷沉。

简姝笑了一下：“你给他的，就是即便到了现在，也只能叫你‘许董事长’吗？”

许远征反问她：“他还想要什么？以前你们四个人挤在几十平方米的小房子里，现在呢？”

简姝终于知道，顾昭的那些思想都是从哪里来的。

简姝永远忘不了，她在医院见到顾昭母亲时的场景。才三十岁左右的女人，仿佛就已经油尽灯枯，手臂上只剩一层皮，眼睛里没有一丝一毫的光彩，满是衰败和黯然。她最后把不到十岁的顾昭托付给她的父母，便离开了人世。

简姝从小就很讨厌把他们母子变成这样的男人，她想不到，有朝一日，顾昭会选择跟这个男人离开。似乎除了金钱、权力，顾昭的脑海里就什么都没剩下。那十年的亲情，十年的朝夕相伴，仿佛早就成了一场梦，如同没有存在过。

简姝抬起头，毫不畏惧地对上他的眼，一字一句地开口："房子虽然小，但至少有人可以让他叫一声爸。"

许远征的脸色迅速冷了下去，不再像之前那样有风度。无疑，简姝戳到了他的痛点。

季承北在拐角看这出戏已经有一会儿了，见氛围越来越紧张，眼看着就要打起来的样子，硬着头皮走了出去："许伯伯。"

碍于有外人在，许远征也不好发作，但脸色已经比之前难看了许多。

季承北象征性地打了招呼后，又看向简姝："我找你半天了，走吧。"

简姝一脸莫名其妙。我们认识吗？

不等她拒绝，季承北已经快速握住她的手腕，将她拉了出去。

等人走远了之后，许远征才收回视线，冷声问道："MR的代言，是你给她的？"

顾昭道："不是。"

许远征神情冷冽，看向他："你也觉得我给你的这些少了，还想得到其他的？"

出了会所后，简姝终于挣开，皱眉看着他："你是谁？我认识你吗？"

"不认识，你只需知道，我是上天派来救你于水火之中的天使就够了。”季承北朝她身后努了努嘴：“等会儿在他面前，多夸我两句。”

简姝下意识回过头，更加诧异：“傅队长？”他们俩认识？

傅时凛走近，见他们俩在一起，季承北又是一脸邀功的表情，眉头不着痕迹地皱了一下：“怎么了？”

简姝张了张嘴，快速回道：“没……没什么。”

季承北也是个人精，见简姝这么回答，咳了一声，也就没说话。

傅时凛薄唇抿起，看了季承北一眼。后者立马怂了，凑过去在他耳边压低声音说了一句：“小嫂子这脾气够倔啊，差点没和你舅舅打起来。”

简姝踮起脚，可两个男人都高出她许多，季承北又像是故意的一样，说话的声音极小，她什么都没听见。不过，他也就说了一句话，应该没什么吧？

傅时凛的太阳穴跳了跳，把踮着脚、竖起耳朵的简姝给拉了过来：“走吧，回家。”

季承北乐呵呵地跟他们挥手：“小嫂子，下次见啊。”

简姝皱着一张脸。这是什么奇怪的称呼？嫂子就嫂子，为什么要加个“小”？

上车后，简姝边系安全带边问道：“傅队长，刚刚那是你朋友吗？”

“嗯，一起长大的。”

“啊，原来是这样。”难怪那么自来熟，简姝想了想又道，“我不记得我跟他见过面啊，他怎么认识我的？”说着，她凑近了一点儿，眨着眼睛问，“傅队长，你是不是拿着我的照片，偷偷跟周围的朋友炫耀了？”

傅时凛笑：“有这么漂亮的一个女朋友，不该炫耀一下吗？”

简姝本来是想“调戏”一下他的，没想到反被“撩”了，脸红扑扑的：“那……刚才都没有好好打招呼。”

“没事，下次有机会。”

“傅队长……”简姝舔了舔唇，小心翼翼地问，“他刚刚跟你说什么了？”

傅时凛侧头看了她一眼：“说你在里面快跟人打起来了，他见义勇为。”关于许家的事，牵扯得太多，他还没想好该怎么给她说。

简姝咧嘴笑：“你放心，我一般选择动手的，都是我打得过的，打不过的话，我跑得比谁都快。”还好还好，那家伙没有透露过多信息。

傅时凛抬手揉了揉她的脑袋，嗓音放缓了几分：“下次不论什么事，都不要这么冲动。”

简姝连连点着头，答应得比谁都快：“我知道了，回家吧。”

等那辆黑色越野车驶走的时候，江之舟才压下内心的震撼，走了出来。沈行这是在玩火啊！江之舟坐回自己车上，给沈行拨了电话。

“干吗？”沈二少的语气十分不悦。

“你最近还在追简姝？”

沈行不悦地开口：“你不知道我为了追她都进医院了吗？那女人就让她的助理来看我，一点良心都没有。”

江之舟的嘴角抽了抽：“作为朋友我劝你一句，停止你自杀式的愚蠢行为。”

沈行问：“你今晚是不是跟哪儿喝多了？”

他还在让人查MR让简姝做代言人到底是怎么回事。他无论怎么想，都咽不下这口气，非要把追简姝的那个浑蛋揪出来不可，好歹遵循个先来后到，排排队不行吗？

江之舟道：“我上次不是跟你说，我觉得她男朋友有点眼熟，好像在哪儿见过吗？”

“怎么，你被他抓进去，蹲过局子？放心，这个仇我帮你报了。”

“你可滚吧，他是你哥的朋友。”

沈行停顿了两秒，以为自己听错了，挖了挖耳朵：“你说什么？”

江之舟重复道：“那个警察是你哥的朋友，不过应该是好久以前的，我都快没什么印象了，刚才看到他和季承北说话，我才想起来。”

沈行从小和沈止关系就一般，再加上沈止要大几岁，出去玩的时候嫌他麻烦，从来不带他。久而久之，两人就各玩各的，朋友圈也不重叠。他们以前经常打篮球的地方离江之舟家不远，所以江之舟可以经常见到他们几个。后来，沈止他们不再去篮球场，各自开始接手公司，继承家业。关于沈止的几个朋友，他只知道陈斯去当兵了，但从来没有听说过有去做警察的。

沈行问：“你该不会认错人了吧，我怎么不知道我哥有一个当警察的朋友？你看他一副奸商的嘴脸，警察不抓他都是好的。”

江之舟：“行了，我也不跟你废话那么多，反正你最好别再瞎折腾了。能和陈斯、季承北、周豫南，还有你哥做朋友的人，没那么简单。”

沈行没太在意这件事，话锋迅速一转：“你那个电影给她了？”

“给了，刚签的合同。”沈行正要沾沾自喜的时候，江之舟打断他继续道，“不过这可和你没什么关系，确实是因为她合适，我才选她的。”

“我不管，反正这个资源就是我给她的。”

江之舟懒得理他，直接挂了电话。

一个星期后，电影宣布杀青。剧组在酒店举办了杀青宴，所有的演员和工作人员都到场。制片人本来也想把傅时凛邀请过来的，奈何他公安局的工作太忙，只能放弃。

讲话的时候，制片人万分感慨地说：“时间匆匆，一转眼，我们已经在一起待了五个月了。在此，感谢各位不辞辛苦，没日没夜地加班加点工作。相信电影上映后，一定能给大家更好的回报。”

制片人话音落下，底下掌声雷动。他清了清嗓子，又道：“我再说两句啊，娱乐圈说大也不大，可说小也不小，大家聚在一起工作，其实是很难得的事，说不定过了这次之后，就没有机会再合作了，也碰不上几次面。所以呢，不管工作中有什么恩怨，希望今天，各位能一笑泯恩仇。能聚在一起本身就是一种缘分，对不对？”

有些工作人员起哄：“对！”

“好了好了，我就说这么多了，你们玩得开心。”制片人下台的时候，悄悄看了简姝一眼，见她静静站在那里，神色没有什么波动，也不知道刚才他说的那些，她们听懂了没有。

简姝慢慢喝着香槟，淡淡地看着窗外。她又不傻，制片人那番话明显意有所指，她又怎么可能听不明白，只是她做不到和秦可可一笑泯恩仇。谁都知道她们俩前两个月的状态，没有在剧组互相捅死对方，都算是手下留情了。

简姝没想到的是，她刚收回视线，就见到秦可可走到她面前，大方地开口：“刚刚制片人的话你也听到了，我敬你一杯吧，我们之间就当作什么都没有发生过。”

简姝无语。怎么秦可可这语气，就像是她大人不计小人过，不跟自己计较一样？

简姝拿起杯子，在秦可可的杯子要碰到她杯子的时候，突然转了方向，笑道：“不好意思，我这个人就是小肚鸡肠，没你那么大气。”

秦可可气得眉毛抖了抖，却还是努力控制着，笑呵呵地道：“是啊，你现在不仅拿到那么大个代言，我听说江导那部电影也定下你了，现在谁有你风光呢，你自然不会把我这种过气艺人放在眼里。”

“你这么说，无非就是觉得我会谦虚两句。不过既然你都绞尽脑汁来夸我，那我就勉为其难接受了。”

秦可可做了个深呼吸，一再告诉自己要冷静。她咬着牙，声音像是从牙缝里挤出来的：“简姝，你别这么嚣张，小心站得越高，摔得越狠！”

“谢谢提醒。”

“你给我等着！”秦可可终于装不下去了，把杯子重重放下，甩手离去。

杀青宴结束后，简姝见时间还早，傅队长又在加班，就给他打包了一份夜宵带过去。今天值班的是之前她被孟远当作暴力分子抓进来，傅队长安排送她回家的那个小警察。他们之后也见过几次。

小警察看到她，跑出来道："简小姐，你又来找傅队了啊。"

简姝笑着点头："我给他送夜宵。"

"我们傅队特难追吧？"小警察还不知道他们已经在一起的事，小声和她八卦着，"我之前一直以为傅队不近女色，没想到竟然出了例外。"

简姝问："什么例外？"

小警察想着简姝在追傅队，就开始给她科普："前段时间三队不是新调来一个队长吗，是女的，她挺厉害的，三队也都服她。不过我好几次都看到她和傅队走得挺近的，丁队也经常在傅队办公室办公。我偷偷打听了一下，他们原来是一个警校的，也难怪关系那么好。"说着，又感叹道，"丁队虽然是女的，但做事雷厉风行，抓起犯人来也利落，不一定傅队长会格外欣赏她。"

简姝沉默了片刻才道："她没有自己的办公室吗？"一次两次就算了，还经常？哪里有那么多问不完的问题。

"怎么可能没有，不过一般她都在自己的办公室，只有加班的时候才……"

小警察还没说完，简姝就已经往前走。他挠了挠后颈，好不容易等来了一个人，怎么不再跟他八卦一会儿呢？

简姝走到大厅，远远就看到傅队长办公室的灯亮着。她今天参加杀青宴，本来穿的就是礼服，戴了一条披肩。简姝找了个位子把夜宵放下，把披肩取下来裹在自己头上，并且遮住脸，又从包里拿出墨镜戴上，拿起夜宵，偷偷摸摸往那边靠。

孟远拿着资料往这边走，抬头时吓了一跳："这位……大姐，你找谁？”

简姝抬起头来，把披肩往下拉了拉，露出自己的半张脸，朝他做了一个“嘘”的手势。

孟远无语。他下意识往傅队办公室看了看，瞬间就明白了。果然，女人的第六感是世界上最可怕的东西。他虽然看出来丁队对傅队有意思，但总不能直接跑过去说吧，说不定丁队只是想把这种喜欢默默藏在心里呢，毕竟她跟傅队认识那么多年了，要说早说了。

孟远也没去当那个嘴碎的。他用嘴型问道：“你干吗？”

简姝朝他指了指傅时凛的办公室，用嘴型回着：“掩护我过去。”

孟远无语，却只能照做。简姝猫着腰躲在他身后，慢慢移到了傅队长办公室外面，而后悄悄趴在玻璃上，观察着里面的动静。

傅队长坐在办公桌前处理着工作。丁瑜则坐在沙发上，低头完成自己的事。

简姝就维持着这个姿势看了一会儿后，觉得可能是自己想多了，正打算撤离时，丁瑜却抬起头，静静看着不远处的男人，目光柔和。隔着电脑屏幕，傅时凛没有察觉。

简姝皱了一下眉，不难想象，这样的场景一天会在这里发生多少次。她缓缓直起身，心里说不清是什么滋味。其实在健身房那次，她就应该察觉出来的，只是她觉得两人就是纯粹的同事关系，傅队长也说过只把丁瑜当作师妹，她就没往那方面想。

不得不说，丁瑜确实比她优秀很多。这也是简姝在知道她也喜欢傅队长之后，最失落的地方。他们能一起训练，能并肩战斗，一个眼神，就能懂对方要表达的是什么。而她只能在傅队长出任务的时候，坐在家里干着急。

孟远看出她心情不太好，小声道：“你别多想，只是工作需要而已。”

简姝叹了一口气：“想不想都是那样。”

“那什么……不然，我去跟傅队说你来了？”

“不用了。”简姝把夜宵给他，“你拿进去给他吧，别告诉他我来过，省得耽误他工作。”

孟远接过：“那行吧，你回去小心点。”

简姝点头，垂头丧气地走了。如果对方是秦可可那种，十个她都不怕。可坏就坏在，一百个秦可可都比不上半个丁瑜。这个世界上最难受的事莫过于，连自己都清楚情敌有多优秀。

简姝已经快要走出公安局，就在这时，手腕突然被拉住，她回过头。

傅时凛好笑地看着她：“你弄成这个样子做什么？”

简姝这才想起自己还是之前偷看他时的装扮，连忙把披肩、墨镜都取了下来：“你怎么出来了，不是在工作吗？”

“差不多结束了。”傅时凛给她理了理贴在脸上的发丝，轻声问道，“杀青宴好玩吗？”

“制片人让我一笑泯恩仇，我拒绝了。”简姝环住他的腰，笑容明媚灿烂，“我只想笑给你看。”

丁瑜站在不远处，神情不变，眼神却冷漠了几分，很快便转身离开。孟远快速看了她一眼，暗自摇头。

平时私下的时候，搂搂抱抱惯了，所以简姝刚才几乎是下意识就环住他的腰，但很快便反应过来，连忙收回手：“那你要回家了吗？”好在四周没有什么人。

傅时凛轻轻“嗯”了一声：“等我一下，我去开车。”

两人刚到家门口，傅时凛的手机就响了，他看了眼来电显示，是陌生号码。简姝以为他有事，推开门道：“那我先进去了。”

傅时凛接通，电话那头立即传来一道女声：“请问是傅先生吗？”

“是。”

“您之前在我们这里定制的戒指，明天就可以取货了。”

傅时凛薄唇微弯："好。"

第二天一早，简姝坐在保姆车里，正在补觉，方方突然接到一个电话，不知道那边说了什么，她突然拔高了声音："你们怎么可以这样？我们马上就要到拍摄场地了！"她又同对方争执了几句后，被对方挂断电话，她拿着手机，气得浑身都在发抖，"实在太过分了！"

简姝迷迷糊糊地睁开眼睛："怎么了？"

"简姝姐……"方方毕竟大学刚毕业，还没接受过残酷的社会和现实的洗礼，瞬间鼻子一酸，哽咽道，"那个综艺给我打电话，说赞助商要求临时加一个人，我们被换下去了。"

简姝的脑袋还有些晕，用了两秒来消化这个信息："被换下去了？"

方方点头，眼圈泛红："不行，我得好好去找他们理论一下，合同都是签了的，他们这样算是违约！"

她说话的这会儿工夫，车已经在拍摄场地外停下。方方拉开车门，直接就冲了下去。简姝摁了摁有些发胀的太阳穴，跟了过去。

她们刚走出几步，综艺的执行导演就走过来，皱着眉道："刚才不是给你们打过电话了吗？换人了，你们不用来了。"

方方据理力争："你们这是违约！"

"哎哟，我还当是多大个事呢，违约嘛，赔你们点违约金不就好了吗，至于像叫花子一样，上门来讨债吗？"

听见这道声音，简姝抿了下唇，冷冷抬眼。只见秦可可已经换上了这次综艺拍摄要穿的衣服，抱着胸，趾高气扬地站在那里。秦可可见到她以后，笑了两声："原来是简姝啊，我说背影怎么看起来这么眼熟呢。"

很明显，赞助商临时加进来的人是秦可可。方方也没想到竟然会是她。方方到剧组的时候，秦可可已经没有这么作妖了。她万万想不到，秦可可竟然在这里等着。

秦可可缓缓走到简姝面前，用只有两人听见的声音道："怎么样，这个滋味好受吗？我可提醒过你，小心站得越高摔得越狠，可惜呀，你并没有听进去。"

简姝也不生气，反而一笑："难怪。"

秦可可被她这句前言不搭后语的话搞蒙了，愣了一下才道："难怪什么？"

"难怪你前段时间在剧组里那么安静，我还以为你转性了呢。"

提起这件事，秦可可就恨："如果不是你，我会受那些罪吗？简姝，你会遭报应的！"

"所以，你为此不惜接受赞助商的潜规则？"正是因为有了新靠山，今天才能这么趾高气扬地站在这里。

"别把话说得这么难听，你以为自己干净得很吗？顾昭的床你没爬过？还有沈二少，他现在都不来找你了，估计是已经玩腻了吧，你——"

简姝闻言，突然笑了一下。秦可可见状，立时闭上了嘴，神色有些惊惧。这疯女人又想做什么？不过这里这么多人看着，料她不敢再动手。

简姝道："行，你要玩那我就陪你，咱们来日方长。"说完后，直接转身离开。

方方连忙跟了上去，小声问道："简姝姐，咱们就这么算了啊？"

"他们都开拍了，我们总不能站在那里不走。"

"你刚刚说来日方长，是不是要狠狠收拾她啊？"

简姝拉开车门："我吓唬她的。"

秦可可是典型的欺软怕硬，现在有了靠山才敢这么嚣张，却完全经不起吓。简姝刚才撂下的那句威胁的话，够她消化好几天的。不过这个仇，简姝肯定是要报的。

方方呼了一口气："那我们回公司吧，跟阮兰姐说说这件事，再确定一下之后的行程安排。"

第三章　绯闻陷阱

周进敲了敲傅时凛办公室的门，探头进来："傅队，叶局让你去他办公室一趟。"见傅时凛起身往外走，周进咽了下口水，道，"那个，傅队，你小心点啊，叶局脸色不大好。"

傅时凛抿起唇："知道了。"

局长办公室，傅时凛敲了门进去，还没站定，一份文件就朝他砸了过来，他轻松接住。叶常林重重敲着桌子，似乎正在气头上："你告诉我，这是什么！"

"转岗申请。"他的语气淡淡的。

"谁同意你转岗了？！而且你自己看看，你转的什么岗位，你是成心想气死我吗？"

叶常林这次是真的被他气得够呛，一个最优秀的刑警队长竟然申请转去后勤，他刚看到这个申请的时候，心里的火旺盛得都能把办公室给点燃了！

傅时凛道："我看了一下，最近就只有这一个岗位需要人。"

叶常林怒声道："有其他岗位也不行！转岗的事你想都别想了，我不会同意的！"

傅时凛失笑："不是您让我从一线退下来的吗？"

"退下来是一回事，你现在转岗又是一回事！"他让傅时凛退下来，为的是什么？是想把他往更高的位置推！这小子倒好，突然要转岗！转到文职后，就很难再有上升空间！

“对我来说，只要不在一线抓犯人，不论在哪个岗位都一样。”

“不行！不管你怎么说，我都不会批，你要是有那个能耐，去找上级领导，要是他们有谁给你批了，我把我这个位置转给你！”

傅时凛一时无语。见他不说话，叶常林用了一会儿工夫来平复自己的怒气：“我知道你为什么突然要转岗，也理解你。”他更知道傅时凛要做出这个决定，需要多长的时间来说服自己。

这小子是他一步一步看着走到今天的，再苦再累，抓捕的犯人再凶悍棘手，傅时凛都没有过半句怨言。如果不是简姝的出现，傅时凛可能会在一线待到死的那一天。

叶常林停顿了一下才继续道：“再等等，今年年底评优之后，我就给你往上面报，最多两年，你就能退下来。”

傅时凛沉默了两秒，缓缓地说：“叶局，我等不了那么久。”

“等不了也得给我等！”叶常林端起茶杯，“以后这份申请别再往我这里送，你送一百次我都不会批！”

到了下午，一条突发性的新闻突然上了热搜——某综艺正在录制的时候，现场发生安全事故，某女星从十五米高空摔下，当场昏迷不醒。

很快，有知情人爆料，这个女明星就是才杀青的由十年前“铁链连环杀人案”改编的电影的女主角——秦可可。紧接着，又有现场的工作人员发出了照片。照片中的秦可可毫无生气，倒在一片血泊当中。因为图片太过血腥，很快便被删除。

这档综艺本来就是户外竞技型的，刚好这一期有攀岩这个项目，每个艺人都有自己固定的位置，一开始都好好的，可当秦可可快要爬到顶端的时候，绳索却突然绷断。好在有安全措施，才没有当场死亡，已经送去医院急救了。

这条新闻一出来，不少秦可可的粉丝去指责、控诉栏目组没有提前检查好设备。近年来，不管是综艺还是剧组经常发生安全事故，艺人简直是拿命在工作。粉丝群情激昂地骂了一两个小时，栏目组终于顶不住压力，出来发声，说一定会好好彻查这件事，给受伤的艺人一个交代。

这时，有营销号扒出来，之前官方并没有公布秦可可会参与这个综艺的录制，反倒是简姝安排了录制这个综艺的行程，但从现场的路透图来看，没有她。路人还没来得及反应，秦可可的粉丝就已经火速到了现场——

“简姝这女的怎么这么可怕？平时在剧组欺负我们可可就算了，现在好不容易电影杀青了摆脱她了，她又来陷害我们可可，这女人真是蛇蝎心肠！”

“对，一定是她！她肯定是觉得这个综艺危险，故意推了，让可可去，结果可可从十五米高的地方摔下来啊！简姝真的连心都黑透了！”

“可可这次要是出了什么事的话，简姝也别想活了，去给可可陪葬吧！”

虽然粉丝一直在带节奏，但是路人也不傻，正对这件事存有质疑的时候，有人发出了今天上午简姝和秦可可在拍摄现场说话的照片。照片中，简姝神色冰冷，气势逼人，秦可可一脸柔弱无助，像是受了莫大的委屈。粉丝们看到以后，更加愤怒，直接去简姝的微博下面骂。

简姝刚和阮兰确定了之后的行程，从她办公室出来，就从方方口里得知了这个消息。她愣了一下，动了动唇才发出声音：“秦可可现在怎么样了？”

“正在医院抢救，不过我打听了一下，情况很不好，多半……”

简姝感觉太阳穴传来一阵强烈的疼痛，险些站不稳。方方连忙扶住她，紧张地开口：“简姝姐，你还好吗？”

与此同时，阮兰从办公室里走了出来，面色严肃，明显已经看到网上的新闻。她尽量平复着情绪，对简姝道：“你先别着急，我去跟老板汇报一下情况。”

“好……”简姝坐在沙发上，心脏剧烈地跳动着，惊恐不安。

方方见状：“简姝姐，你坐一下，我去给你倒水。”

简姝的手机响起，她看了眼来电，立即接通，声音中不自觉带了一丝哽咽：“傅队长……”

听到她声音的那一刻，傅时凛感觉自己重新活了过来。他从办公室出来就听到同事们在讨论，有个女明星录制综艺时出事，从十五米高空摔了下来。

傅时凛快速拉开车门，喉头上下滚动着：“你在哪里？”

“我在公司……”

“哪里也别去，我来接你。”

简姝点头，鼻子泛酸：“好……”

方方接完水回来的时候，简姝已经不在原地了。半个小时后，黑色越野车在公司门口停下。傅时凛下车便看到一个单薄的身影蹲在角落里，他大步走了过去，蹲在她面前，轻轻地开口：“简姝。”

简姝抬头，瞬间扑到他怀里，身体颤抖着。傅时凛紧紧搂住她，低声安慰道：“没事了，你没事就好。”

简姝的眼泪一颗接一颗地掉下来，在他怀里摇着头：“秦可可，是秦可可……如果不是她，就会是我……”

这个综艺是一个星期前定下来的，也不是什么秘密，只要查查她的行程，很容易就能知道。秦可可今天攀岩的那个位置，本来应该是她的。这个念头一旦出现在脑海里，便不可抑制地发展蔓延。简姝不敢再想下去。

她颤着声音道：“一定是他，他又动手了，他想要杀了我……”

傅时凛吻了吻她的眉心，把外套脱下来罩住她，将人横抱进车里。不远处，有人暗自拍下了这一幕，嘴角冷冷勾起。

上车后，简姝小声道："傅队长，我想去医院看看。"

傅时凛给她系着安全带，嗓音低沉："现在医院门口全是记者，先回家，晚点我带你去。"

简姝点了一下头，看向窗外。天气明朗，阳光刺眼，却始终无法照亮阴暗的一面。傅时凛侧过头看她，薄唇紧抿，伸手握住了她的手。她的手冰凉，没有温度。

到了家，傅时凛给她倒了一杯热水，轻声道："喝了好好睡一觉，等你醒了，我带你去医院。"

简姝喝了水，躺在沙发上，紧紧抓住他的手。傅时凛坐在她旁边，大掌揉着她的头发："乖，我不走，睡吧。"

简姝一觉睡醒的时候，天已经黑了，她缓缓坐了起来，看着搭在身上的被子，四下看着："傅队长？"她喊了好几声，都没有人回应。脚下，小家伙蹦跶得厉害。简姝把它抱在怀里，走到墙边开了灯。已经八点了。

她回到沙发旁，拿起手机，见上面有好几个未接来电。手机之前调了静音。未接来电有阮兰姐的，有方方的，还有孟远的。

简姝没有立即回拨过去，而是点开了微博，看最新的进展。看到最上面的一条热搜时，她的瞳孔猛地放大，放下小家伙就冲出了家门。怎么会……怎么会这样？！

一个小时前，某个账号发了一篇《刑警队长与两个女明星不得不说的爱恨情仇》的长微博，文章指出，在才杀青的某部电影中，剧组请了公安局的刑警队长参与指导工作。没想到这个刑警队长表面上看起来正经严肃，实际却与同剧组的两个女演员都暧昧不清，脚踏两条船，低劣不堪，实在有辱警察这个职业。

很快，文章中提到的两个女明星都被扒出来，一个是今天出事的秦可可，还有一个就是简姝。早在剧组拍摄期间，就有不少工作人员偷偷拍了傅时凛的照片发到微博上。其中一条被网友扒了出来："这是我们剧组的指导，真的帅爆了，超级有男人味！为傅队长点赞！"

当时，剧组工作人员发微博只是自娱自乐。可这篇文章出来以后，网友很快就抽丝剥茧，顺藤摸瓜找到了这条微博。尽管工作人员已经把这条微博删了，可还是被人截图发了出来。他们在公安局的官网上搜索了一圈，最终把目标锁定在了傅时凛身上。

公安局大厅里，所有人都聚集在一起讨论着这件事。

"我觉得傅队不是这样的人啊，网上那些新闻肯定都是假的吧？"

"对对对，傅队虽然平时不太爱说话，但也绝对不是乱搞男女关系的人，那么多人来局里跟他表白，他不是都拒绝了？"

"得了吧，知人知面不知心，是吧？"

"我说怎么了，难道不是事实吗？无风不起浪！连上面都把傅队叫去问话了，你们就别再包庇他了，免得到时候被打脸，太难看！"

"都给我闭嘴！"丁瑜冷冷扫视了一眼，"该干吗都给我干吗去！我数三声，谁还在这里，写两万字检讨给我！三——"

她才刚开始数数，一群人瞬间消失，跑得比谁都快。

简姝刚跑到门口，就看到孟远、周进他们一个个脸上都挂了彩，喘着气问道："你们怎么了？"

周进摸了摸裂开的嘴角："小伤，小伤。嫂子，你怎么来了？"

"我来找傅队长，他人呢？"

他们几个互相看了一眼，都没回答。简姝的心瞬间沉了下去，刚想要继续问，便听到一道冷漠无情的女声："师兄被上面叫去问话了。"简姝转过头，就看见丁瑜站在那里，面无表情地看着自己。

孟远咳了一声："丁队……"

"这里没你们的事，自己去把伤处理了。"

他又看向简姝。后者嘴角抿起，轻轻点头。周进想要说什么，却被拉走了。一时间，就剩下她们两个人。

丁瑜看向简姝："跟我来，我给你看样东西。"语毕，她也不等简姝回答，直接走到傅时凛办公室，把压在抽屉最底层的文件拿了出来，扔到简姝面前。

简姝下意识接住，看到上面"转岗申请"几个字时，怔住了。丁瑜又道："看看里面的内容。"简姝轻颤着手指翻开。

丁瑜面露嘲讽："或许你不了解师兄，在警校开始，他就是所有人心目中不可企及、神话一般的存在。这个办公室里的功勋、荣誉，哪一个不是他用生命换来的？我知道，可能这些对你来说算不了什么，但做警察是他毕生的信仰，可现在因为你，全毁了！一个被公安局寄予厚望的刑警队长，竟然申请转岗去做后勤，你难道不觉得可笑吗？网上的那些言论你看到了吗？骂他什么的都有，一个为了国家、为了人民奉献自己一切的人，却因为你卷入这些是非，承受着如此不堪的辱骂！"

简姝动了动唇，却说不出一个字来反驳。丁瑜说的都是事实。如果不是她，傅队长也不会面临这些。

丁瑜继续道："我听说去年年底评优的人选本该是师兄，却因为挨了处分，由别人顶了。不用想，肯定也是因为你吧？在遇到你之前，师兄是全警界的榜样，从来没有犯过任何错误！你知道他被上面叫去问话，将要面临什么吗？师兄这辈子遇到你，是他人生中最错误的一件事！"

简姝不知道自己是怎么回到家的，脑海里，丁瑜的所有话都在不停回响。她始终说不出话来反驳。屋子里开着一盏壁灯，还是她走之前的模样。简姝却一步都不敢踏进去，靠着门板慢慢滑落，蹲坐在地上。她拿出手机，在浏览器中输入了傅队长的名字，手指颤抖了许久，才按下搜索键。网页上，一片骂声。

“这警察长得是挺帅的，难怪能同时把两个女明星搞到手。”

“我终于明白简姝和秦可可为什么关系不好了，原来是因为抢男人。”

“现在的警察真的是一言难尽，平时没见他们怎么抓犯人，心思全花到这种地方了。”

前不久，“傅时凛”这个名字还代表着整个公安局的荣誉与门面，网页上全是各种各样的获奖记录。如今，对比鲜明。简姝扔下手机，头埋在膝盖上，尽管死死咬着唇，压抑的哭声还是逐渐扩散开来。

不到十平方米大的房间里，只有一张床，一张书桌，逼仄狭小。傅时凛靠在墙上，看着窗外寡淡的月色，眼中一片沉冷寂静。

他已经在这里待了两天，这次的调查要走很多程序，一时半会儿结束不了。外界那些评论和调查的结果对他来说都无所谓，唯一担心的就是简姝。她的状态很不好。

窗外，半月一点一点从枝头降落，远处，天色逐渐破晓。当第一缕阳光透过云层的时候，房间的门被打开。来的是叶常林。

傅时凛收回视线起身，因为长时间没说话的原因，嗓音低沉沙哑：“叶局。”

叶常林看了他一眼，无声叹了口气：“还站在那里做什么？走吧。”

“调查结束了吗？”

“差不多了。你这件事上面是加急处理的，好不容易才能证明你是清白的。”

叶常林说话时，有警察把傅时凛的东西拿了过来。傅时凛抓起手机，快速开口：“叶局，我还有事，先走——”

“走什么走！”叶常林负手而立，“跟我去找上面的领导道个谢，他们为了你，这次扛了不少压力。”

傅时凛抿起嘴，点了下头。

回公安局的路上，叶常林道：“这次事发突然，虽然上面都选择信任你，但毕竟人言可畏，影响很大。缉毒队那边最近在跟一伙毒枭，对方反侦察能力很强，他们向咱们刑侦队求助。我跟上面商量了一下，决定这次的行动派你去。”

“叶局，我——”

叶常林打断他：“我知道你想要说什么。如果这次能抓到这伙毒枭，算是大功一件，有利于你之后退下来的事。”

这次的事毕竟只是谣传，对他升职不会造成太大影响，可现在是特殊时期，媒体镜头都对准他和简姝，谁都说不准那帮记者能写出什么东西来。而且影响到底是造成了，上面总归是不大乐意的。要是马上能立下大功，就可以堵住所有人的嘴了。

傅时凛没有再说话，眸色沉了几分。隔了一会儿，他才开口问道：“这次去要多长时间？”

“快则半年，慢则一年。”

傅时凛眉头蹙起，这意味着他和简姝至少要分开半年的时间。

车在公安局门口停下，叶常林拍拍他的肩膀：“你今天回去好好休息，明天晚上坐飞机出发。”说着，看向外面等候已久的一群人，对傅时凛继续道，“下去打个招呼吧，大家都很担心你。”

看到傅时凛从车里下来，孟远、周进他们几个蜂拥而上，众口一词地问着：“傅队，你没事吧？那些人有没有为难你？”

他语气淡淡的：“没事。”

丁瑜站在人群之外，眼眶红了：“师兄，你没事就好了。”

傅时凛点头，低头看了眼腕表：“都回去做自己的事，我先走了。”语毕，直接上车。

叶常林不用想都知道他着急什么，只是……他摇了摇头，缓步往公安局里面走。

孟远他们见傅时凛没事就都放心了，纷纷说说笑笑地往里面走，只有丁瑜还站在那里，固执地看着他离开的方向，很久很久。

傅时凛打开门，看到小家伙没有冲出来的瞬间，便印证了心里的猜测。一路上，他给简姝打了很多电话都是关机状态。整间屋子里安静得没有丝毫声音。

傅时凛垂在身侧的手紧握成拳，手臂上青筋明显。他大步走进去，见客厅里、卧室里、浴室里，她的东西都不在了。傅时凛眼神冰冷，快速出门，拿出手机拨了孟远的号码："查查简姝去哪里了。"

孟远沉默了一瞬才道："傅队，叶局交代了，简姝不想让你知道她的行踪。"

闻言，傅时凛脸色更寒，扔了手机，驱车重新回了公安局。

局长办公室里，叶常林正在看卷宗，听到有人突然闯入，并不意外地抬头。傅时凛问道："叶局，简姝找过您？"

"找过。"叶常林放下手里的东西，点了一支烟，"不过她找我有什么用，我也无能为力。听说她在内部调查科门口等了一天一夜，上面的领导才同意见她一面。调查之所以能这么快结束，她出了不少力。"

"那她人现在在哪里？"

叶常林吐了一口烟雾："她不愿意见你。"

傅时凛紧抿着唇，嗓音低沉："叶局……"

"小傅，简姝她比你想得明白，你们若继续在一起，对谁都没好处。这两天网上的新闻也已经逐渐沉淀下来了，但还需要冷却的时间。你如果真的喜欢她，真的为了她好，这时候就不应该见她。你是警察，这些言论对你造成的影响和伤害只是一时。但她是艺人，这些事随时都会被人拿出来当谈资、笑柄。更何况秦可可到现在都还没有醒，她要承受的远比我们想象中的更多。”

傅时凛没再说话，眼神阴沉。

“如果你们真的有那个缘分，也不急在这一时，等你真正退下来的那天，再去找她，不是更好吗？你放心，简姝身边，我会派人保护的，不会再给凶手机会。”

傅时凛坐在车里，漫无目的地看着前方，指间夹着燃着的烟，却始终没有送入唇间。不知道过了多久，手机响起，傅时凛随手接通。

电话那头有女声道：“傅先生，您之前在我们这里订的戒指已经可以取了，前两天给您打电话都关机，请问您现在方便过来取吗？”

落地窗前，简姝抱膝坐着，双眼无神地看着窗外。她已经维持着这个姿势，不知道坐多久了。

沈行拄着拐杖到了之后，方方连忙拦住他，面露不忍：“沈二少，简姝姐现在已经这样了，您还是改天再来吧……”

“你以为我要对她做什么？老子像是禽兽不如的人吗？”

方方默默想：挺像的。

沈行一瘸一拐地蹦着坐到了沙发上：“她还是那样，不吃不喝？”

“对，都快两天了，一滴水都没喝。”

沈行揉了揉太阳穴，故意很大声地开口：“你告诉她，想死的话，当初找个河跳下去，留下封遗书洗脱冤屈就行了，还来找老子干吗？”

方方小声道：“沈二少，你这个音量简姝姐能听见……”

“老子不知道吗？”沈行没好气地开口，“给我倒杯水来，渴了。”

前几天，简姝跑来找他，说如果他帮忙撤除和澄清网上那些传言，她就答应他之前提的交易。他以为这女人终于想通了，哪里知道她让他处理的内容是关于那个警察的。沈行有些气，本来不愿意帮这个忙的，但是看到她明显哭的通红的一双眼，又不忍心拒绝。不过这件事解决起来很轻松，除了他，还有三方势力都在向媒体施压，其中就有他哥和季承北，看来那个警察确实和他们认识。

很快，方方就倒了水过来。沈行道："给她拿过去。"

方方端着水杯，又走到简姝面前："简姝姐，喝一点儿吧。"

窗外，有飞机轰鸣而过。简姝收回视线，接过，声音沙哑得厉害："谢谢。"

"不客气，不客气。"方方见她终于喝了水，激动地说，"你饿了吗，我去给你做点东西？"

"不用了。"简姝扶着窗户站起身，"我想睡觉，你们都回去吧。"

方方还想说什么，却最终没有开口。等她进了卧室后，方方才转过头看向沈行："沈二少，我要走了，你……"

沈行见她一脸防备的样子，气得抽了抽嘴角："走走走，老子跟你一起走！"

方方松了一口气，笑道："那我送沈二少。"

房间里，简姝躺在床上，眼泪无声流下，打湿了枕头。叶局告诉她，这件事结束之后，傅队长就会被派出去参加行动，要很长的时间才能回来。她不是不想见他，而是不敢见他。哪怕只远远见他一眼，她都会舍不得，会下不了决心离开他。可是，她必须离开，不能再成为他的负担、他的拖累。她也不值得他为她付出那么多。他应该站在阳光之下，被人崇拜，被人赞赏，而不是被她拖进阴暗潮湿的地狱里，承受不属于他的谩骂。

简姝用牙齿咬着拳，哭得怎么都停不下来。傅队长，再见了。

十天以后，简姝低调进组。秦可可虽然依旧没醒，但这些天陆陆续续爆出来不少有关二人的新闻——经警方那边核实，之前在网上造谣简姝霸凌勒索的人，实际是秦可可指使的，同时公布出的，还有双方的聊天记录和转账记录。

关于秦可可出事的综艺，也有工作人员实在看不下去秦可可的粉丝颠倒黑白，站出来解释：“这件事根本不是网上说的那样，是简姝怕危险才把综艺塞给秦可可的，而是秦可可的金主执意把秦可可加进来，简姝是被换下去的那个。”

关于这件事引起的风波，终于停息下来。

七个月后，方方拎着两件礼服过来：“简姝姐，今天的杀青宴你穿哪件啊？”

简姝看了看，随手指了一件。

方方把另外一件交由工作人员拿回去，然后道：“对了，简姝姐，今天的杀青宴不只是我们剧组的，圈内好多大腕都会来，都是给江导捧场的。”

“我知道了。”

“沈二少作为投资商，也会去……”

简姝也是拍了一半才知道这部戏背后最大的投资商竟然是沈行，看来她能拿到这个资源，多半和他脱不了关系。

简姝放下手里的杂志：“换衣服吧。”

晚上八点，因为有其他明星出席，这场杀青宴加了一个走红毯的环节。简姝一下车，就见到在门口等着她的沈行，她的太阳穴瞬间跳了跳。她作为这部电影的女主角，不可能躲得掉这个环节。沈行是算准了在这里等她。

见她走近，沈行大方地伸出自己的胳膊：“挽着吧。”

简姝今天穿的是豆粉色的拖地长裙，V领口和薄纱肩带，衬得她肌肤更加雪白。她的手腕上是一块皮带手表，这是她这几个月来，无论参加什么活动，都戴着的一块。

走红毯的时候，她穿着高跟鞋不方便，沈行就放慢脚步，配合着她的速度。媒体疯狂拍照，简姝可谓是现下风头正盛的女明星，代言的好几个品牌都是国际大牌，又刚拍完了江导的戏，前途无量。最重要的是，圈子内一直在传她和沈二少关系匪浅，看样子好事将近了。也有人说，她现在得到的一切都是沈二少给她的。

等走完红毯，进了大厅，简姝立即松开他。

沈行对此已经习惯了，随手拿了杯香槟，懒懒开口："你们女人就是这样，对你有用的时候，就哭着喊着来求，对你没用的时候，就弃如敝屣。"

简姝冷漠道："我让你在门外等我了吗？"

"我指的是这件事吗？你不要混淆视听好不好？"沈行抿了一口酒："我知道你现在发展正好，不适宜结婚，但咱们至少偷偷把证领了吧，婚讯什么时候公布无所谓。"

简姝叹了一口气："沈行，我说过，我会用其他方式感谢你。"

"其他你能给我什么？我缺钱、缺工作，还是缺房子了？我们现实点好吗？"

"你现在和顾昭不是合作得挺愉快吗？"

"这是另一回事，反正我不管，你当初来找我的时候，就说会答应我提出的条件，有你这种事情办成就反悔的吗？"

简姝揉了揉太阳穴："就算我心里有其他人你也不在乎？"

沈行笑了笑："你现在心里还有他，我能理解。但如果结婚以后，我还是改变不了你的想法，那就是我人格魅力的问题了。"

简姝抿着唇，刚要回答，旁边就插进一道声音来："小嫂子？"

两人同时转过头，就看到季承北站在那里，似笑非笑地看着他们。沈行脸色倏地一变，拉起简姝的手腕就想走。

简姝没想到会时隔几个月之后，在这里遇到傅时凛的朋友。她拉开沈行的手，朝季承北轻轻点头。

季承北看了一眼她身旁摆脸色的沈行，笑意多了些玩味：“你们这是在一起了？”

“是。”“没有。”沈行和简姝朝对方互看一眼。

季承北挑了一下眉，也不知道是相信了谁的话，什么都没说就走了。

沈行松了一口气，转过头刚准备开口，就见简姝往阳台的方向走去。阳台上风大，简姝靠在栏杆上，看着下面的夜景，神色始终没有波动。

一转眼已经过去七个月，不知道傅队长现在怎么样了。这段时间她想了很多，好像从一开始，就是她执拗地去开始这段感情，甚至没有想过他们到底适不适合，全凭自己的心情与喜欢，丝毫没有顾及他的处境和感受。

从十年前的连环杀人案，到B市的模仿杀人案，再到凶手三番四次地制造意外，这些本就只是她一个人的事，却不知道从什么时候开始，把他拖了进来，甚至让他比她承受背负的东西更多。如果没有她，没有这些事，他会始终是那个被寄予厚望，最年轻优秀的刑警队长。他穿着警服站在领奖台上的样子，是她这辈子都忘不了的场景。那样的傅队长，才是他真正该有的样子。

另一边，周豫南单手插兜，靠在墙上闲闲开口：“你吃撑了？刚才跑去插一脚做什么？”

“我能看着他们就这么双宿双飞？”季承北愤愤地道，“不是，这女人也太没良心了吧，当时傅老大为她承受了那么多骂名，她拍拍屁股就把人踹了，和沈行在一起了？”

“事情都过去了，还总提他做什么。”

“难道你忍得下这口气吗？要不是看在沈行是阿止的弟弟的分上，我非得揍他一顿不可。还有，MR给她搞到LIN品牌的代言，又介绍了那么多资源给她，难不成她真的以为是沈行的功劳？我还真没见傅老大对谁那么好过，戒指都买好了。所以这娱乐圈的女人，真的是势利眼，你跟她谈感情，她给你谈利益。”

周豫南道：“行了，少说两句。我昨天打听了一下，傅老大快回来了，陈斯说搞个接风宴，到时候你别在他面前提起这件事。”

季承北“哼”了声：“我不提，他就不知道了吗？”他说着，看向不远处阳台上的那抹身影，眯了眯眼，不知道在想什么。

杀青宴结束后，简姝直接回了家。小家伙长得比以前大了一些，可身上还是没有什么肉，她一只手轻轻松松就能捞起。简姝抱着它坐在落地窗前。这个房子是公司分给她的，坐在这个位置，刚好能远远地看见公安局的房顶。她没事的时候，经常在这里一坐就是一整天。

过了一会儿，手机突然响起。简姝缓缓收回视线，接通。电话那头传来一道温润谦和的声音：“简小姐，最近还好吗？”

简姝停顿了一下：“陈教授？”

“对，我这两天来云城有点事，简小姐若时间方便的话，我们见一面？”

“可以……我戏今天杀青，正好有时间。”

陈文光笑了笑：“好，那我给简小姐发个地址，明天我们在那里见。”

第四章　梦境凶手浮现

挂了电话后，简姝把小家伙放下，起身去了浴室。洗完澡，简姝躺在床上，却一点儿睡意都没有。她从枕头底下摸出卡包打开，看着里面的照片。好像无论过多久，不论发生什么事，照片上的这张脸永远都不会改变，依旧正经凛然，俊美冷肃。简姝闭了闭眼，把卡包抱在怀里，眼角是湿的。

第二天中午过后，简姝到了和陈文光约定的地方。这家咖啡馆的保密性很好，拥有独立的包间。陈文光坐在位子上，见简姝来了，朝她点头微笑道："简小姐，好久不见了。"

简姝在他对面坐下，也扬起一抹笑："陈教授这次到云城是出差吗？"

"算是，有几个学术讨论，也见见朋友。"

说起朋友，简姝道："陈教授也和白教授见过面了吗？"

陈文光停顿了一下，似乎有些不解："白教授？"

"对，就是白长舟，白教授。他之前在我们剧组当过顾问，我才知道他和陈教授也认识。"

陈文光皱了一下眉："白长舟……"

简姝点头，但是看陈文光的样子，好像对这个名字有些陌生："陈教授不记得他了吗？"

“倒也不是不记得。”陈文光喝了一口咖啡，缓缓地道，“我们是大学同学，已经很久没有联系了，大概有将近十年了吧。”

“很久没有……”说到这里，简姝突然停住，觉得有哪里不对。

陈文光问：“简小姐，怎么了？”

简姝下意识开口：“白教授跟我第一次见面的时候，说你跟他提起过我……”

“我跟他提起过你？”陈文光笑着摇了摇头，“我跟他上一次见面是十年前，那时候我还不认识你呢。更何况，简小姐到公安局协助调查，你的身份和所有信息都是保密的。再者，我作为心理医生，也不可能随意说患者的情况。”

不对……简姝手指轻颤，这件事不对！陈文光意思是说，白教授根本没有从陈教授那里听说过她，却知道她的身份和情况，更加知道她是十年前“铁链连环杀人案”的幸存者！能知道这些信息的，除了警务系统那次参与调查的人外，就只有……

见她脸色越来越白，陈文光关心地问道：“简小姐，你怎么了？是不是哪里不舒服？”

过了几分钟，简姝的情绪才逐渐平静下来，抬头看着他：“陈教授，上次你说在催眠中得到了线索，方便告诉我是哪些线索吗？”

“这个倒没什么方便不方便的，你作为当事人应该知道。”陈文光道，“凶手的身高在一米八至一米八六之间，左手戴着婚戒，手有可能受伤了。后来经过傅队分析出来的信息，凶手现在的年龄应该是在四十岁以上，外表斯文，谈吐优雅，拥有高智商。”

简姝张了张嘴，感觉什么都说不出来，耳朵一片轰鸣。是她想多了，还是这一切都太过巧合？白长舟，白教授，犯罪心理学专家，撒谎说从陈教授口中知道的她。他当时还是剧组的顾问，那么在剧组出现的几次意外……

“简小姐，简小姐……”

陈文光在喊她，可她一个字都没有听进去。脑海中，再次只剩下铁链碰撞声，尖锐刺耳地鸣响着。简姝呼吸急促，她茫然地看着四周，不知道这里是哪里，也不知道自己在做什么……整个世界仿佛都是混沌的，有什么东西嗡嗡作响。突然，刺痛感从手臂传来，遍布简姝全身。简姝瞬间清醒了过来，映入眼帘的是一只戴着婚戒的手。她猛然抬头，眼里只剩下惊恐。只见白长舟手上拿着一块沾了血的玻璃，黑眸隐隐闪烁。

简姝喉咙里发不出一点儿声音，不住地往后退。

白长舟扔了玻璃，平静地开口：“简小姐，你状态不好，我送你回去吧。”

“陈……陈教授呢……”简姝说话的时候，声音里都是颤音，可还是竭尽全力地控制住自己的情绪，生怕一不小心被他发现。

“他怕你有事，去打急救电话了。”

“我……我在这里等他就行……”

白长舟见她执意拒绝，没有再勉强，只是点了点头，将手藏在衣袖里，快速离开。等他一走，简姝就快速跑到前台人多的地方，蹲在地上，拿出手机，哆嗦着给孟远打了个电话。

陈文光在此时回来，见简姝的脸色比之前更白，走了过来：“简小姐，你还好吗？”

简姝抬头看着他，眼神像是失了焦距一般：“陈教授……”

陈文光问前台要了一杯温水给她，缓声道：“简小姐是不是想起了什么令你觉得恐惧或者害怕的事？”

简姝捧着水杯，颤抖得厉害：“白教授他……他可能是……”

“是什么？”白长舟不知道什么时候回来的，此刻就站在陈文光身后，用同样询问的眼神看着她。

简姝一瞬间感觉后背发凉，即便喝着水，喉咙也干涩得厉害，整张脸白到没有一点血色。

陈文光闻言转头，略微有些诧异："长舟，你怎么也在这里？"

"有点事路过，见简小姐也在，就打了个招呼。"

简姝蹲在那里，极度不安，几乎缩成一团，脖子如同被一只手扼住，呼吸变得越来越困难，眼前似乎都是恐怖骇然的尸体，鲜血不住向她涌来，如同潮水一般将她淹没。

白长舟低头看了她一眼，走了过来。

"不要！"简姝尖叫出声，拼命摇着头，"不要过来，求求你，不要过来！"此刻，她好像回到了十年前，蜷缩在那个衣柜里，看着凶手一步一步朝她走近，她绝望地尖叫道，"不要，不要杀我！"

简姝再次睁眼的时候，头顶是一片雪白，四周安静得只能听到液体滴落的声音。她用了好几分钟才逐渐收拢思绪，看清这是哪里——病房。

简姝撑着坐了起来，手臂上的伤口已经被处理过，绷带渗着血。

这时候，孟远推开病房门进来，见她醒了，终于松了一口气："你可算醒了，之前差点吓死我。"

"我怎么了……"

"医生说你受了太大的刺激，导致情绪崩溃，所以才会昏过去。"

简姝倏地开口："白长舟呢？"

"他？"孟远在她床边的椅子坐下，"他学校还有课，回去了。不过你刚才是怎么了？陈教授说你应该是想起了什么害怕的事，是……关于连环杀人案吗？"

"白长舟是凶手。"

"啊？"孟远被她这么突然的一句搞蒙了，"什么凶手？"

简姝急切开口："他是'铁链连环杀人案'的凶手，我能确定，就是他！"

孟远拍了拍她的肩膀，试图安抚她的情绪："你慢慢说，别着急，到底是怎么回事？"

"他先是借着认识陈教授这点来接近我，让我放松对他的警惕，再在剧组制造事故，想要灭我的口，他一定就是凶手！"

简姝的情绪波动实在是太大了，孟远只能道："你说的这些我会去调查。但你也知道，他是犯罪心理学专家，曾经还在公安局做顾问，在学校里也很有威望，我们不能无凭无据抓他。不过你放心，你好好待在这里，他不会再出现在你面前。"

简姝点了点头，喃喃道："我知道是他，这次一定不能再让他逃了！"

孟远道："你先休息吧，我还有点事，先去处理一下。"

简姝缓缓松开自己紧紧攥着的手，看见掌心里安静地躺着一枚纽扣，愣了一下才问："这是什么？"

孟远试探性地问着："你不记得了？"

"不记得……"

孟远叹了一口气，看来医生说的果然没错。简姝这段时间都在吃抗抑郁的药，那种药吃多了，会神志不清，甚至刚才发生过的事都不记得了。

他接到简姝电话的时候，傅队正好在旁边。等他们到咖啡厅，简姝的情绪已经失控，一直惊恐地缩在那里，不准任何人靠近。是傅队强行将她抱住，不顾她的撕咬捶打，始终低声安慰她，才让她慢慢平复下来。可是她不记得了。傅队也交代过，让他不要说。

孟远道："也没什么，可能是哪个医生或者护士的，你随手抓在手里了吧。"

简姝怔怔地看着掌心里的纽扣，有些零碎的片段在她脑海里闪过，仿佛在做梦一般。不可能的，傅队长还没有回来。这几个月来，很多时候她都以为他就在身边，却只能在夜里惊醒后，看着空荡的房间出神。

简姝重新攥紧拳："我知道了，我什么时候可以出院？"

"你的情况还不太稳定，医生说最好再观察观察……"

简姝掀开被子起身："我没事，不用观察。"

简姝执意要出院，孟远怕再刺激她的情绪，没有强行留她，不一会儿，方方就来把她接走了。坐在车上，简姝漫无目的地看着前方，如果不是手臂上的伤口始终提醒她这件事是真实发生的，那她可能会当作是一场梦。原来，凶手早就出现在她身边了，而她却丝毫都没有察觉。

方方小声问着："简姝姐，你没事吧？"

简姝摇了摇头，声音轻轻的："没事。"

"今晚本来有个聚会的，不然我打电话给阮兰姐，让她推了吧？你回家好好休息。"

"不用。"简姝收回了思绪，"是什么聚会？"

"就几个明星和富二代组织的一个小型聚会，邀请了你，阮兰姐的意思是，多走动走动，认识点人也不是什么坏事。"

晚上八点，季承北叼着一支烟，懒洋洋地坐在位子上，一副等待好戏开场的模样。

陈斯抬腿踢了踢他："你今晚要玩什么花样？"

他之前说的是他们几个聚一次，哪知道这家伙喊了好几个女明星来。

"你着什么急？学学人傅老大，喝酒就喝酒，哪里来那么多话。"

陈斯看了眼坐在角落抽烟、眉目清冷沉静的男人，又收回视线："我是怕你玩火自焚。"

"焚不了，焚不了，我有分寸。"

不一会儿，包间门被打开。看到进来的那道身影，季承北朝陈斯使了个眼神："来了。"

简姝来之前只当这是应酬，在看到季承北之后，有一瞬的愣怔。她并不知道他到底是什么身份，说起来，他们也只见过两次，一次是几个月前在会所，还有就是昨晚。不过这两个场合，去的人都是非富即贵。

简姝其实不太明白他喊她来的原因，直到她看见坐在角落的男人。

男人叼着烟，坐在这声色场所里，少了一丝刑警的冷肃刻板，此时更像是上流社会的贵公子，一举一动都是令人心动的成熟男人魅力。

简姝愣在原地，她曾想过千万种再见的可能，却独独没想到会在这里见到他。她动了动唇，喉间干涩无比。傅队长回来了……

似乎察觉到她的视线，傅时凛轻轻抬眼。两人四目相对的那一刻，简姝快速移开目光，指尖轻颤着，心脏猛地一缩。

简姝转过身正要离开，季承北就站了起来："简小姐的架子真够大的啊，我们所有人都在等你，怎么来了招呼都不打一句，就要走呢？"

周豫南扶额，直觉告诉他，季承北今晚要挨揍。

简姝背影僵直，却也再迈不出一步，在原地停了好一会儿，才回过身。

季承北正在往杯子里倒酒，不咸不淡地开口："既然迟到了，也总该有个样子，先自罚三杯吧。"

其余几个女明星都没说话。这季少爷是出了名的爱玩儿，不过对女人一般都十分绅士，出手也大方，还从来没有为难过谁。

简姝知道他是什么意思，他昨天在杀青宴上问她是不是和沈行在一起了，今天就特地把她喊到这里，应该是为了傅队长出气。

她往前走了几步。季承北拿起酒杯，正要递给她的时候，小腿突然被人狠狠一踹，一时不备，杯子里的酒洒了大半。是陈斯踹的。

季承北不解地转过头，问了个十分智障的问题："你脚抽筋了？"

陈斯咳了一声，示意他往旁边看。他怕他刚才不踹季承北那一脚，酒让人喝下去了，季承北今天要横着被抬出去。

只见角落里的男人气息冷寒，季承北打了一个哆嗦，却还是硬着头皮收回视线。傅老大就是在感情方面太单纯了，才会受了这个女人的蒙蔽，他今天就要让傅老大看清楚她的真面目。

简姝从始至终垂着头，没有去看任何人。她正要去拿酒杯的时候，手腕却突然被人扼住。男人嗓音冷淡，听不出什么情绪：“下午才输了液，不想活了？”

听到他声音的那一刻，简姝鼻子一酸，心口钝痛，废了好大力气才没让眼泪落下来。她已经有两百二十三天没有见到他了，真的好想他。

季承北是真的没想到简姝下午输了液，只是想让她出出糗而已。他看向桌上的几杯酒，感觉搬起石头砸自己的脚：“算了算了，我喝。”说着，一口气直接喝完了三杯酒。简姝这才回过神，动了动手腕，想要把手从他掌心里抽出来。

傅时凛松开，对季承北道：“拿杯果汁来。”

“不用。”简姝低声开口，“我身体不太舒服，先走了……”

她话音还未落下，包间门再次被推开。来的是沈行。他朝简姝这边看过来，又见到季承北、周豫南、陈斯这几人都在，觉得自己今晚参加的是场鸿门宴。关于傅时凛的身份，虽然他现在还不是很清楚，但至少可以确定他不单单是个警察。

周豫南道：“都坐吧，别站着了。”

傅时凛收回视线，神情不变，迈动长腿离开了包间。沈行拉着简姝坐在了旁边：“搞什么？”

简姝现在脑子里很乱，完全听不清他在说什么，放在膝上的手不由自主地收紧，指甲嵌入了掌心。

包间里又继续放歌，气氛很快再度活跃了起来。傅时凛不知道是什么时候回来的，依旧坐在角落里，安静地抽着烟。他回来后不久，就有侍者送了一杯热牛奶进来，放在简姝面前。

音乐声很大，沈行也不知道是有意还是无意，凑到简姝耳边问道：

“我听说你进医院了，怎么回事？”

两个人挨得极近，姿势在旁人眼里，怎么看怎么暧昧。季承北时刻密切关注着他们的动向，见他们两人成双成对地坐在这里，而傅老大却孤身一人，形单影只，怎么看都落于下风了，他得给傅老大扳回一成才行。

他咳了一声，踢了踢陈斯。陈斯挑眉问道：“干吗？”

“你看见没？”

陈斯见他使眼色，就知道他又在打什么鬼主意，配合地问道：“看见什么？”

“傅老大衣服上的扣子都没了一颗，也不知道是被哪个小野猫抓去的。”

季承北本来就坐得离简姝挺近，又刻意加大了声音，此时正好一首歌播完，包间里难得安静了几秒，所以他这句话尤其清晰。

一直心不在焉的简姝猛地抬起头。衣服扣子？今天下午的一切不是梦吗？简姝咬着唇，想要确定，却始终不敢转过头去看他。

季承北说完这句话后，见她果然有了反应，正暗自窃喜的时候，傅时凛拿起手机起身，嗓音沉冷：“我先走了。”

“喂，你再——”他还没说完，又被陈斯踹了一脚。

傅时凛路过简姝面前，脚步微顿，却没有停留。

包间门刚关上，简姝也站起身：“抱歉，我身体不太舒服，先走了。”

沈行还没来得及去追，陈斯就端着酒杯对他道：“我上次见你的时候，你还在念书，一转眼这么多年了。来吧，喝一杯？”

简姝追出包间，就没看到人了，她脱力一般靠在墙上，就算确定了那颗纽扣是他的，确定了下午的一切不是梦，又能怎么样？她在最关键的时候离他而去，傅队长一定讨厌她了。她现在真的什么都不奢望。

简姝不知道站了多久才重新抬起头，正准备离开，却看见那道熟悉的身影就在不远处。男人叼着烟，静静地凝望着她。

这一瞬，简姝的眼泪再也控制不住，瞬间从眼角滑落，模糊了眼睛。傅时凛取下烟，缓缓张开双臂，朝她扬了一下眉。这一刻，仿佛所有的光芒都汇聚在他身上。简姝咬着唇，朝他跑了过去，一头扎进他怀里，紧紧环住他的腰，好像过去发生的那些事，顷刻间化为乌有，好像他们之间从来没有分开过，好像他只是去出了一趟差而已。

傅时凛轻轻抚着她的背，嗓音低沉："简姝，我回来了。"所以从现在开始，她身上背负的所有东西，由他来承担。

简姝在他怀里哭得泣不成声，又呜咽连连。她哭了好半天，才想起什么似的，开始掀他的衣服，哽咽地问："有受伤吗？"

傅时凛轻笑出声，再次抱住她，一下一下揉着她的头发："没有。"

听到他没受伤，简姝悬着的心才放了下来。等她哭够了才从他怀里出来，用手背擦着怎么都停不下来的眼泪："你没受伤就好，我先回去了。"

她这句话无形中透着距离。傅时凛只是道："我送你。"

"不用，他们在楼下等我。"简姝往前走了几步，又退了回来，吸着鼻子从包里找出了那颗纽扣还给他，刚才哭得整张脸都湿答答的，声音也哑，"对不起，弄坏你衣服了，我改天买一件赔给你。那我先走了。"

"回来。"傅时凛逼近，将她抵在了墙上，"什么意思，嗯？"

强烈的男性气息扑面而来，将她笼罩。简姝委屈地咬着唇，眼睛又红又肿，不敢对上他的视线，于是微微侧开了头，"我们已经分手了……"

"谁同意的？"

"我自己。"简姝说着，趁他不注意，弯着腰快速从他胳膊下钻了出来，跑出两步后，还回过头朝他吐了吐舌头，两只眼睛弯弯的，像只得逞的小狐狸。

傅时凛收回手，插在裤兜里，薄唇勾起，黑眸里笑意深了几分。

季承北见他们两个人都走了，觉得这个聚会失去了大部分的意义，唯一能让他感到一点欣慰的可能就只有沈行被周豫南和陈斯两人轮番灌酒，却有苦说不出。

他把那些女明星都打发走了，自己也拿了一杯酒过去："我们和沈止都是朋友，他的弟弟就是我们的弟弟，今天他来不了，我们当哥哥的，一定不能把你怠慢了，一会儿再开两瓶酒，一定要让你尽兴。"

沈行无语。这些人简直比他还能说。沈行把杯口盖住，笑着开口："酒我就不喝了，有什么话你们直说。"

陈斯看了周豫南一眼，周豫南又看向季承北。季承北放下杯子，缓缓道："你撬人墙脚这事做得不地道。"

"任何人都有权利选择更好的生活。"

周豫南闻言笑了笑："你的意思是，我们傅老大只能让人跟着过穷困潦倒的日子？"

沈行眯了眯眼，不答反问："他到底是谁？"

陈斯笑道："伟大的人民警察啊。"

沈行紧抿着唇，见他们也不像是要告诉他的样子，站起身准备离开。这时，包间门被人推开，男人高大挺拔的身形随之出现。季承北也没想到他会去而复返。

傅时凛淡声开口："都出去。"

陈斯和周豫南都站了起来。

"不是，什么意思啊……"季承北话还没说完，就被两人捂住嘴巴，拖走。

沈行见状，重新坐回了沙发上："你们已经分手了，我……"

傅时凛慢条斯理地往杯子里倒酒，嗓音听不出什么情绪："敢和我比一场吗？"

"比什么？"

“都可以，随你选。”

沈行这人从小嚣张惯了，倒还是第一次见到有比他还嚣张的，他真的越来越好奇傅时凛的身份了。他想了一下才道：“拳击。”

“好。”

趴在门外偷听的季承北嘴角抽了抽：“沈行脑子没病吧？跟傅老大比拳击，还不如直接认输算了。”

陈斯抱着胸，懒懒地道：“你别小看沈行，他在美国的时候打过几年黑拳，下手可是不要命的狠。”

“那你说他们谁能赢？”

“这不好说，傅老大身上还有伤。”

季承北瞪大了眼睛：“你怎么知道，火眼金睛？”

陈斯一巴掌拍在他后脑上：“麻烦你脑子里不要成天只想那些男男女女的事，稍微打听一下就知道他这次的行动早在半个月前就结束了，养了一段时间伤才回来的。”

“那傅老大这次不是悬了？”

周豫南感叹道：“有生之年可以见到傅老大为了一个女人动手，也算是值了。”

两个小时后，沈行倒在拳击台上，浑身都是汗，大口地喘息着。四周一个人都没有。他输了，不管是简姝，还是拳击，他都输了。他已经选择了自己最擅长的项目，却还是输了。沈行无话可说。

不知道过了多久，才有脚步声传来。沈止拿了毛巾和水放在他旁边：“我早说过让你不要去招惹简姝，现在输得心服口服了？”

“我不甘心……”

“你有什么不甘心的？”沈止坐在他旁边，拧开水喝了一口，“别以为我不知道你都做了些什么，傅时凛也知道，只是没跟你计较而已。”

沈行怔怔地望着头顶的灯，喃喃道：“我是真的喜欢她……”

沈止侧过头看了自己这个弟弟一眼，没想到他这次竟然动了真感情。隔了片刻，他才开口：“你不是一直在查傅时凛的身份吗，我告诉你。”

“二十五年前，有一群预谋已久的悍匪劫持了一所幼儿园，开出天价赎金。可拿到赎金，这些歹徒并没有兑现承诺，他们在走之前，打算炸了幼儿园。最后是一个刑警提前察觉，阻止了这场爆炸，成功救出了所有小孩子。孩子们全都毫发无伤，他自己却被这群悍匪乱枪杀死。”

沈行顿了顿，脑海里闪过零碎的片段。那些记忆太过遥远了，他已经没有印象。

“傅时凛的父亲就是那名牺牲的刑警。”沈止的声音有些遥远，“我大不了你几岁，当初只知道他父亲牺牲，却不知道是因为什么。在成年后，一次偶然的机会才知道原因。他父亲是个很值得人尊敬的刑警，所以听到他考警校的消息，我并不意外。”

“他父亲救的人里有我？”

沈止笑了一下：“有没有你重要吗？对他们来说，不管是谁，生命是同等价值的。”

沈行坐了起来，拿毛巾擦了擦脸上的汗：“就算不是我，顾昭也不会让简姝和他在一起。”

“因为他是个警察？”

“不，因为顾昭深爱着简姝。”

简姝从上车到回到家，嘴角一直挂着一抹笑，看上去和之前大不相同，情绪好了很多。她抱着小家伙坐在落地窗旁边，看着公安局的房顶，心里却是平静的。好像她这么一坐，能一整夜。

客厅里，灯光如昼，音乐轻缓悠扬。不知道过了多久，手机响起。简姝从衣服口袋里摸出手机，见是傅队长的电话，笑容无声扩大，快速接通。

低低的男声透过听筒传来："睡了吗？"

"还没……"简姝重新抬头看向窗外，"不太睡得着。"

傅时凛沉默了几秒，又才道："饿不饿？"

简姝揉了揉自己已经饿到失去知觉的肚子："有一点儿。"今天到现在，她什么都没吃。

"那……开门？"

简姝闻言，愣了一下，连忙把小家伙放下，朝门口跑去，手在触到把手的时候，又有些不确定。他应该不知道她住在这里……

她没多想，拉开了门，在看到门外拿着手机的男人，眼睛里生出了光亮："你怎么找到这里的？"

傅时凛道："想找很简单。"

简姝抿着唇笑，给他让出了一条路："进来吧……"

傅时凛走进客厅，找到饮水器，倒了一杯温水给她："先喝点温水暖暖胃，二十分钟后吃饭。"

简姝这才注意到，他进来的时候，手里还提了不少蔬菜。她接过，喝了大半杯，又跟着跑进厨房，见他在接水，跟个小学生一样细细汇报着："我有自己做饭的，一日三餐都有按时吃，有空的时候还会去健身房。"

傅时凛勾了勾嘴角，把锅放在炉子上，打火。他微微俯身，双手撑在她身侧："还有呢？"

简姝觉得这个姿势有些危险，不由得往后退了退，同时回答道："还有拍戏啊，录综艺，赶通告，每天都很忙。"

"除了这些，没别的了？"

"遛狗算吗……"

傅时凛舔了舔薄唇，头低了一点，鼻尖几乎挨着她的。简姝呼吸间都是他的气息，一时耳朵有些发烫，把头偏开了一点儿："水……水开了。"

傅时凛收回手，把面放了进去，开始制作调料。

“你少弄一点儿，我吃不了多少的。”

“你一天都没吃东西。”

简姝轻轻晃着白嫩细长的腿，看着他切蔬菜：“那也一口气吃不了那么多啊，我还要保持身材的。”

傅时凛侧眸看她一眼：“不是说去健身房了吗？”

简姝咳了一声，去是去了，不过是换个地方发呆而已。她鼓了鼓嘴，红着脸反驳道：“那些教练都争着要教我，我嫌麻烦，就不去了。”

傅时凛没再继续问下去。很快，面煮好了。简姝跳下台面，主动拿出碗递给傅时凛，然后将他盛好的面端上桌。

吃完饭，她去收碗，傅时凛道：“我来吧。”

“不用了，时间不早了，你快回家吧。”简姝利落地把碗收进了厨房里，拧开水龙头正要洗，却牵动了左手的伤口，一时有些疼。她刚想放弃打算明天再说的时候，就被人从身后圈住。

傅时凛一手撑在台面上，一手从她的腰侧越过拿起碗碟，配合着她的高度：“洗吧。”

这下，简姝浑身都有些僵硬了。傅队长要不要这样啊，洗个碗都这么有情趣。

“还是你来洗吧，我……”

男人的语气低沉强势：“就这样。”

简姝现在完全被他禁锢在怀里，退无可退。她右手拿起洗碗巾，慢慢搓着。等到洗完，她已经是一身的汗。简姝放下洗碗巾，就蹲下身往外钻：“碗已经洗完了，你……”

“你手臂上有伤，拧毛巾方便吗？”

“啊？”

傅时凛进了浴室：“过来。”

尽管简姝想要拒绝，可还是克制不了内心深处的答案，乖乖跟了上去。正好还没卸妆。

简姝坐在马桶上，指挥着：“洗面奶是旁边的，你拿的是沐浴露。”

“白色的那瓶先补水，轻轻地拍，喂喂喂……你别揪我脸。”

傅时凛始终好脾气地伺候着。等到她脸上清洁干净之后，他才好整以暇地问道：“还要洗澡吗？”

“不……不用了！”简姝说完，一溜烟儿地跑回了房间。

傅时凛出来的时候，小家伙正在客厅咬玩具。他长腿迈动，走了几步，单膝屈下蹲在它面前，轻轻揉了揉它的小脑袋：“跟她一样，还是这么瘦。”小家伙伸出舌头，亲昵地舔着他的手指。

房间里，简姝抱着被子躺在床上，翻来覆去却一点儿睡意都没有，眼睛睁得大大的，不敢闭上。她不想再把傅队长卷进来，她自己一个人，也能克服的。

夜色逐渐深沉，四周越来越安静。简姝手紧紧抓着被子，呼吸比之前更重。铁链拖曳碰撞在地上的声音，由远到近。那道模糊的人影，也慢慢清晰起来。

白长舟……

简姝浑身都在颤抖，喉咙变得干涩，却连一个音节都发不出来。她深深吸着气，努力平复着呼吸，告诉自己一切都已经过去了，这些只是自己吓自己而已。没事的，没事的……

就在这时，头顶的灯忽然灭掉。压抑的恐惧翻腾而出，简姝尖叫出声：“不要，不要——”

门几乎在是同一时间被打开，傅时凛将她抱在怀里，轻轻安抚道：“别怕，只是停电了。”

简姝头埋在他胸膛上，浑身都在颤抖……”

傅时凛吻了吻她的发心：“乖，有我在，不会有事。”

“白长舟……真的是他，他就是凶手……”她的声音，已经带了哭腔。

“我知道，会抓到他的。”

简姝哭声愈加明显：“我真的好没用，我明明应该自己克服的，明明可以的……”

傅时凛抱着她的手紧了紧：“你不用自己克服，可以永远依靠我，知道吗？”

“可是……可是我……”她哭得哽咽，甚至连一句完整的话都说不出来。

“简姝，我不会再离开你。”

等她的哭声减缓，情绪平复了一点儿，傅时凛才松开她：“乖，我去看看为什么停电。”

简姝吸了吸鼻子，拽住他的衣角：“我和你一起……”

“好。”

傅时凛检查了一下：“是保险丝烧坏了，问题不大。”

简姝眼睛红红的：“可以修好吗？”

“嗯，家里有工具箱吗？”

“有……”

她说着，打开手机手电筒，去客厅抱了一个工具箱过来。十分钟后，灯光重现。

傅时凛看着她通红的眼睛，抬手给她拭去眼角的湿润，轻笑了声：“还赶我走吗？”

简姝嘟起嘴，抽泣了几声：“我又没赶你……”

傅时凛将她拉进怀里，揉着她的头发：“你不用再管任何事，交给我来解决。嗯？”

“不可以……我跟你在一起，只会害了你……”

“谁说的？”

简姝闷声道："很多人。"

傅时凛低缓着嗓音开口："那是他们不知道，你对我来说有多重要，我有多爱你。"

简姝彻底怔住了，有些不敢相信，傅队长刚刚是在对她，表白吗？

从开始追他到现在，表达喜欢方面，好像是她一直在说。傅队长没有说过，但她也能感觉到。可现在突然听他这么一说，又是完全不一样的心情，简姝只觉得心怦怦直跳，像是要跳出胸腔。

隔了一瞬，她才从傅时凛怀里抬起头，漂亮的眼睛里还有水雾，巴巴问道："那你更喜欢我还是你那个小女朋友？"

傅时凛忽的笑出声，胸膛微微震动着。

她瘪了瘪嘴，缓缓松开他的腰："睡觉了。"说着，跑回了卧室，门却没关。

傅时凛单手抵唇咳了一声，收起笑，缓步走了进去。

简姝抱膝坐在床头，看见他过来，往里面挪了一点儿，给他腾位置。

傅时凛在床边坐下，嗓音缓而慢："睡吧，我在这里陪你。"

"你不睡吗？"

"我没带换洗衣服。"

简姝道："我又不嫌弃你。"

傅时凛薄唇勾起，大掌揉着她的脑袋："嗯，快睡吧。"

简姝躺了下来，却没睡在枕头上，抱住他的腰，将头放在他腿上，缓缓闭上眼睛。

傅时凛靠在床头，把被子给她盖上，一下一下，轻轻抚着她的背。很快，简姝呼吸就变得均匀起来。

傅时凛把卧室里的灯关了，只开了床头一个暖色的小壁灯。他看着怀里的女孩，心里缺了的一部分，终于填补完整。

简姝前半夜惊醒了几次，不过都迷迷糊糊的，听到耳旁男人低低的安慰声，没有彻底醒来，后半夜才逐渐睡得安稳。

第二天早上，她醒的时候，阳光已经透过窗帘，照进了屋子里。一室都是温暖的光芒的。

她伸了个懒腰，看到傅时凛站在床边，手里拿着什么东西，看得仔细。等简姝看清楚他拿的是什么，猛地起来就想去抢，直接跳到他怀里。

傅时凛仍由她抢去，大掌托住她，嗓音含笑："原来是你偷去的。"

简姝把卡包抱在怀里，有些心虚，像是做什么亏心事被发现了一般，红着脸争辩："谁偷了？我就是……看到落在地上，顺手帮你捡了起来而已。"

"只是捡起来就能让证件和照片分家？"

她当初偷偷把他照片抠下来，自己也说不清楚是个什么意思。就觉得，好像只要看到他，内心就能平和一点儿。至少让她知道，她不是一个人。或许，是从那个时候开始，她就已经对他产生了依赖，这种感情在长年累月中慢慢发酵，早在她没有察觉的时候，依赖就已经慢慢变成了割舍不掉的喜欢。只是在重新见他的那天起，她才逐渐明白。

傅时凛拍了拍她的屁股："去洗漱，吃早饭了。"

简姝环住他的脖子："你抱我去。"

昨天晚上她就发现，她左臂受伤这个借口特别好用，不管做什么，傅队长都会听她的。

刷牙的时候，重现了昨晚洗碗的场景。

傅时凛覆在她身后，左手给她拿着杯子，简姝用右手自己刷牙。

"傅队长，你等会儿有事吗？"

"嗯，要去趟公安局。"

简姝顿了顿："要去抓白长舟了吗？"

傅时凛放在她腰侧的那只手轻轻摩挲着，缓声道："你说的那些，不足以成为证据，需要进一步的调查。"

“可是我真的能确定……”

“我知道，我相信你。”

简姝垂下头，其实她知道，他们抓犯人是需要充分的证据，可她真的很怕白长舟畏罪潜逃……

傅时凛给她擦了擦脸：“好了，出去吃饭吧。”

到了客厅，简姝的手机正在响。她匆匆跑过去接通：“喂？”

方方道：“简姝姐，你起来了吗。”

“起来了，怎么了？”

“今天有个杂志拍摄，我已经到你家楼下了，正准备上来。”

“啊？”她差点忘了这件事，简姝快速转过头，看了眼厨房里的男人，冲进卧室找着衣服，同时道，“不用不用，你在楼下等我几分钟，我很快就下来。”

方方也没多想：“那好吧，你慢慢来，别着急。”

“知道了。”

简姝把电话扔在一边，利落地换着衣服，不小心扯到伤口时，疼得眉心一皱，却没有停下来。衣服换好后，她把纱布拆了下来。这个伤口其实不是很大，用一个创可贴勉强能遮住。

简姝打开卧室门，跑到饭厅里端起碗喝了几口粥：“傅队长，我还有工作先走了，你……”

傅时凛拉住她的手腕：“再吃点。”

简姝看了看碗里剩下的大半碗，觉得确实有些浪费，也不急着这两分钟的时间，她吃完擦了擦嘴巴：“我真的走了，完了给你打电话。”

“好。”

到了公安局，孟远就过来：“傅队，简姝怎么样了？”

“还好。”傅时凛走进办公室，拿出“铁链连环杀人案”的卷宗，冷声开口，“你去请白长舟来公安局一趟。”

“但医生说简姝情绪不稳定，极有可能产生错觉，会不会是她感觉……”

“是不是错觉把人请来就知道。”

孟远点了点头：“可是白长舟到现在都有公安局特聘的头衔，在学校威望也高，我们这样没有证据把他喊来会不会不太好。毕竟这是个大案子，几乎所有人都在关注，要是稍微处理不当，很容易落人把柄……”

傅时凛放下卷宗，神色偏寒：“谁说找他来，是为了这宗案子。”

孟远不太明白：“啊？”

“昨天简姝受伤，现场遗留的玻璃有他指纹。”

“知道了傅队，我立即去！”

傅时凛嗯了一声：“把周进喊来。”

孟远出去后，周进紧跟着进来：“傅队你找我？”

傅时凛给他一张纸：“带着全队的人，用最快的时间核对白长舟在这几个时间段里都在做什么。”

“是！”

傅时凛起身：“有结果给我打电话，我去一趟鉴定中心。”

他们刚走到门口，丁瑜就从外面回来，看见傅时凛后快步上前：“师兄……”

傅时凛看了周进一眼，示意他先走。男人嗓音不冷不淡：“什么事？”

“我听说你在这次行动中受伤了，这个案子之前就已经交给我们负责了，你休息吧。”

“不用。”

丁瑜张了张嘴，却不知道该再说什么，停顿了一下才道：“那有什么我们能做的？”

“去找和温海清同届同班，所有关系好的人，一一询问他们在校期间，是否见过或者听过，温海清和白长舟之前有私下往来。温海清大学四年期间，所有的在校职工也要去查，任何线索都不要放过。”

丁瑜点头：“好，我现在就吩咐下去。”

傅时凛说完后，大步离开。丁瑜也回到队里，一一分配任务。

很快，整个公安局都陷入了忙碌状态。这个案子十年来都是毫无头绪地查，时隔这么久，第一次有嫌疑人出现。对谁来说，无疑都是振奋人心的消息。

傅时凛到了鉴定中心，老赵正好出来，取下手套，笑道：“你这才结束了个大案子回来，怎么就往我这里跑？”

傅时凛推了张照片在他面前：“这个人您还有印象吗？”

老赵拿起，眯着眼睛看了一下：“怎么可能没印象，犯罪心理学专家，白长舟嘛，他当时还在公安局做了两年顾问，不过那时候你还在实习，案子又忙，可能没时间和他打交道。”

“十年前最后一件案子发生后，他去案发现场了吗？”

“这个嘛……”老赵放下照片，坐在椅子上，喝着水想了一会儿，“好像是去过。”

傅时凛嘴角紧抿：“那上次的名单中，为什么没有他？”

老赵拍了拍脑门：“我想起来了，当时最先进去的是搜查科、鉴定科、刑侦科，他是现场取证快要结束时才到的，他当时是公安局特聘的顾问嘛，属于编外人员，上次就给漏了。”

说着，他又觉得不太对劲，“你今天特意跑来问我这件事，该不会他是凶手吧？”

傅时凛拿着照片起身：“还不能确定。”

除了简姝的指控，白长舟符合所有犯罪画像，拥有最大的嫌疑。但越是这样，能找到证明他是凶手的证据越少。

老赵拧着眉：“他本是就是犯罪心理学专家，如果凶手真的是他，绝不会留下任何蛛丝马迹被你们找到，这种情况下，找到凶手，并不比没找到简单。”

“审讯了再说吧。”

白长舟坐在审讯室里，面色儒雅，嘴角保持着浅淡的笑容。神情始终从容，不急不躁。

孟远跟他对视一眼，都觉得头皮发麻。他心理素质真的是太强大了。

审讯室的门被推开，傅时凛走了进来，坐在白长舟对面，声音低冷：“关于昨天的事，白教授有什么想说的吗？”

白长舟缓缓开口：“我失手伤了简小姐，对此感到很抱歉，也没什么好解释的。”

“你为什么会出现在那里。”

“和朋友约好在那里见面，正巧碰上。”

“哪个朋友？”

白长舟笑了笑：“我冒昧问一句，简小姐对我提起诉讼了吗？”

傅时凛轻轻抬眼，神色淡漠：“没有。”伤口只是轻伤，构不成刑事犯罪。

“既然这样的话，我应该只是来协助调查，并没有义务把自己的私人关系告知。傅队长，是这样吗？”

“包间里并没有玻璃碎裂的痕迹，白教授说是失手伤了简姝，那块玻璃又是哪里来的？”

白长舟道：“我当时见简小姐在那里，本来是想去打个招呼，可她情绪不太稳定，我怕她出事，才只能想了一个下策，让她冷静下来。至于玻璃，是在包间外的垃圾桶，我顺手捡来的。”

傅时凛眸色更深：“她为什么情绪不稳定？”

“这个我就无从得知了，我见她的时候，她已经是那种状态了。”

“当时包间里，除了她以外，还有其他人吗？”

“她是跟陈文光一起去的，但我进包间时，陈文光不在。”他回答的始终平静，没有任何破绽。

傅时凛视线停留在白长舟左手上，淡淡问道：“白教授结婚了？”

白长舟手似乎僵了一瞬，但是很快便恢复正常，略微失笑：“都是陈年旧事了，不值一提。”

孟远放了一份资料在傅时凛面前，白长舟的妻子早在十五年前，就因病去世，这些年也一直没有再娶。

傅时凛扫了一眼：“看来白教授很重感情。”

白长舟道：“结发夫妻，这些都是应该的，我相信，傅队长也是一个重感情的人，应该能理解。”

孟远在一旁听着，心里一边犯难，不管怎么问，他的回答都谦和有礼，滴水不漏。关于昨天简姝受伤，他们也只能是按例询问，却无法因此对他进行深一步的审查。想必他也是知道这一点，所以才有恃无恐。

傅时凛没有再说话，长指捏着钢笔，神色平淡，不知道在想什么。

审讯室里，安静的只有时钟滴答滴答地走着。

白长舟似乎也并不着急，微微靠在椅子上，双手交握，泰然自若。

这样的局面僵持了二十多分钟后，审讯室的门被敲响，周进喘着气：“傅队……”

傅时凛放下笔起身，单手插兜：“白教授先坐一下，我还有点事。”

白长舟微笑：“傅队长忙，不用管我。”

傅时凛转身，眸色冷沉。

审讯室外，周进满头大汗：“傅队，我们都去核对过了，当年几个案发的时间段里，白长舟不在云城。”

“确定吗？”

周进点头：“确定，当时他是去国外参加学术研讨，有出入境记录，和他一起去参加研讨会的人，我们也都一一问过了，他有充分的不在场证明。”

傅时凛抬手捏了捏眉心。

“师兄。”丁瑜走了过来，“关于白长舟和温海清私下的关系有线索。”

“说。”

“温海清当年成绩优异，在犯罪心理学这门课程上，也表现得异常突出，白长舟对他青睐有加。可温海清因为是从农村考进大学的，家庭条件并不好，奖学金仅仅能支撑学费，生活得很拮据。白长舟知道后，曾多次给他提供经济上的帮助。”

审讯室里。

白长舟喝着水，看了看时间。

等傅时凛重新进来，他道：“不知道傅队长还有什么想问的，我一个小时后有课，必须走了。”

“没有了，麻烦白教授走这一趟。”

白长舟缓缓站起身，理了理袖口：“麻烦谈不上，我伤了简小姐确实是事实，你们也只是按流程办事而已，简小姐那边，我抽空会亲自去跟她道歉的。”

傅时凛点了一下头：“孟远，送白教授。”

白长舟走到门口，脚步微顿：“今天时间赶了一些，傅队长要是还有什么细节需要问的，可以随时来找我。”

等他走了两步后，傅时凛才开口：“白教授，关于上次温海清的案子，方便再问一句吗？”

白长舟停下，颔首道：“请讲。”

“白教授和温海清，私下有往来吗？”

白长舟神色不变，回答着：“私下倒是没有什么往来，只是我见他生活有些困难，便帮了几次。”

傅时凛黑眸半眯，嗓音淡淡：“既然如此，白教授上次为什么没有提到这点。”

“我也是尽我所能给他学业提供一点儿帮助罢了，如果连这点小事都要拿出来说，未免显得心胸狭窄了些。”

傅时凛舔唇笑了声：“白教授慢走。”

“告辞。”

等白长舟和孟远走后，周进走了过来：“傅队，就这么让他走了吗？”

“嗯，派人二十四小时盯着他。”

“可我们今天找他来局里，他肯定已经有所警惕，再派人跟着会不会被他发现我们已经对他产生怀疑了……”

“派不派人他都已经发现了。”傅时凛顿了顿又才道，“跟紧点，他做了什么事，见了什么人，都不能漏掉。”

周进道：“是！”

傅时凛抿着唇：“还有，一旦发现他靠近简姝，立即阻止，不管以什么理由。”

“明白了。”

周进很快离开。傅时凛回办公室，拿了手机往外走。其实这个案子到现在，有两个矛盾的地方。

第一点，从王建军的供词来说，凶手的身高和之前的犯罪画像不符。

第二点，温海清和白长舟的关系，白长舟之前有所隐瞒。尽管他的理由找得充分，可这是个突破点。但这两者之中，一个是表明凶手另有其人，一个是指向白长舟是凶手。

孟远之前提出去找王建军的有没有可能是凶手雇佣的人，但可能性很小，模仿杀人的案子出了以后，风声很紧，凶手不可能冒险去做这一出。

从几次出现的意外来看，他走的每一步，都精心策划，完全能在事成之后撇脱干系。如果在这时候，去雇佣一个人，那么便多一个人知道他的身份。按照凶手以往的行事风格来说，这样的概率很小。因为他不仅是在杀人，更是在挑衅警方。

除非——

凶手有两个。

但这个可能性，很快被否决。根据所有犯罪现场遗留下来的物证交换来看，凶手只有一人。如果是两人的话，就算配合得再天衣无缝，也会留下痕迹。

傅时凛拉开车门坐了上去，手机也随之响起。

简姝的声音响起："傅队长，我这里结束了，你还在忙吗？"

"也结束了，我来接你？"

"不用。"简姝捂了捂话筒，声音放小了一些，"方方送我回去，你在楼下等我就行，我们一起去吃晚饭。"

傅时凛勾唇，将安全带插进插扣里："好，想吃什么。"

"烤肉吧……等等，还是吃日料好了，你吃不了太辣的。"方方在那边等着，简姝也不好说太久，"那就先这样，楼下见。"语毕，不等那边回答，匆忙挂了电话。不知道为什么，有些刺激。

简姝收起手机跑上车，喜滋滋地开口："走吧。"

回去的路上，她翻着今天拍的那一组照片，选了一张最喜欢的出来，把微信微博的头像都换了。

不一会儿，沈行的消息就发了过来：在哪儿？

简姝：车上。

沈行：晚上一起吃个饭？

简姝：没空。

沈行：？

简姝：约会。

沈行：……

简姝放下手机，正打算眯一下，手机就响起。是沈行打来的，他也没兜圈子，直接开门见山地问："你们和好了？"

"嗯。"简姝找到牛仔裤上一个破洞的地方扯着线头，声音平缓轻淡，"沈行，我很谢谢你这段时间对我的帮助，我一定会想办法还你的，但你提的要求，我真的达不到。"

"如果他没有回来呢？"

"都是一样的答案。"

沈行笑了笑："我明白了，祝福你们。"

简姝："？"

他今天怎么这么好说话，变得她都快不认识了。

沈行道："你告诉他，昨天是我喝多了酒，状态不对，有本事再比一次，这次我一定不会输。"拳击对他来说，意义很重要，在这上面输了，还真就咽不下这口气。

简姝没太听明白："比什么？"

"你转告他就行，就这样，我还有事。"

简姝："……"

她听着电话里的忙音，一头雾水。

方方问道："简姝姐，是沈二少吗？他说什么了？"

"也没什么，就奇奇怪怪的。"

十分钟后，车停在楼下。方方本来要送简姝上楼的，被她拒绝了。

简姝说："你们也辛苦了一天，快回去休息吧。"

说完，直接跳下车，眨眼的工夫就跑进了公寓。

简姝上楼后，就开始翻着衣柜。现在天气还不算冷，穿裙子正合适。

最后选了条红色系的吊带，裙身分两层，里面一层是贴肤色内衬，刚好遮住大腿，外面是透明的薄纱加红色花纹刺绣，到膝盖的位置。

简姝换好后，补了补妆和口红，又戴上项链和耳环，简单抓了抓头发，喷了香水，跑到门口穿了一双高跟鞋后，又急匆匆地下楼了。

她找到黑夜越野车坐进副驾驶座，一边系安全带，一边气喘吁吁地问："等很久了吗，我……"

傅时凛驱动油门，他语调缓慢："我买好了电影票，吃完饭直接过去。"

傅时凛没听到她的回答，一转头就看到简姝气鼓鼓地瞪着他。

男人道："不想看吗？那我取消……"

"别——"简姝磨着牙，"看看看！"好不容易才有这个机会一起看电影，而且最重要的是傅队长竟然开窍了，知道约会应该是去电影院，而不是健身房。这次错过的话，指不定又要等到什么时候了。

简姝在他车里翻找着吃的，最后摸了两颗糖出来，一颗喂给傅队长，一颗自己吃了。嚼的咔嘣作响。

到了餐厅，简姝才发现，这家日料店是和日式烤肉一体的。地方也比较偏，应该是找了很久才订的。

坐在包间里，简姝点好菜交给服务员，后者红着脸从衣服口袋里摸出一个小本子，有些不好意思地开口："我很喜欢你，可以给我签个名吗？"

简姝闻言，眼睛笑得弯了弯："可以呀。"

见她这么好说话，男服务生胆子大了一些，签完名后，又鼓足勇气道："可以再跟你合个照吗？"

简姝点头。

男服务生顿时开心得不行，连忙摸出手机，交给面色冷淡正在喝茶的男人："麻烦你帮忙拍一张，谢谢！"说着，就靠到简姝身边摆了个姿势。

傅时凛抬眼，随手照了一张，把手机扔男服务生怀里："再加一个果盘。"

男服务生这才从见到女神的激动中抽回一点儿思绪来，终于意识到自己在上班："两位稍等，我立刻去安排。"

他匆匆走出去，拿出手机一看，满头问号。照片是糊的就不说了，怎么只有他一个人，女神呢？

包间门关上后，简姝吸着鼻子闻了闻："我怎么觉得，这里有股醋味呢？"

傅时凛修长的手指抚着茶杯，嗓音低沉缓慢："你香水变质了吗？"

简姝："……"

她鼓了鼓腮帮子，又把问题抛了回去："你觉得不好闻？"

"好闻。"

这还差不多。

一顿饭吃完，从餐厅里出来，外面冷风一吹，简姝随即打了个喷嚏。虽然现在天气还暖和，但夜里的温度却比白天低了许多。

傅时凛把她往怀里拉了一点，笑着问："还去看电影吗？"

简姝揉了揉鼻子，咬着牙根："去！"

简姝是真的没想到，傅队长这么不解风情的人，竟然订的是情侣厅。看来这趟果然是来对了。可能因为是工作日，情侣厅的人不多，坐的比较散。而且都是来谈恋爱的，谁也没那个闲工夫去注意周围的人是谁。

简姝安静了几分钟后，往他这边挪了一点儿，下巴放在他肩膀上，声音轻轻的："傅队长，我觉得这个电影不太好看……"

"嗯？"

"我们回家吧。"

傅时凛又看了一眼屏幕："不看了？"

简姝摇头："下次有好看的，再来吧。"

"走吧。"

简姝拿着东西起身。好在厅里的人都各自有各的事，没有人注意到他们。

到家后，门一开小家伙就跑了出来。简姝抱起它，放进了窝里，拍了拍它的小脑袋，小声道："你乖乖的别闹啊。"

她打了个哈欠，正准备洗个澡睡一会儿的时候，依稀听到门铃在响。她睡意少了几分，刚准备开门，就被拦住。傅时凛道："你先进去，我开门。"

简姝点了点头，不过也有些纳闷，她这里平时来的就只有方方，沈行偶尔会来一次。但也不至于大半夜发神经。

等简姝回了卧室后，傅时凛才收回视线，走到门口，打开。站在外面的，是顾昭。

许远征早在年前，就有让他回许家的打算。只是因为家里反对得太激烈，才只能先把这件事搁置下来。但这几天，老爷子那边好像有所松口。今天晚上，顾昭跟着许远征，去了一趟许家。老爷子提出的条件是，可以让他认祖归宗，但有一个条件。对外宣称他是许远征原配，也就是现在的妻子所生，遗落多年才寻回。为了许氏的名声，许家的门楣。

这么一来，无疑就是让他完完全全抛弃自己的生母。事情走到今天这一步，顾昭以为，他已经什么都不在乎了。但当他们提出那个要求的时候，他脑海里只剩下那个瘦得皮包骨的女人。最后，他没有同意。

许远征大概是没有料到，这么好的机会放在眼前，他会拒绝。当即大怒。

顾昭从许家离开后，在街上漫无目的地开了许久，才到简姝家楼下。又犹豫了一个小时，才上来。他怎么都想不到，开门的，会是傅时凛。

顾昭脸色微变，却依然克制着："小姝呢？"

傅时凛语气很淡："在睡觉。"

顾昭垂在身侧的拳握紧："你们是什么时候又在一起的？"

"我们没分开过。"

"你——"

简姝的声音传来："你这么晚来找我，有什么事？"

顾昭越过傅时凛，看着她，眉头皱起："小姝……"

傅时凛转过头，对简姝道："我去看火。"

等他进了厨房后，简姝才重新开口："你有什么事就说吧。"

顾昭伸手摁了摁眉心，一时竟然不知道该说什么才好。

简姝淡声道："如果你还是想说之前那些话，我们真的没什么好说的。"

顾昭抿着嘴角，隔了一瞬才说："小姝，你愿意和我一起去美国吗？"

"什么意思？"

顾昭重复了一遍："如果我不回许家了，去美国的话，你能和我一起吗？"

简姝不知道具体发生了什么事，但看样子，顾昭和许远征，应该闹得不太愉快。

她默了默才回答："你知道，不可能的。"

"我知道你喜欢拍戏，我可以送你去好莱坞，一切都可以从头再来，你在那里，会发展得比现在更好。"

厨房里，水已经沸了，傅时凛关了火，高大的身形微俯，双手撑在台面上。过了一会儿，关门的声音传来，一双小手随即从后面环上他的劲腰。

简姝把脸贴在他背上，声音轻轻的："傅队长。"

她知道，刚才她和顾昭在门口的对话，他一定都听见了。就算她再怎么和顾昭吵，再怎么不认同他的观点，他们之间，终归是不一样的。顾昭对她来说，是这个世界上唯一的亲人了。

所以她没有办法真正割舍。

傅时凛握住她的手，带着她坐下来吃饭。

第二天一早，简姝还睡得迷迷糊糊，就感觉脸上痒痒的，她伸手拍了拍，拉过被子盖在头上。

傅时凛见状笑了笑，又把被子拉了下来，低头吻着她的眉心："饭在锅里，醒了记得吃。"

简姝闻言，停顿了两秒后，才费力睁开眼："你要走了吗？"

"嗯，公安局有个案子。"

"知道了……"

傅时凛揉了揉她的头发："那我走了，记得把饭吃了。"

简姝闭着眼点头。等关门声音响起后，她看了看时间，才六点半……

她实在困得厉害，也没工夫想太多，翻了个身继续睡。

东山区有一片荒地，已经空了很久，杂草丛生，淤泥遍布，常年都不会有人来。

但不久前，这片地被人买下，用作开发。昨晚，开发商的人在进行挖掘清理时，在地下挖出了一具骸骨，便立即报了警。

经过法医初步检测，这具骸骨判定为女性，年龄在二十五至三十岁之间，死亡时间在十年以上。天才蒙蒙亮，原本杳无人烟的荒野山头，此时却站满了人，拉起了警戒线。

傅时凛到的时候，孟远已经从法医那里了解了情况，上去汇报着。

"现场还有其他发现吗？"

孟远道："没有，死者身边什么证件都没有，残留的衣服布料已经送去化验了。"

傅时凛脸色冷寒，走到尸体旁边，掀开白布看了一下：“开发商是谁？”

“许氏……”

傅时凛皱了一下眉，站起身：“之前呢？”

“之前没有主人，所以许氏用最低的价格，从土地局那里拿来的，我刚才听负责挖掘的工人说，他们是打算在这里建温泉山庄。”

东山区这边气候温润，空气也比城内要好许多，是个度假的好地方。如果温泉山庄建起来，的确是个可观的项目。可就目前的情况来看，在抓到凶手之前，为了保护犯罪现场，以及扩大范围搜索证据，这片空地肯定是要被封锁起来，不能再动工的。

孟远就怕许氏因此施压，给这个案子凭空增加难度。

这时，周进过来道：“傅队，开发商那边来负责人了。”

在几个保镖的簇拥中，顾昭神情凛冽，看了一眼盖着白布的尸体：“需要多长时间破案？”

孟远道：“现在死者的所有信息不明，时间上的话……”

“两天。”顾昭道，“我能给的最多时间，时间一到立即动工。”

周进和孟远一时面面相觑，两天说不定连化验结果都出不来，更别说其他进一步的调查了。傅时凛神情冷淡，嗓音听不出什么情绪：“两天时间太仓促，来不及。”

“这不是我应该担心的事，如果你们就只有这么点能耐，那连两天的时间，我也不用给了。”

“你——”

他说的话太难听了，周进是个暴脾气，完全听不下去，刚想上前就被傅时凛拦住。

顾昭继续道：“时间有限，还希望你们不要浪费。”说完，转身大步离开。

周进一口气差点没给憋死，扭头看着正在现场找线索的男人："傅队，他这也太嚣张了吧？"

傅时凛挽起袖口，戴上手套，嗓音平淡："他是冲着我来的。"

"他不是嫂子的哥哥吗，怎么……"

孟远咳了一声，用手肘碰了碰周进，让他少说两句。

傅时凛仿佛没有听到他的话，在挖掘出骸骨的地方找了找，拿出一个小东西，拍掉上面的泥土后，一枚变了色的戒指显露了出来。孟远连忙拿来了塑封带。

傅时凛薄唇微抿："除了保护简姝的，全队其他所有人取消休假，以这里为中心，扩大搜索范围。戒指送去鉴定科，有结果之后，开始全城排查。去失踪人口档案管理那边找，看看有没有和死者条件相符的。"

"是。"

孟远和周进很快离开。傅时凛取下手套，吩咐人把尸体送走。

一个小时后，丁瑜带着一大半的队员过来，快步走近："师兄，我听说你们这个案子的时间很紧，人手应该不够，我们手上没有什么特别着急的案子，跟叶局申请了一下，他让我来支援你。"

傅时凛眉头微皱："这里不用你们，白长舟的案子还需要跟进。"

"师兄放心，我留了足够的人手，能应付过来。"丁瑜道，"这里有那么大，你们不眠不休都搜不完的。"

傅时凛低头看了眼时间："开始搜吧。"

丁瑜点着头，视线却落到他的腕表上，动了动唇想说什么，最终却没有开口，和队员一起搜查取证。

简姝睡到中午才醒，她伸了个长长的懒腰，拿过床头的手机。十二点了。简姝掀开被子，阳光落在她白皙光洁的背部，泛起柔和的光芒。她坐在床边发了一会儿呆，才起身。

泡了个澡后，简姝把头发吹的半干，走到厨房打开锅，里面的饭菜都是温热的，吃起来正好。简姝吃完饭，又带着小家伙出去转了一圈，顺便去小区旁边的生鲜超市买了一大堆蔬菜回来。她一个人住的时候，也偶尔会买，但都买的很少。可傅队长回来又不一样了。

把东西提回去，简姝又把家里收拾了一下，把衣服和床单洗了。弄完一切，看了看时间，才两点钟。太无聊了。工作上也没有什么事可以忙的。

她躺在沙发上，给方方打了个电话，问她有没有时间出来逛街喝下午茶。简姝以前都是独来独往一个人习惯了，可好像是在遇到傅队长开始，她就慢慢开始喜欢和人接触，很讨厌一个人的感觉。方方上午去了公司处理事，这会儿正准备回家，接到她的电话，当即答应。

简姝一身清爽简单的装扮，戴着鸭舌帽逛商场。

方方见她，小跑着过来："简姝姐，你想买衣服还是什么啊？"

"随便看看吧，有合适的就买。"

简姝说完后，拉着方方就进了一家男装店。逛了一会儿下来，她自己倒是没买什么，全是给傅队长买的。

方方看着她越买越激动的背影，隐隐觉得，自己好像不该来这一趟……太"虐狗"了。

又进了一家店，有一件情侣外套特别好看，只不过是秋冬款，现在穿还早了一点儿。可也等不了多久，最多两个月就能穿了。简姝没有丝毫犹豫，直接买下了。

她现在的代言费，还有江导那部电影的片酬都已经到账了，现在就是个小富婆。给傅队长买的差不多后，她又给方方买了一个包。方方知道这包是这个牌子的最新款，价格贵得吓死人，连忙摆手拒绝："简姝姐，不用了，真的不用了。"

"你拿着嘛，我今天心情好，就想买东西送人。"

方方："……"这个理由好难让人拒绝啊。

不过方方也挺为她开心的，真的很难得见到她这么开心。

"那……谢谢简姝姐。"

简姝笑着说了声不客气，去结账了。这大半年的时间，都是方方陪在她身边，跟她一起起早贪黑，与其说是助理，简姝是真的把她当朋友了。最后，两人满载而归。

到了楼下，简姝提着东西下车，刚走两步，面前就出现一道身影。

她顿了顿："陈教授……"

陈文光微笑着开口："简小姐这是去逛了街回来吗。"

简姝点头："正好没事，就逛了逛，随便买了点……陈教授怎么在这里？"

"我明天就要回B市了，本来想再见见你的，可给你打电话你没接，就打听了一下，才知道你住这里。"

闻言，简姝连忙摸出手机，上面确实有不少未接来电，她有些不好意思："抱歉，手机调了静音，逛街的时候没听见……"

"没事，找个地方坐坐？"

旁边的咖啡厅。

陈文光要了一杯蓝山，缓声问道："上次见简小姐情绪不太对，现在还好吗？我本来都说去医院看看你的，可又有公事在身，实在走不开。"

简姝拿起面前的白水喝了一口："现在好了，谢谢陈教授关心。"

"不客气，但我能问问，简小姐上次是受了什么刺激吗，你来之前还好好的，是我说的什么话，影响到你了吗？"

简姝抿了抿唇，关于白长舟应该是凶手这件事，她不知道现在应不应该再说出来。她怕知道的人多了，可能会对傅队长他们的调查带来麻烦。但陈教授，也不全是外人……

陈文光见她有些为难，便笑了下："简小姐不愿意说也没关系，我这次主要就是来看看你，只要你没事我就放心了，如果你有什么心理上的咨询，可以随时来问我。”

简姝隔了一瞬才问：“陈教授你和白教授之前是同学，应该对他比较了解，他是……一个什么样的人？”

“白长舟啊……”陈文光想了想，略感遗憾地回答，“其实我和他虽然是同学，但是相交并不深，不过他在犯罪心理学上的造诣很高，让人佩服。如果有那个机会的话，我倒是想坐下来和他好好讨论一下，只是他现在是个大忙人，我又急着走，只能作罢了。”

“我去听过他讲的一节课。”

陈文光笑：“是吗，听说他讲课挺有意思的，简小姐觉得如何？”

简姝脸色沉静：“是讲的挺好的。”这样一个风趣、儒雅、绅士、有威望、令人信服的人，换作是谁，都不会把他和凶手联系起来。

陈文光又和她聊了几句，道：“时间也不早，我就不打扰简小姐了，下次再见。”

“陈教授再见。”

回到家，简姝倒在沙发里，目光散漫地躺了一会儿，又爬起来去把今天买的衣服全部洗了。这样傅队长下次再来，也有可以换洗的。可晾衣服时，简姝却有些心不在焉。也不知道关于这件案子调查的怎么样了，昨晚她都没来得及问问傅队长。

简姝叹了一口气，又拿起手机看了看，还没有消息。她伸出舌尖舔了舔唇，拿起外套出门。

丁瑜手上还有点其他案子，回了公安局一趟，处理好正要出门时，就见到站在大厅里的简姝。顿时两人都有些愣。

简姝大概也没有料到，她来这里，见到的第一个人会是丁瑜。公安局现在只有值班的警察，以及手上有案子需要处理的。其他人，都不在。傅队长的那些队员，她一个都没有看到。

对视了几秒后，丁瑜率先上前，神情平静："你来找师兄吗？"

"嗯……"

"他手上有个案子，在现场。"

简姝点了一下头："我知道了，谢谢。"

转身就打算离开，傅队长不在，那她也没有再留在这里的理由。

"等等。"丁瑜叫住她。

简姝回过头："还有什么事吗。"

丁瑜吸了一口气，缓缓开口："我知道你和师兄重新在一起了，但问题依旧存在。"

"你喜欢他，为什么不敢说？"

似乎是没想到，她会说出这样的话，丁瑜直直僵住。

简姝淡声道："我知道你是为了他好，所以在你跟我说那些话之后，我反思过，他那么优秀的一个人，的确不应该被我连累。但不管我们分开，还是在一起，这好像都和你没什么关系。"

"你喜欢他，可以光明正大地说出来，我也可以和你公平竞争，无论最后结果如何，我都可以接受。可如果你连说都不敢说，更不敢让他知道，却只是在背后一再提醒我，我和他一起会害了他，你不觉得这样的做法，未免太令人不齿了吗？"

丁瑜脸白了白，垂着身侧手慢慢握成拳，干哑着道："我只是……"

"我很感谢你对他的担心，但我们之间的事，自己会处理。"

简姝说完后，转身离开。她从来没有恨过丁瑜，也没有觉得她说的有什么错。傅队长确实因为她受到了很多牵累。所以她当时才会选择放弃。那也是最好的解决办法。但现在不同，事件已经平息下去，就算是秦可可醒不来，他们也有足够的时间去想其他的办法。正是因为失去过一次，她现在更加不会轻易放手。除非哪天傅队长不要她了。

简姝离开良久，丁瑜都还怔怔站在原地，她应该是从来没有想过，自己的心事会有一天被人原原本本地说出来，没有遮掩，没有隐藏，只剩下尖锐的事实。她倒退了两步，手撑在桌面上，无力地闭上了眼睛。

公安局到家的路程也不远，简姝直接走回去的，到楼下超市时，她又进去买了点洗漱用品。她得在傅队长忙完之前，把所有东西都准备好才行。简姝提着袋子刚到公寓门口，就被拦住了去路。

站在面前的是一个四十岁左右穿着西装的男人，他礼貌性地开口："简小姐你好，我是许氏集团许副董事长的秘书，我姓韩。"

简姝脸色微冷："有事吗？"

"许副董想要见见你。"

她笑出声："见我？"

韩力微微颔首："是的，许副董有点事想要和简小姐聊，关于顾先生的。"

简姝抿了抿唇，凌晨的时候，她和顾昭的对话虽然不了了之，但他既然有了想去美国的想法，那一定是出了什么事。现在许远征又派人来接她，看来问题还不小。

简姝想了一下："我跟你见他，等我上楼放个东西。"

"那我就在这里等简小姐。"

半个小时后。

车在某私人休闲会所停下，韩力领着简姝走了进去。许远征正坐在沙发上，听下面的人汇报工作。

他道："东山区那个项目从一开始就是顾昭在负责，这次的事让他全权处理，他要是连这个都解决不了，也枉费我培养了他那么多年。你告诉他，无论如何，都要赶在规定时间内，完成施工，后面的工程不能停。"

"是。"

很快，敲门声响起，韩力道："副董，简小姐到了。"

许远征看了身旁的手下一眼："你先出去吧。"

简姝走了进去，神情冷淡：“许副董事长叫我来，想要说什么？”

韩力拉上了门，候在外面。

许远征身子前倾，端起茶几上的杯子，抿了一口茶：“坐。”

“不坐了，有事您直说。”

许远征笑了笑：“小姑娘，脾气这么倔，不是什么好事。”

“许副董事长应该也不会有什么好事找我。”

许远征喝茶的动作微顿，面色敛了几分，不再有笑意，放下茶杯后，慢慢靠在沙发上，双手交握：“既然简小姐如此，那我就直说了，今天请你来这里，是希望你劝劝顾昭，让他不要因小失大，在这个世界上，应该只有你说的话，他能听进去了。”

简姝笑出声：“您还真是抬举我了，自从顾昭跟你离开之后，想法发生了很大的改变，独断专行，我说什么，他都不会听的。”

“偶尔意见有分歧，这都是很正常的事，况且我相信，他也是为了你好。”

“你们是不是总喜欢把‘为你好’这三个字挂在嘴边说教，以此来满足自己喜欢控制别人的私欲？”

许远征道：“简小姐还年轻，自然不知道这三个字是什么意思，你父母当初收下那笔钱，又何尝不是为了顾昭好？”

听他提起父母，简姝脸色更冷：“许副董事长，那些钱，我们一分都没有动。”

“我知道那些钱算不了什么，你也不用生气，我所指的，只是一个现象而已，他们也知道，与其继续再那样生活下去，顾昭跟我走，才有更好的发展和出路。如今事实也证明，他们当初的选择是对的。”

“既然你都已经给顾昭铺好了路，让他做出了所有对的选择，那今天还找我来做什么？”

许远征站起身，走到落地窗前，看着外面的景色：“正是因为他之前所有的选择都是正确的，最后这至关重要的一步，才不能有丝毫差错。”

说着，又转过身，对简姝道：“所以我希望，你能劝劝他，让他放弃那些无谓的东西，选择真正对他有利的。”

简姝压着嘴角：“你指的那些无谓的东西，是什么？”

“他母亲肯定也是希望他最后能进许家，认祖归宗，其他的，都不重要。”

听他这么说，简姝大概明白了一些。也知道为什么顾昭这次会和许远征意见相左，这些年来，即便他再怎么听从许远征的话，可人终究是有底线和尊严的。

简姝道：“我想问问许副董事长，这个世界上，你有什么在意的东西吗？”

许远征看着她，没有答话。

“或许顾昭在意的，在你看来分文不值，我知道商人只谈利益不谈感情，可如果一个人连心都没有的话，挣的钱再多，又有什么用？等哪天你不在这个世界上了，悼念你的，只有对你来说那些无谓的亲人，你挣的钱，会为你送终吗？”

简姝说这些话，也不指望能感动他或者怎么样，她是真的太讨厌这种自以为是的人了，总是打着为别人好的名号，全做一些伤害的事。也更加讨厌许远征。所以只是把内心所有的想法都说出来而已。甚至不计后果。

许远征脸色没有之前那么好，甚至可以说得上是很难看。

这时候，韩力敲了敲门：“许副董，小姐来了。”

简姝朝许远征轻轻点头：“该说的已经说完了，告辞。”

许远征冷着张脸，重新坐回了沙发，没有说话。

简姝拉开门后，没有停留，直接往前走，和外面的女孩擦肩而过。走了几步后，她脚步微顿，回过头看了看，女孩已经进了房间。不知道是不是错觉，她好像在哪里见到过……

却又一时想不起来。

“小姝！”顾昭大步走了过来，皱着眉开口，“你没事吧？”

简姝收回视线，摇了摇头。

顾昭松了一口气，拉着她的手快速离开。

上了车之后，顾昭才问道：“他为难你了吗？”

“没有，他就是让我劝劝你，我没答应。”

顾昭喉结动了动：“小姝……”

简姝平视着前方，缓声道：“顾昭，你既然走上了这条路，可以放弃，但不能后悔。”

因为，他们永远都没有退路了。就算是后悔，一切都已经改变，再也回不去。

顾昭眉间似乎有些疲惫：“小姝，你恨我吗？”

“曾经恨过，可我原谅你了，也原谅了自己。”

那些都是她过去，最沉重的罪孽，她以为她会背负着，过完一生。但傅队长却让她知道，她应该更好地活下去。为了离开的那些人，也为了自己。

顾昭哑声：“我很抱歉，那些年没有陪在你身边。”

“都过去了。”

简姝回到家，直直倒在了床上，摸出手机一看，还没有傅队长的消息。看来他是真的很忙，也不知道吃饭了没。简姝呼了一口气，趴在床上发呆。

没过一会儿，方方的电话打过来，提醒她明天下午在东山国际有个活动要参加。挂了电话，简姝去洗了个澡，翻找抽屉时，看到几瓶安眠药和抑郁药，她拿出来全丢了。最后躺在床上看着头顶炫目的灯光，伸出手按了开关，只留了一盏暖色的小壁灯。她钻进被子里，在有傅队长味道的被子里，心满意足地闭上了眼睛。

东山国际是一个品牌的站台活动，她提前半个小时到了，就坐在后台等着。周围不停有来往的工作人员，低声讨论着。

“你们听说昨天在那边荒地挖出来一具骸骨没有？太可怕了，我以前还经常从那旁边路过呢。”

“昨天早上挖出来的时候我去看了看，那里的味道简直了。”

“也正常，那里不是一直荒废着吗，淤泥杂草遍布，好多人也爱往那儿扔垃圾，味道肯定很难闻。”

“唉，不知道那些警察是怎么在那儿待了一天一夜的，现在好像都还在搜，换我的话，早就受不了了。”

简姝听到最后一句时，稍稍抬头。傅队长应该也在那里吧？等活动结束后，她连忙上车，换了一身简装，又戴上帽子和口罩，去买了些热的食物，就往他们之前说的那片山区走。方方本来说陪她去的，但是简姝说自己一个人就行了。那里现在也不难找，全是警车和警戒线，远远就能看到。

简姝到了拉警戒线的位置，也不敢贸然进去，怕打扰他们办案，她问了旁边一个警卫：“你好，可以麻烦你帮我把这个送进去吗？”

警卫看了她一眼：“你是做什么的。”

“我是……家属吧。”

警卫道：“里面现在搜查已经结束，你再等等，他们马上就出来了。”

简姝点头：“谢谢。”

这时候，孟远拿着东西从她后面经过，又倒了回来，偏过头看她，有些不确定地开口：“简姝？”

她连忙回头，扯下了一点口罩：“是我。”

“你怎么来了？”

“我在附近有点工作，听到说这边有案子，猜你们可能在，就买了点东西过来，你们都还没吃饭吧？”

孟远揉了揉肚子：“从昨天到现在，就早上那会儿吃了个包子，都快饿死了，你来得正好，我带你进去。”

简姝道：“我可以……进去吗？会不会破坏现场？”

“哪有那么容易破坏的，重要的地方都封起来了，走吧。”

简姝扬起笑，跟着他往里面走。不远处，傅时凛正站在一处警戒线旁，神情冷肃地交代着什么。等他说完后，简姝才走了过去。

孟远把简姝买的东西放在小桌上，吆喝着其他人：“都来吃饭了。”

傅时凛一转头，就看见站在他身后的女孩，有些没反应过来。简姝见周围都没人注意到他们，张开手臂就扑到他怀里。

傅时凛笑着拍了拍她：“我一身的泥。”

“我不嫌弃你呀。”简姝从他怀里仰起小脸，眼睛弯弯的，“你就算去泥潭里滚了一圈，我都喜欢你。”

傅时凛黑眸里笑意更深，捏了捏她的鼻子：“怎么突然来了。”

“我在东山国际有个活动，结束就过来了，对了！”简姝松开他，连忙道，“你快去吃点东西，不然等会儿没了。”

搜查工作基本已经结束了，虽然没找到可以指向死者身份的证据，但也不是没有收获，搜出来的东西，全部已经送到鉴证科去化验，很快就会有结果。他们没有一刻的停歇，在两天之内，甚至可以说是提前完成搜查。大家都累得够呛。只是不知道这些搜出来的东西，到底有没有用。

丁瑜那边的事结束，就往这边走，隔着十几米的距离，看见简姝拿着一瓶水在轻轻地给师兄浇着洗手，男人一向冷淡无波的眼里，泛着柔和的光，嘴角隐隐勾起。她最终没有走上去。

等傅队长洗完手后，简姝才把空瓶子扔在一旁的垃圾袋里，又从包里拿出纸巾给他擦手。

孟远过来道：“傅队，你们先回去吧，后续的事我们来处理就可以。”

傅时凛轻轻点了下头：“大家都累了，收拾完直接回家休息。”

“是。”

简姝跟几个队员打了声招呼，跟在傅队长身后离开，这些人都是她和傅队长才在一起，请吃饭的那群人，都知道他们的关系，这会儿看到他们重新和好，心里虽然感慨万千，但都是开心祝福的。说不定要不了多久，就能吃傅队的喜酒了！

刚走了一步，他就转过身，扶住她的手臂：“小心点，这里低坑很多。”

还好简姝穿的是平底鞋来的，不然穿高跟鞋，鞋跟可能陷进土里都拔不出来了。她本来之前就是自己蹦过来的，也不觉得有什么，这会儿被他这么一扶，下意识就往他怀里靠，将大半个身子都贴了过去，顺势环住他的腰。傅时凛薄唇微勾，伸手搂住她的肩。

到了封锁警戒线的时候，守在那里的警卫瞪大了眼睛：“原来你是傅队的……家属啊。”

简姝之前说家属，是方便送东西进去，这会儿这两个字从别人口中说出来，又是当着傅队长的面，她瞬间有些不好意思了，胡乱点了点头，应了一声后，拉着旁边的男人就往前走。

到了黑色越野车前，简姝从傅时凛手里把钥匙拿了过去：“你先在车上睡一觉吧，我来开就行。”

傅时凛扬眉：“你确定？”

简姝上次开车，还是年前他被体罚做俯卧撑时，以十码的速度开回去。

她把他往副驾驶的位置推，说道：“确定，我开慢点就行了，你都已经快两天没休息了，不能开车。”

简姝上车后，系上安全带，打火，踩油门，放下手刹。车慢慢行驶了出去。还好还好，没有发生上次一样的错误。

这里地区偏，车辆也少，简姝起初有些紧张，开了一会儿后，逐渐放松下来，车虽然慢，但是开的平稳，她转过头道："傅队长，你等下想先回家还是去吃点东西？"刚才他都没怎么吃，一定饿了。

傅时凛抬手摁了摁眉心："回家吧，先换衣服。"

"那行，一会儿叫外卖好了。就……回我那里吧？我给你买了衣服和洗漱用品，都齐了。"

简姝说这话的时候，有些心虚，没再看他，目视前方，装作一本正经地开车。

傅时凛笑意更深，拿出手机点外卖："想吃什么？"

"喝粥吧，你一天都没吃东西了，喝点粥暖暖胃，也好消化。"

这一段路人少，简姝开的快了一点儿，可等到进城，刚好遇到下班高峰期，她就像是乌龟一样，慢慢挪了回去。即便后面车再怎么按喇叭，她都始终心平气和，告诉自己安全第一。等车停在地下室，已经快八点了。这一段别人开用四十分钟的路程，她愣是用了两个半小时。

她解开自己的安全带，又去解傅时凛的，轻声喊他："傅队长，到了。"

傅时凛大掌揉着她的头发："走吧。"

外卖放在门口，早已凉了。傅时凛进了浴室，简姝就把粥放在锅里热。给小家伙添了粮和水，就把晾在阳台的衣服收了进来，放在浴室门外，小声道："傅队长，衣服我放在这里了，你等下记得穿。"

简姝放下衣服就进了厨房。粥已经热的差不多了，现在盛起来凉凉，一会儿他出来就能吃。

十分钟后，浴室门打开。傅时凛穿着她买的衣服，头发擦得半干，五官沉隽。

简姝站在餐桌前，摆放着碗筷："温度正好，快来吃吧。"

傅时凛下巴支在她肩膀上，看着面前的粥："要不要再叫点其他的？"

他说话的时候，气息就喷薄在她脖颈上，有些痒痒的，让人忍不住想笑，简姝道："不用了，你吃完先好好睡一觉，等醒了我们再出去吃。"

吃完饭，简姝把碗拿到厨房快速洗了，出来看到傅队长正在逗小家伙。滚滚抱着自己的小脑袋在地上打着滚，嘴里想去咬傅时凛手上的玩具，却怎么都咬不到，也不愿意起来。

简姝走过来，趴在他背上："你别逗它了，去睡觉。"

傅时凛扬眉，背着她往卧室走。

躺在床上之后，简姝立马关了灯，紧紧抱住他，完全不给他动手动脚的机会："睡吧。"

傅时凛："……"

第二天醒来，简姝虽然没有什么工作，但得去公司一趟，之后还有很多行程需要确定，以及新戏的进展。

吃完饭，傅时凛送她到公司楼下，轻轻揉着她的头发："有事给我打电话。"

简姝点头："我应该要不了多久就能完，我可以到公安局找你吗？"

"可以。"

简姝扬起唇，拉开车门："那我先走了，等会儿见。"

傅时凛把她拉回来，吻也随之落下。一吻结束后，他缓缓松开她，低声道："去吧。"

简姝走之前又在他侧脸亲了亲："专心工作，不要太想我哟。"说完，下车就跑了。跑了几步后，回过身朝他挥手。

傅时凛黑眸里漾出笑意，目光温和。等简姝上楼后，他才驱车离开。

公安局，孟远已经从鉴证中心拿回了化验结果，尸骨保存完整，没有任何损伤，也没有变色，死因可以排除利器所杀或者是中毒死亡。现场发现的那枚戒指是十多年前的一个牌子，现在已经倒闭了，要从他们那里得到购买信息，还需要更多的时间。至于其他搜查到的东西，还在检测中，最快明天才能拿到。

傅时凛拿着报告，翻开看了几眼："失踪人口档案那边有进展吗？"

周进道："我去查了，没有符合死者条件的。"

这种情况，只有两种可能。要么是死者没有家人，要么是死者失踪后，家人没有报警。

不论是哪种答案，都不利于他们现在的破案进展。十多年前的尸体了，只剩一具骸骨，现在查起来，真的有如大海捞针。

傅时凛道："派人轮流守着东山区那边，如果施工过程中，再挖出什么东西，他们这次不会再上报，一定会偷偷处理，盯紧了。"

前两天的搜查只是最基本的，根本没有多余的时间深一步展开。搜到的东西也有限。

埋在地下的那些，往往才是最关键的证据。

周进应声："是！"

傅时凛放下报告起身："都去忙吧。"

等人都走开，有一个队员才抓着头发上前："傅队，我有件事想跟你汇报……"

"说。"

这个队员叫林凯，前天是他负责保护简姝。那天简姝进公安局后，他也想回来拿点东西，可谁知走到门口，就听见了她和丁队的对话。他也不是爱嚼舌根的人，可这事儿这两天一直困扰着。说了好像又觉得一个大男人，背后谈论两个女人说的话，显得有些婆妈。不说的话，对话的内容又让他越想越觉得头疼。所以即便是开了这个口，都还有些犹豫。

傅时凛见他欲言又止的样子，淡声道："先进办公室。"

进了办公室后，林凯终于打定主意，再次出声："傅队，前天不是轮到我保护嫂子吗，然后……"

他把那天在大厅外听到的对话，原原本本，一字不差地重复了一遍。

傅时凛脸色越来越冷，薄唇抿起。

林凯说完后，又道："大概就是这样了，你也别怪丁队，我觉得她也是为了你好。"

"我知道了，出去吧。"

"是。"

傅时凛坐在电脑前，从最下方的抽屉里，拿出了几个月前的那份转岗申请，眼神微寒。丁瑜应该是给简姝看了这个。

扣扣——门被敲响。

傅时凛迅速把抽屉合上。

丁瑜手上拿了份资料："师兄，我查到白长舟几乎每年都会去一次B市，所以他和温海清之间，一直是有联系的，并不是他上次说的只在念书时才对温海清有资助。"

按照白长舟的意思，他对温海清的帮助只是因为看他经济拮据，完成学业困难。那这么说起来，在温海清毕业并且找到稳定工作后，这种帮助就应该停止了。就算见面，也该是温海清这个受到帮助的人来云城看望白长舟，绝对不会是白长舟常年往B市跑。要说谁更忙，那也是白长舟。所以他又一次说了谎。以此来掩盖很多的罪恶。

傅时凛声音听不出什么情绪："温海清自杀前后，有查到他去B市的记录吗？"

丁瑜道："他的出行记录并没有显示。"

"如果是雇佣司机呢。"

丁瑜停顿一下："师兄是怀疑……温海清不是自杀？"

"他自杀的时间太凑巧了，温海清已经花了一大笔钱买通赵倩的父母，让他们不要在调查中提起他，就说明他对这次犯罪在很大的程度上，是非常满意的。可当我们找到他时，他却写了一封认罪悔过书。”

“我明白了，我现在就去调查白长舟那几天的行踪。”

傅时凛嗓音冷淡：“不用。”

丁瑜看向他，有些愣：“师兄……”

“温海清的案子之前一直是柯显负责，现在由他来接手，调查会更加详细。”

“可白长舟的案子，是我们队负责的。”

“我会去跟叶局说，你处理好手上其他案子就行。”

丁瑜还想说什么：“可是……”

傅时凛道：“先这样，我还有事。”

丁瑜垂下头，喉咙发干：“师兄，那我走了。”

“嗯。”

丁瑜回到自己的办公室，倒了一杯水大口喝着。她又怎么会看不出来，师兄是想和她保持距离。白长舟的案子现在是两队一起负责，基本随时都会在一起讨论进展。可是她不明白，她哪里做错了，还是哪里表现的太过明显，让他看出什么了？

又或者是……简姝都告诉他了。想到这个可能，丁瑜失去所有力气般，跌坐在沙发里。

她瞒了那么久，那么久……如果她能不那么固执矜持，早一点儿跟师兄表白的话，现在是不是一切都会不一样？

第五章　傅时凛的秘密

简姝买了下午茶和点心，负责外送的工作人员提着两大袋跟在她身后。

她站在孟远的位子边：“放在这里就行了。”

孟远这会儿不在，另外几个队员眼睛都亮了，过来小声道：“还是嫂子最好。”

简姝抿着唇笑：“快给大家分了吧。”

说着，拿了一份往傅时凛办公室走。其他队的成员看着这一幕，都纷纷表示羡慕。

简姝站在门口，轻轻敲了敲门。傅时凛抬眼，看见她时，黑眸里的冷意融化了几分。他扫了眼外面正在分下午茶的一群人，轻笑了声：“你又给他们买东西了？”

简姝走进去，把门关上，眨了下眼睛：“我本来是打算给你买的，但是想了想，吃独食好像又不太好，就都买了。”

傅时凛从电脑前起身，坐在沙发里。

“这家店很好吃的，我经常去，你尝尝。”简姝用勺子舀了一块蛋糕，喂到他嘴边。她说完后，视线却不经意扫到了窗外，一群大老爷们儿全部趴在玻璃上，一脸兴奋地看着他们。

简姝：“……”

当傅时凛看过去时，他们又立即散了。

男人随手拿起遥控器，关了百叶窗，低声说："继续。"

简姝红着脸把蛋糕放在他面前："自己吃。"

真的是丢死人了！她等会儿可能都没脸出去。

傅时凛薄唇勾起："不用理他们。"

两天后，简姝在一个酒会上见到精神萎靡的沈行时，才想起他曾经让她给傅队长带话。全然被她忘到脑后了。简姝正要上前去具体问问他，就听到周围人在讨论。

"沈二少这是怎么了，看上去精神不太好啊？感觉身体被掏空。"

"你们没听说吗，上个星期他跟人比拳击，输的那叫一个惨，这几天不眠不休地练呢。"

"拳击？沈二少拳击很厉害啊，下手那叫一个狠，不管是比赛，还是切磋，只要上了拳击台，他就不会让你站着下去。"

"是吧，拳击对他来说意义重大，这次却输了，肯定是备受打击。"

"那沈二少是真的惨了，你说其他项目跟人比输了都还能想的过去，可拳击……"那人说着，摇头啧啧了两声。

简姝扬了下眉，走到沈行后面，拍了拍他肩膀。

沈行转过头，嘴角扯了下："我还以为你以后都不想再见我了。"

今天要不是知道她也会参加这个酒会，他可能还在俱乐部里。

"说的跟我们之间有什么深仇大恨似的。"简姝拿起旁边小桌上的香槟喝了一口，"你之前说，让我告诉傅队长再比一次，指的是拳击？"

沈行道："你跟他说了吗？"

"……忘了。"

"……"

简姝笑了下："我劝你还是别比了，免得让你今后对这项技能彻底失去信心。”

沈行嘴角抽了抽，不甘心地开口：“你就知道我一定会输？”

“当然了。”

“为什么？”

“因为他一定会赢。”

简姝眼睛里，全是明亮的光芒。她喜欢的人，无论哪方便，都是最优秀的。

沈行失笑，手肘靠在身后的栏杆上：“你就那么喜欢他？”

简姝道：“以后你遇到自己真正喜欢的人，你就知道了。”

而不是像她这样，因为利益产生的交集。

“我已经遇到了。”他说的声音很小，简姝没太听清。

不等她开口，沈行便再次出声：“据我所知，顾昭应该还是不同意你们在一起，你打算怎么办？”

简姝抿了抿唇，低垂着眼睛。沈行知道，不管怎么说，对简姝而言，顾昭都是她在这个世界上唯一的亲人。她不可能完全不在意他的态度。即便她现在可以忽略那些，但这件事始终是心里的一个结。

简姝沉默了一会儿才回道：“我也不知道，走一步算一步吧。”

她该说的已经说完了，可顾昭的想法太偏激了。

沈行最终还是没有把事情说穿，拿起酒杯和她碰了碰：“以后遇到什么事可以来找我嘛，我们还是朋友嘛。”

简姝扬起笑，轻轻点头。

在酒会结束前，简姝已经把该打的招呼全部打了，提前离开。她出大厅，就被冷风吹得打了个寒战。现在天气已经转凉，很快就要入冬了。简姝打了喷嚏，拿出手机拨着号码，傅队长说他要来接她。号码刚拨出去，肩上就搭了一件外套，

简姝转过头，满脸都是开心：“你什么时候到的？”

傅时凛将外套的拉链给她拉上，到顶，女孩的下巴都被遮得严严实实的。这才看顺眼了些。

他低缓着嗓音道："刚到一会儿。"

简姝活动了一下手臂，把手从袖子里钻了出来，抱着他的胳膊："我们走吧。"

这时候，身后传来一道声音："表哥？"

傅时凛回头。许意从后面跳了过来，跑着就想往他怀里扑。在她靠近时，傅时凛直接提出她的领子，把人放到了一旁。

"你这见人就抱的毛病什么时候能改改？"

许意委屈地瘪着嘴："我好久都没见你了嘛，你这次任务离开了这么久，好不容易回来了也不回家，爷爷天天在家念叨。还有我爸，他要让那个……"

"这是简姝，叫人。"

许意话才说到一半，就被打断，这才意识他旁边还站了一个穿的……很奇怪的女人。

简姝连忙把拉链拉下来了点，露出了一张完整的脸，跟她打了声招呼。

许意看着她，恍然大悟："你不是蒋叔叔找的那个……"话再次说到一半，被她表哥扫过来的眼神打断。

她终于明白了！她就说蒋叔叔那次怎么那么奇怪，不仅特意去拿下了那个腕表的独家代理权，紧跟着就找了一个没什么名气的代言人。叫什么来着……简姝！

"啊！我想起来了，上次爷爷住院的时候，表哥……"许意的话，在今晚第三次断掉。

她委屈巴巴地看着傅时凛："那我该说什么嘛。"

"叫人。"

许意想了想，眨着眼睛："简姝姐姐，你好，我叫许意，你叫我意意就行了。"

简姝刚才就觉得她有些熟悉，正纳闷在哪儿见过时，突然听到她姓许。这个姓其实并不少见，只是……

她收回思绪，对许意笑了笑："我们之前见过的。"

许意歪着脑袋，不太想得起来。

简姝道："公安局门口。"

那时候她还误会她是傅队长的那个小女朋友。

从许意出现后，傅时凛的眉头始终不着痕迹地皱着，他淡声道："时间不早，我们先走了。"

语毕，拉着简姝的手径直往前。

许意早就习惯了，只是在后面喊道："你抽个时间回家一趟啊，再不回去，爷爷真的要生气了。"

简姝转过身，朝她挥了挥手。

简姝眼睛亮亮的："话说回来，你刚刚总是打断她做什么啊，我觉得她好像有很多话要说。"

"她话太多了，不打断她能说一夜。"

"是吗？"

傅时凛拍了拍她的屁股："坐好，走了。"

简姝回到座位，系上安全带。

"傅队长，你家里人，姓许吗？"

傅时凛握着方向盘的手顿了顿，转过头看她："简姝……"

简姝抬起头，对上他的视线："啊？"

刚才那一问，好像只是随口。傅时凛薄唇抿着，刚要出声，手机便响起。电话是孟远打来的。

"傅队，你猜得没错，他们又挖出了东西，好像是打算私自处理，还好我们发现得早，周进他们几个已经过去交涉了，还不知道能不能进去。”

从目前的情况来看，地下又挖出了东西，肯定是要停工的。所以开发商那边势必会尽力瞒着，而且这是私人地方，他们硬闯也不合适。

“我马上过来。”

傅时凛放下手机，声音沉了几分：“我先送你回家。”

简姝道：“我自己可以的，你先去忙吧。”

“没事，时间来得及。”

简姝离开后，方方今晚的工作也结束了，正打算回家时，就看到从大厅里出来，走得跌跌撞撞、摇摇晃晃的沈二少。他好像喝得有点多，身边也没个人陪着。方方看了一会儿，犹豫了几分钟，还是上前扶着他。

沈行虚着眼睛，满身都是酒气：“是你？你怎么没和她一起走？”

“有人来接简姝姐。”

“哦，我知道了。”

沈行本来就一米八几的个子，这会儿喝了酒又重的厉害，几乎所有的力气都压在方方身上，方方后悔，不知道自己是造了哪门子的孽，刚刚就不该同情心泛滥的。

她费力扶住他：“沈二少，你司机在哪儿啊？我送你过去。”

“司机？”沈行含糊着回答，“我自己开车过来的。”

“……”

那你喝这么多酒是要发疯吗？

她把他扶着往墙上靠了一点儿，艰难地摸出手机：“我给你叫个代驾吧。”

沈行一把把她手机夺过去，皱着眉道：“别叫。”

他喝成这样，回去之后，少不了一顿责骂。还不如不回去。

“那你想干吗啊？”

“送我去酒店。”

“……”

方方气到不想说话，他刚刚不就是从酒店出来的吗？为什么要跑出来晃一圈？方方只能认命地扶着他，往酒店里面走，找前台开了一间房后，为了避免遇到今晚酒会上的熟人，她还特意绕远了一点儿，去坐另外一个电梯。

终于把他送到酒店房间里时，方方觉得自己要被累死了，随手拧开一瓶水喝了一大半。

她刚要走，躺在床上的沈行又喃喃着什么。方方凑近听了一下，才听清楚他在要水。

方方把沈行扶起来一点儿，把水往他嘴里灌。沈行终于不再闹了。

方方觉得比刚才还热了一些，全身都是汗。她看了眼浴室，又看了眼睡的不省人事的沈行。洗完澡后，方方觉得浑身都舒服了很多。伸出一只手来正要拿衣服，浴室门就被人从外面打开。

“啊啊啊！！唔——”

“我……不是故意的，你别叫。”

他语调有些尴尬：“你不准再叫，OK？”

方方梗着脖子点头。

沈行正打算就这个场景解释两句的时候，方方却突然屈膝，重重顶在他双腿之间，抓着衣服就往外面跑。

沈行痛得弯下腰，整张脸都白了，酒意也瞬间清醒。

方方觉得自己这辈子穿衣服的速度可能从来没有这么快过，仅仅在十几秒之间，就匆匆套好衣服裤子跑了。生怕沈二少等下要冲出来把她撕成两半！

简姝回到家，洗了澡就直接倒在了床上，拿着手机随便翻着，有些无聊。傅队长可能今晚都回不来了。发了一会儿呆后，简姝没由来地想起了许意。虽然那天在会所，她只看到了一个侧脸，但现在回想起来，好像就是同一个人。不过简姝还不敢确定，她抿了抿唇，在手机搜索了蒋均的名字。刚才许意提到过一个蒋叔叔，她所知道的，认识的，姓蒋的就只有蒋均了。资料显示，蒋均是MR现任总经理。其他的，好像也没有特别的地方。

简姝浏览了一圈，正要关掉，却在关键词搜索里，看到了许氏集团几个字。她愣了一下，又翻了翻。竟然发现MR竟然是许氏旗下的子公司。简姝怔怔看着床头柜上的腕表，又看着手机上的资料，倏地瞪大了眼睛。不是吧……

MR是许氏旗下的子公司，那许意喊蒋均蒋叔叔，就不只是刚好姓许这么凑巧了。傅队长又是许意的表哥，应该也认识蒋均。难道说——

简姝被自己这个想法吓了一跳，噌的一下从床上坐了起来。她的那个腕表的代言，其实是傅队长给她联系的？

等等……许氏，许家，许远征，顾昭，许意，傅队长……他们是一家人吗？

简姝觉得自己傻了，脑子里一片混乱。如果真的是这样，那顾昭，那他……从顾昭一直反对她和傅队长在一起，说他养不起她这点来看，他肯定是不知道。

至于傅队长……简姝掀开被子，给傅队长电话没人接，又给顾昭打电话，也没人接。简姝咬着唇，翻出顾昭秘书的电话，秘书很快接通，告诉她，顾总手上的一个项目出了问题，现在在东山区那边。

东山这边，孟远浑身都被雨水打湿，抱了一个黑色的提式皮箱过来，放在小桌上。工头见状，咳了一声，不说话了。皮箱的金属扣生锈，已经被人打开过，又加上被雨水冲过的原因，表面的所有证据，都不可取。

傅时凛冷着脸，拿出手套戴上。皮箱里面有几个药瓶，几本半湿的书籍，以及一张泛黄褪色的照片。照片已经被雨水完全打湿，只能依稀辨出上面有两道人影。一男一女。相貌完全看不清。傅时凛摸着照片的左侧，这个位置，明显是被人裁下来一部分。也就是说，照片上应该不止两个人。

他把所有东西都放在了塑封袋里，递给孟远："送去化验。"

"是。"

这时，周进跑过来，脸色有些白："傅……傅队，那边发现了一样东西，你过去看看吧。"

傅时凛抿着唇，大步走进雨幕里。

东西是刚挖出来的，几乎与泥土融合在一起。这会儿被大雨冲刷着，逐渐露出了本来的面貌——一堆锈迹斑斑的铁链。足足有几十公斤。

周进道："这种地方，挖出一点废弃材料也是很正常的事，可这铁链太多了，当初'铁链连环杀人案'中，凶手所使用的铁链，一直没有找到相同的型号和批号，也没有在市面上流动过，才导致调查进展不下去，而这里却有这么多……"

他在说话间，傅时凛已经蹲了下去检查，脸色偏寒。

几秒后，他站起身，声音冷沉如冰："立即封锁这里，所有施工全部暂停。"

工头大惊，立即上前："警官，不能暂停啊，现在要是暂停的话，后面的工程都……"

傅时凛继续吩咐："把铁链送去鉴证中心，让他们用最快的时间确定，这一批铁链，是否和当年所有的是同一批。"他停顿了一下，"另外，申请搜查令。"

周进问："搜查哪里？"

"白长舟住所。"

“是！”

几名队员应声，立即分头行动。

工头还想要说什么，可外面雨太大，他只能躲回了棚里。好在没过一会儿，顾昭就到了。

男人冷声问道：“怎么回事？”

工头道：“顾总，他们硬要进来搜，我们也没有办法……”

顾昭抿着唇，看着再次拉起来的警戒线，压着怒气：“到底挖出了什么，为什么要封锁！”

“我也不知道，一开始他们找到那个皮箱时，都还没什么，可直到挖出了铁链，突然就要封锁了，还让我们的施工全部暂停。”

顾昭侧过头，皱起眉：“铁链？”

“对，好大一堆呢，我看到那几个警察脸色都变了，不过就是铁链嘛，有时候工程用不完丢掉很正常，用得着这么大动干戈吗？”工头说着，又想着主意，小声问道，“顾总，用不用我让那些工人……”

顾昭抬手，止住了他的话。

他沉默了一会儿才开口：“让你的工人全部回来，配合他们调查。”

工头有些蒙：“啊？”之前不是说，不论如何都不能停工嘛。

秘书提醒道：“顾总，可是许董那边……”

“他那边我去解释。”顾昭说完后，转身离开。

秘书连忙跟上。只留下一个傻掉的工头。这……又是闹哪出？

傅时凛从雨幕中抬头，看到的就是顾昭离开的一幕，黑眸更加寒冽。

周进站在他旁边，有些不太明白。明明他们这次已经配合调查了，为什么傅队看上去，好像比之前还不开心了？

简姝已经被外面的雷声吵醒三次，傅队长还没回来。她把自己裹进被子里，拿出手机看了看时间，凌晨五点，快要天亮了。这雨下了一整夜，而且完全没有停的趋势。傅队长这回是为了上次的案子离开的，该不会又在搜山吧。

简姝呼了一口气，掀开被子下床，走到客厅倒了一杯水喝。外面电闪雷鸣，狂风肆虐，雨水打在玻璃上，噼噼啪啪地响着。小家伙见她起来了，就在脚边跳。

简姝把它捞起，抱在怀里，一下一下摸着它的小脑袋：“滚滚，你爸爸真的好辛苦啊，这么大的雨都还在外面查案，我们也帮不上什么忙。”滚滚呜呜了两声，在她腿上找了个舒服的位置躺着。

两个小时后，天亮了。雨势小了一点儿。简姝起床，从衣柜里拿出一套傅队长的衣服装在袋子里。昨晚他肯定淋了雨的，就算车里有备用的衣服，那都是夏天的了。现在天气转凉，傅队长这几天都住在她家里，应该也没时间回去换。离开前，简姝又跑去熬了姜汤，放在保温桶里。

这里离公安局近，走路也就二十分钟。简姝打了把伞就出门了。天虽然亮了，可小雨还密密地斜织着，整个城市都是雾蒙蒙的，带着冰冷的湿意。她把领子拉到最上面，加快了脚步。

正要进公安局时，身后却传来一道温和的声音：“简小姐。”

简姝猛地转过身，瞳孔剧烈收缩。

白长舟就站在离她一米远的地方，见状，没有再上前，只是伫立在原地，微笑道：“简小姐别紧张，我只是想跟你打个招呼而已。”

简姝咬着唇，握着伞把的手紧了紧。但这里就是公安局门口，他胆子再大，也不至于在这里行凶。可即便是如此，简姝脸上还是写满了恐惧与警惕。

白长舟道：“我之前就想跟简小姐当面道个歉了，只是……”他笑容有些无奈，“今天好不容易才找到了机会，上次的事，我真的很抱歉，简小姐手臂上的伤好些了吗。”

简姝呼吸重了几分，压下心头的战栗，问出声：“你为什么要那么做？”

“简小姐当时的情绪不稳定，我怕你出事，只能出此下策，疼痛能使人迅速清醒过来。为了表示歉意，我请你吃顿饭，可以吗？或者简小姐也可以提出其他补偿方式，我都接受。”

“不——不用了。”

白长舟往前走了一步：“简小姐……”

简姝慌忙后退：“你别过来！”

柯显和丁瑜刚从公安局出来，准备去吃早饭，就见到这一幕。

柯显快步走了过来隔开他们：“白教授这么早就来公安局，是有什么事吗？”

白长舟神情依旧平缓，微笑道：“刚好路过门口，就看见简小姐了，想和她道个歉。”

这段时间发生的事柯显都听说了，白长舟可能是凶手。

他往后看了一眼简姝：“既然白教授歉已经道了，那么没什么事的话，我就先带简姝走了。”

白长舟轻轻颔首。

柯显转身，扶着简姝的手臂，才发觉她浑身都在隐隐颤抖，轻声问道：“没事吧？”

简姝脸色发白，摇了摇头。

“先进去。”

丁瑜在后面看着他们的背影，觉得好像有哪里奇怪，跟了上去。

柯显把简姝带到了傅时凛的办公室，给她倒了一杯热水，安慰道：“没事的，这里是公安局，他不能把你怎么样，傅时凛马上就回来了，你别怕。”

简姝握着水杯，睫毛颤着：“还不能抓他吗？”

“现在我们掌握的证据还不足，不过应该快了。”

“我明白……”

简姝缓了一会儿，才抬起头来：“刚才在门口遇到白长舟的事，你别告诉傅队长。”柯显表示不解。

“他会担心的……他手上还有其他的案子，我不想他因为这件事再分神。”

柯显点头：“我知道了，你放心，我不会跟他说。但你……还好吗？”

简姝喝了一口热水，嘴角抿起：“我可以自己调解，等等就好了。”

“行，这么早你应该还没吃早饭吧，我去给你买点，你在这儿坐一会儿，他也快回来了。”

“好，谢谢……”

柯显起身，拉上了办公室的门。丁瑜快速上前，不可思议地开口：“难道她就是……”刚才他们的谈话，她全部都听见了。

柯显也有些意外：“你不知道吗？”

丁瑜摇头，从他们负责这个案子开始，就是盯着白长舟那边，以及调查他的周围。关于幸存者保护，一直都是师兄他们队轮流派人。所以她才不知道简姝竟然就是“铁链连环杀人案”的幸存者！

柯显摁了摁眉心，把林静叫了过来：“你进去陪会儿简姝，到傅时凛回来为止，我怕她一个人会想多。”

“是！”

柯显这次，几乎是把全队的人员都带过来了。昨晚刚到就和丁瑜他们讨论了一整晚的案情，到早上才结束。丁瑜收回视线，眼睛敛着，心里大概明白了几分。

林静在外面敲了敲门，推开的时候，简姝正坐在沙发上发呆。

她走上去打了个招呼：“简小姐。”

简姝抬起头，笑了下：“你也来了呀。”

“对啊，之前温海清的案子不是我们负责的吗，所以这次就来跟进了。”

林静坐在简姝对面，四处看了看，感叹道：“哇，傅队的奖杯真的好多啊，以前我只是听说，没想到这次还能亲眼见到。”

简姝跟着她看了过去，嘴角扬起：“这只是一部分，他家里还有很多。”

林静就知道，和她聊傅队，一准儿没错。

“你们……现在怎么样啦？”之前的事在网上闹得沸沸扬扬的，她也知道一点儿，只是一直没有时间，也不好去细问其中的细节。

简姝道：“和好了，至于后面的事，之后再说吧。”

她们又聊了一会儿后，外面人声多了起来。

林静站起来往外面看了看：“好像是傅队他们队回来了，我出去看看。”

简姝放下水杯，也起身。

孟远他们几个回来时，一身都是湿的。一个两个喷嚏连天。

“傅队，那我们先去洗澡了。”

傅时凛嗯了声，往办公室走去。昨晚的情况，必须立刻打报告交上去。他拉开办公室的门，入眼的便是放在茶几上的纸袋和保温桶。里面却空无一人。

林静走过来：“傅队，这是简姝拿过来的……咦，她人呢？刚刚还在……这么快就走了吗？”

傅时凛沉声问：“她什么时候来的。”

“有一会儿了吧。”

“知道了，去忙吧。”

简姝可能还有工作，先走了。傅时凛长腿迈动，坐在电脑前。刚准备去摁主机的开关，就看到抱膝坐在办公桌下的女孩。简姝扬起小脸，眉眼弯弯的。

傅时凛薄唇勾起，低笑出声："你在这儿做什么？"

"给你一个惊喜啊，见到我开心吗？"

"开心。"

傅时凛把她拉了起来，揉着她的头发："去旁边坐一下，我有点东西要处理。"

简姝闻言，没有再打扰他，很乖地走了过去，窝在沙发里。傅队长衣服都还是湿的。

孟远已经洗完澡回来了，见状连忙道："傅队，报告我去交吧，你赶紧把衣服换了。"

傅时凛点头，把报告给他。一转头，简姝已经提着袋子站在他身后："给，快点去。"

傅时凛俯身，在她唇上亲了亲："乖，我很快就好。"

他去洗澡后，简姝重新坐在沙发上，把保温桶收了起来。喝了姜汤也不行，肯定会感冒的。幸好她准备着。她刚收好，手机就响起，是方方打来的。

"简姝姐，我们可能要再加一个行程了。"

简姝扬眉："是什么？"

电话里，方方道："《目击证人》剧组刚才打电话来说，电影已经定档了，就在一个月之后，这段时间，我们要跑宣传和路演，阮兰姐已经在协调你其他行程的时间了，让我告诉你一声。"

简姝皱了下眉："那……秦可可那边怎么办？"

秦可可作为这部电影的女主角，至今还躺在医院里，今天的官宣定档后，一定会再引起一波热潮。路演宣传时，各大媒体肯定都会借此为噱头，争先采访。如果有人在中间操作的话，之前的那些事，又会被翻出来。

方方也想到了这点："阮兰姐应该会跟剧组那边协商这件事，不过我觉得这件事我们真的好冤啊，明明什么都是秦可可做的，那个综艺也是她抢了你的，怎么到头来都怪到我们身上了。"

这几个月来，秦可可的粉丝就跟疯了似的在简姝微博下不依不饶，针对之前网上爆出来的两样决定性的证据，也都视而不见。简姝的团队在之后便没有做过解释，久而久之，这件事好像就变成了一个阴谋论。一个即便是澄清过，也会时不时拿出来被人谈论，被人津津乐道的桃色绯闻。

简姝垂着头，淡淡道："因为人性都是选择站在弱者那边的。"她真的无所谓，就怕傅队长再次被搅进来。

这时候，办公室的门被推开，简姝捂着手机，小声道："我先不跟你说了，有什么进展再打给我。"

进来的是柯显，他把早饭放到茶几上："我听说傅时凛不是回来了吗，他人呢。"

"洗澡去了。"

柯显点头："也是，他们昨晚在那儿搜了一夜，听说那个开发商之前还特别不配合，这次要不是傅时凛下令强行搜查，估计他们还想私自把物证给毁了。"

简姝闻言，下意识就问道："开发商是谁啊。"

"我听说好像是什么许氏集团，这次的负责人姓顾还是姓杜来着。"

简姝："……"

她揉了揉眉心，之前她是不想让傅队长知道她和顾昭闹成那样，也始终回避着。顾昭本来就不同意他们在一起，现在傅队长要查的案子又是他手下的项目，如果他不为难，都不符合他曾经找了沈行来横插一脚的做法了。看来她应该找个机会，好好跟傅队长聊聊这件事了。

柯显外面还有事，没说两句就离开。他刚走，傅时凛就回来了。

简姝把食盒打开："傅队长，快过来吃东西吧，我给你带了药，饭后才能吃。”

傅时凛坐在她旁边，已经带了点鼻音：“昨晚睡着了吗？”

“还行，就是雷声太大了，被吵醒了几次，不过没做噩梦。”

简姝夹起一个包子，把粥递给他：“先喝粥。”

傅时凛笑了笑：“我这几天会很忙，不能陪你。”

简姝放下了粥，“我也是，而且……还要全国跑。”说到这里，简姝才意识到，这次的路演，至少需要一个月时间。也就意味着，他们将有一个月不能见面。以前傅队长忙，她还能给他送夜宵。

简姝鼓了鼓嘴：“我不在的时候，你再忙也要记得吃饭，不能忙起来就忘了。”

傅时凛薄唇微抿，把简姝拉在怀里，给她理了理头发，嗓音低沉磁哑：“要去多久？”

“最少一个月。”

“什么时候出发。”

“具体的时间我还不知道，不过可能就这两天了。”

傅时凛皱了下眉，时间太长了。她的情绪好不容易才稳定一点儿，再做噩梦，他也没办法陪在她身边。

简姝看出他的心思，搂着他的脖子：“傅队长，你放心，我能照顾好自己的，再说了，还有方方陪在我身边，不会有事的。”

傅时凛低哑着声音：“晚上睡不着就给我打电话，嗯？”

“知道了。”

简姝拿起食盒：“快点吃，不然凉掉了。”

等一碗粥见底，简姝才犹豫着问道：“傅队长，我听说……你这个案子项目的负责人，是顾昭。”

傅时凛放在她腰上的手微顿，低低出声：“嗯。”

“我好像……还没有跟你讲过，我和他的事吧？”

“顾昭的母亲和我父亲是从小到大的朋友，有很长一段时间失去了联系。等再次见面，顾昭母亲已经躺在医院里，命不久矣。那时，顾昭八岁，我五岁。顾昭的母亲一个人带着他，日子过得很艰苦，再加上生病的缘故，整个人瘦得脱了相，只剩一层皮。她在父亲的相簿里，见过顾昭母亲以前的样子，很漂亮，落落大方。顾昭母亲死后，把顾昭托付给了我的父母。

“最开始，顾昭刚到家里时，性格孤僻。我就成天去逗他，也因为自己突然有了一个哥哥而感到新鲜好奇。后来，我们生活成了一家人。

“其实以前父母工作都很忙，陪在我身边的，永远是顾昭。他会在我闯祸时，帮我背锅。会在我耍赖不想走路时，弯腰背我。会在我考试成绩不合格不敢回家时，偷偷用红笔帮我篡改成绩，他的字迹很好看，模仿老师的一点儿都不含糊，连父母都分辨不出来。他会在我想吃一样东西时，坐一个多小时的公交车，去给我买。”

简姝曾经以为，她有这个世界上最好的哥哥。可这些在那个男人出现之后，全部被打破了。

简姝靠在傅时凛怀里，声音轻轻地继续：“他以前真的对我很好很好，可后来，他就变了。”眼里只剩下权势与利益。

第六章　你是我的“黑猫警长”

第二天，《目击证人》的路演便在A市开始。简姝天还没亮就被叫醒，傅队长给她收拾好就出门了。简姝又迷迷糊糊睡了两个小时。直到被方方的电话吵醒。她打了个哈欠，揉着眼睛起身，发现自己的行李箱都被装好了。外套、内搭、鞋子，全部整整齐齐地放着。

简姝翻了翻，没有看到裙子，裤子全部都是阔腿的……她压着唇笑，傅队长还真是个醋缸。从浴室出来，简姝又把护肤品放了进去，加了几套衣服，足足装了两个行李箱。正要出门，门外便传来一阵钥匙声。简姝眨了眨眼。

傅时凛手里提着早饭，低声问道：“要走了么。”

“嗯……方方在楼下等我了。”

“我送你下去。”傅时凛把手里的早饭递给她，“车上记得吃了。”

简姝接过，踮起脚亲在他唇上，漂亮的眸子弯成两道月牙：“不要太想我，记得按时吃饭，我会让孟远监督你的。”

傅时凛嘴角勾起：“确定不要我想你？”

“你忙的时候不要想我，不忙的时候满脑子都必须是我。”

男人低低笑出声，把背在身后的东西递给她：“注意安全，有事给我发消息，我看到立即回你。”

简姝看着他手里的那个布偶，嘴角笑容绽开，有些惊喜：“你去哪里买的这个？”

傅时凛扬眉：“喜欢吗？”

时间太早了，很多店面都没有开门，他用了很长时间才找到一家。本来是想送她一个布偶，让她可以抱着睡觉。

简姝双手环住他的腰：“喜欢，他真的和你好像。”

傅时凛把她送到楼下，简姝抱着布偶爱不释手，只是朝他挥了挥手，都没有给一个分别的拥抱：“傅队长，我先走了。”

男人舔了下薄唇，把她拉了回来。

楼下虽然没有什么人，但是车上的方方看得很起劲，两只眼睛闪闪发光。

傅时凛最终只是揉着她的脑袋：“多穿点，别感冒了。”

简姝道：“我知道啦，你快回去休息吧。”说着，又扬了扬手上的布偶，小脸上满是明媚，“他会好好陪我的。”

上车后，方方立即凑了过来，看着她手里抱的黑猫警长：“简姝姐，你什么时候买的？”

“傅队长送我的。”简姝轻轻扯着黑猫警长的耳朵，笑意满满，“你不觉得他和傅队长很像吗，特别是这个表情，一脸严肃正气。”

“你还别说……越看越像……”

“是吧？我也觉得，太可爱了。”

简姝把黑猫警长抱在怀里，喜欢得不得了。方方坐在一旁内心哭泣，想唱一首，坐在高高的柠檬山上。这次的机场路透里，简姝的怀里一直抱着个黑猫警长，笑容灿烂。

“我天，简姝笑起来也太可爱吧，想醉倒在她的梨涡里。”

“啊……勾起了我儿时的回忆，想再去看一遍黑猫警长！”

“好想要她怀里的那一只啊，哪位姐妹有同款链接吗？”

“应该是哪个粉丝送的吧，去首页看看，我也想蹲同款。”

在路演开始前，简姝和怀里的黑猫警长，上了一波小热搜。

《目击证人》的剧组已经和媒体方面协调好了，这次采访中，关于秦可可的话题涉及敏感的，一律不准提问。因为秦可可不在，很多媒体的问题和梗，都抛到了简姝身上，她对答如流，也很配合。

有记者针对今天的热搜问她：“你今天机场抱的那个黑猫警长，是哪位粉丝送的吗？”

简姝笑：“一个对我而言很重要的人送的，应该也可以算作粉丝吧。”

那个记者本来想顺着这个话题问下去，再挖点什么的，又有其他记者紧跟着提问，就被打岔了。

之后的时间里，简姝又跑了几个影院。第一场路演下来，虽然有些累，但她始终很开心。

因为傅队长，也因为梦想。

孟远敲了敲公安局办公室的门：“傅队，叶局让你去一趟他办公室。”

傅时凛抬眼嗯了一声，又道：“鉴证科那边有结果了吗？”

“这次送去的东西比较多，他们那边也还有其他案子的物证在处理，我问过老赵了，最迟明天早上就能出化验报告。”

“报告出来后，你立即过去取。”

“是。”

傅时凛起身，刚走到门口，离开的孟远又绕了回来，憋着笑问道：“傅队，简姝的那个黑猫警长，是你送的吧？”

孟远知道他没时间看手机，咳了一声，解释道：“已经上热搜了，大家都在说那个黑猫警长好可爱，在求链接，傅队你告诉我哪儿买的啊，我去囤一点儿，到网上去卖，说不定还能大赚一笔呢。”

傅时凛一个眼神瞥过去，孟远连忙飞快地跑了。

局长办公室里，叶常林正在看卷宗，听到门被敲响，抬起头来：“小傅来了，坐，我和你说点事。”

傅时凛在他对面坐下：“您说。”

“关于白长舟住所的申请令，有些麻烦，你知道，他是公安局特聘的顾问，虽然这些年没在公安局工作了，但很多时候，局里有解决不了的案子，还是会去请教他，这个头衔一直都在。”

叶常林吐了一口烟雾，继续说着，“我们办案要讲证据，如果没有确凿的证据就去搜查，要是搜查出什么就不说了，但一无所获的话，不仅会抹了公安局的面子，上头也会怪罪，你明白我的意思吗？”

傅时凛抿唇：“明白，鉴证中心那边很快就会有结果。”

“我知道你为了这个案子，付出了很多精力，这十年一直都没放弃过，但越是这种关键时候，越要稳住，他如果真是凶手，跑不了的。目前还没有证据指向东山区发现的那具女尸和白长舟有什么关系，分为两个案子调查，先核对女尸的身份。”

“知道了，叶局。”

叶常林把手里的烟头熄灭：“你也别着急，简姝那边派人保护着吗？”

傅时凛点头。

“上次的缉毒案你立了大功，上面的领导都看在眼里，把这次女尸案调查清楚了，年底的评优，一准儿没问题，也能趁这次退下来。”叶常林提醒道，“但是在这段时间里，千万不能再出什么乱子，尤其是网上那块儿，注意点儿。”经过前几次，他已经怕了。

事情交代完后，傅时凛回了办公室。想起孟远刚才说的话，他拿出手机看了看。

简姝怀里抱着玩偶，笑容明媚耀眼。下面的一条视频就是关于记者问，黑猫警长是谁送的那个采访。

“一个对我而言很重要的人送的，应该也可以算作粉丝吧。”

傅时凛嘴角勾起，把那张照片保存了下来后，注册了微博，当作头像，关注简姝，成了一个真正的粉丝。

柯显敲了敲门：“看什么呢，我在这儿站大半天了，你都没发现。”

傅时凛放下手机抬眼，神色冷淡：“什么事？”

柯显没想到，有生之年，竟然能看到傅时凛瞬间切换脸色，他一直以为，他就只有那副冷冰冰的样子。

他走了进去，坐在沙发上：“白长舟案子的交接工作我已经做完了，直到抓捕他归案之前，我都一直会在这里。”

“嗯。”

柯显道：“我看丁瑜好像挺不开心的，你和她怎么了？”

傅时凛神色不变，扔了一份文件给他：“这是白长舟上次来参与调查时的一些细节。”

柯显接住，翻了翻，起身：“行，我拿回去好好研究一下。”

出了办公室后，他才回过头看了看。难道丁瑜从念书时就开始喜欢傅时凛的事，他现在才知道吗？这么说的话，也就不奇怪了。

林静走了过来：“柯组长，有什么需要我去做的吗？”

柯显看了她一眼：“你去查查白长舟的妻子。”

“妻子？在跟三队交接的时候，记录中没有这个人啊。”

“他妻子已经去世很多年了，所以暂时没在调查范围中，你去查查，看看能不能挖出什么蛛丝马迹的线索。”

林静点头：“我知道。”

“等等。”柯显叫住她，“白长舟如果真是凶手，那他的心理素质极强，远超乎表面，做事也不留余地，你一定要小心。”

林静有些诧异，不解地问：“柯组长为什么特意叮嘱我？”这次还是来了很多组员的。

柯显面不改色：“因为你比较蠢，其他人我都不担心。”

林静：“……”哦。

简姝回到酒店后，就把黑猫警长抱到了怀里，倒在了床上。她真的，越看它越像傅队长。

太可爱了。简姝打了一个滚，给傅队长发了一条消息，问他吃饭没有。很快，傅时凛电话就打了过来。

简姝见状，连忙起来接通：“你现在不忙吗？”

“嗯，有点时间。”

“那……你吃饭了没。”

“吃了。”傅时凛摸了摸面前小家伙的脑袋，“滚滚也吃了。”

简姝笑着问：“你回去了吗？”

她知道，傅队长之前有案子忙的时候，大部分时间都是住公安局。可她住的那里离公安局不远，他开车的话，单程可能也就五分钟。

傅时凛道：“回来换件衣服。”

简姝抱着黑猫警长：“那你出门的时候，把滚滚放到楼下的宠物寄养中心吧，你也不用特意回去喂它了。”

“好。”

“傅队长。”

“嗯？”

简姝揉着眼睛：“没什么，就想喊喊你。”

傅时凛听出她声音里的倦意，站起身：“乖，早点休息，我明天再打给你。”

“嗯……晚安。”

“晚安。”

挂了电话后，简姝用最快的速度洗了个澡，钻上床抱着黑猫警长睡了。一夜好梦。

《目击证人》这部电影，其余主创人员在定档发布会就看了全片了，但简姝一直没看。

她之前和傅队长说过，等这部电影上映了，他们一起去看。一个月时间很快过去，简姝在这次路演中，收获了不少好评，随着越来越多的放映，电影的口碑也是直线上升。

其中的破案细节环环相扣，丝丝缠绕，悬疑感十足，使观众充满了紧迫感，随时能被电影中的人物带动情绪，提着的心就没有放下去过。广场那段追捕打斗戏也很带感，就连女演员都是实打实的搏斗，没有花拳绣腿。看得出来，这个剧组是在用心拍戏的。电影还没有正式上映，评分就已经达到了九分多。有圈内人士点评，《目击证人》即将成为今年业界的一匹黑马。

最后一场路演，是在云城。简姝下飞机，深深吸了一口气，终于回来了。

方方跟在她后面，道：“简姝姐，今天路演就完了，导演说晚上大家一起吃个饭。”

简姝点头：“我知道了，大概什么时候结束？”

“吃完饭好像还有活动，估计很晚了吧。”

这段时间，大家都在一起工作，电影能成功，也是所有主创最开心的事。简姝如果这时候走的话，势必会扫大家的兴。晚点就晚点吧，一个多月过去了，也不在乎这几个小时。

电影院里这是今天最后一场，也是整个路演的最后一场。是映后见面。

等大屏幕熄灭后，主持人走上台：“相信大家刚才已经感受到电影的紧张氛围了，下面，我就邀请《目击证人》的主创人员上台。”

观众席上一片鼓掌声，尖叫声。简姝和导演，还有饰演凶手的男演员走上台，跟大家问好。很快，就到了粉丝提问的环节。一般都是问在拍摄电影的过程中遇到什么有趣的、惊险的事，会不会害怕之类的问题。

主持人四下看了看：“还有最后一个名额了，就那位吧，那位男粉丝，他一直在举手。”

一个二十出头，戴着鸭舌帽的年轻男人站了起来，死死盯着简姝，问道：“请问作为女一号的秦可可现在还躺在医院里，而你，凭什么站在这里？你难道就真的能做到，半点都问心无愧吗？”

主持人也没想到会是这种情况，连忙把话题岔开：“好了，今天的提问环节就到这里，谢谢大家。”

“回答啊！”年轻男人直接从座位上冲了过来，却被反应过来的保安拦住，他嘶声吼道，“都是你，是你把秦可可害成这样，真正该死的人是你，是你！”

简姝紧抿着唇，在工作人员的安排下离开。紧跟着，年轻男人也被保安带离了影院。

到了临时休息室，方方担心道：“简姝姐，你没事吧？”

简姝收回思绪，摇了摇头，拧开水喝了一口。

等下还有媒体采访。导演也走了过来，拍了下她的肩膀：“别放在心上。”

秦可可到底为什么躺在医院里，业内都知道是什么原因，只是外界传出了各种阴谋论。只是她现在这样的情况，他们也不适合再去做更多的澄清，只能私下联络媒体。却无法控制粉丝的言论。

这些事件中，最冤枉的就是简姝。这一个月以来，周围也有不小的声音，可她却从来没有抱怨过什么，也没有趁机卖惨去踩秦可可一脚，可以说是很难得了。

简姝笑了笑：“谢谢导演。”马上就是媒体采访，她没想太多，只把这个当作小插曲。

路演结束后，晚宴是在酒店里举行。这次电影的成功，是在所有主创的意料之中，又是在意料之外。其中，离不开所有为这部电影做出了贡献的人。去酒店的路上，方方告诉简姝，这次的晚宴邀请了傅队长和白教授。

关于简姝和傅时凛的关系，之前因为秦可可虽然在网上闹了一波，但这件事最终是不了了之，也没有证明他们两个在一起的照片放出来。所以剧组的人都当是秦可可的粉丝在里面作妖，把什么脏水都往简姝身上泼，完全没有放在心上。

这次邀请傅队长和白教授，剧组方面是真心邀请，但同时对于他们到底能不能来，也没有抱太大希望，毕竟两个人平时的工作都很忙。可没想到的是，他们不仅来了，而且两个人都来了。这无疑是今天晚宴的一大亮点，十分令人期待。

简姝听到的时候，咬了下唇。白长舟也要来……

方方见她脸有些白，不解地问：“简姝姐，马上就要见到傅队长了，你不开心吗？”

简姝回过头，挽起笑：“开心。”

这段时间傅队长和她都忙，都有快一个星期没有通过电话了。她还以为今天要很晚才能见到他。

方方看着她怀里的黑猫警长，感叹道：“他终于可以光荣退役了。”

简姝低着头笑，把黑猫警长抱得更紧了些。马上就能见到傅队长了。

半个小时后，车在酒店门口停下。简姝把黑猫警长放在座位里，下车。

门口已经聚集了一群正在等她的粉丝，看到她出现，都开始尖叫。人太多，怕引起骚乱，简姝打了声招呼，没有过多停留，径直往酒店里面走。

“去死吧！”

就在这时，一个男人从人群中冲出，手里拿了瓶液体朝她脸上泼过去。他的动作很快，快到几乎没人反应过来。四周都还是粉丝兴奋的尖叫声。

简姝望过去的那一秒，眼前一暗，熟悉的男性气息罩下，将她紧紧抱在怀里。男人见事情失败，拔腿就想跑，孟远直接冲上去把人按住，扣上手铐。一众粉丝瞬间安静下来，面面相觑，不知道发生了什么。

傅时凛缓缓松开，低声问道：“有伤到哪里吗？”

简姝摇头：“你……”

“先进去。”

简姝走了两步，转过头看了一眼，被压在地上的那个男人，就是今天在电影院的那个。

进了酒店，傅时凛才摸着她的头发：“吓到了吗？”

简姝扬起小脸，担心地看着他：“我没事，他刚刚泼的是什么？”

“水而已，你先上去，我来处理剩下的事。”

“可是……”

“乖。”

傅时凛侧眸看了一眼，已经傻了的方方立即上前：“简姝姐，我们先上去吧，你在这里也帮不上什么忙。”说着，连拖带拽地把简姝拉上了电梯。

傅时凛冷了眸色，转身大步往外走。门外的粉丝已经被酒店的保安给疏散了，那个年轻男人手虽然被反在身后铐着，但还在用力挣扎。

孟远一巴掌拍在他脑后：“老实点儿。”

见傅时凛出来，孟远立即起身：“傅队，我已经联系了附近的派出所，他们很快派人来。”

傅时凛看向一脸桀骜不驯、觉得自己没有做错的年轻男人一眼，嗓音低寒：“送到刑警队去，让周进审，他刚才泼的是硫酸。”

孟远睁大了眼睛：“那你……”

“没事，你看着他，我去换件衣服。”

孟远张了张嘴，看着傅队背后被腐蚀了一层的衣服，气得揍了年轻男人一顿。还好已经入冬了，穿的都比较厚，不然换作是夏天，皮肤不知道溃烂成什么样。这下手太阴了！

很快，派出所的人就来了。孟远把人交给他们后，走到黑色越野车旁边，道：“傅队，要不还是去医院看看吧？”

傅时凛把最后一件衣服穿上，声音冷淡无波：“不用。”他刚才已经简单处理过了。更何况，今晚白长舟会来。

一个月前，关于在东山区发现的那些物证，鉴定结果出来前的一个小时，白长舟来公安局报案。他声称他妻子当年因病去世，后已火葬。可最近殡仪馆联系他，当年火葬途中出现失误，现在他妻子墓地里的骨灰，是别人的。至于他妻子的尸体去了哪里，他不知道。殡仪馆的人也给不出一个解释。所以才来报案，希望警方能帮他查询他妻子尸骨的去向。

一个小时后，孟远从鉴定中心拿回来了化验报告。化验报告上证实，在黑色皮箱里搜出来的几个药瓶，分别是抗抑郁、安眠、治疗心脏疾病等药物。戒指方面的调查也有了结果，和白长舟手上的，是对戒。

白长舟这招先发制人，确实很高明。洗脱了嫌疑的同时，直接让调查陷入了瓶颈。

这段时间里，他没有表现出任何异常，即便是察觉到警方派人跟踪他，他也如同往常一样上课下课。明知道他是凶手，可就是不能抓他。

简姝没想到的是，剧组不仅请来了白长舟和傅队长，还请了沈行。

制片人过来打招呼的时候，脸都快笑烂了：“小姝啊，当初沈二少救了你，也算是我们剧组的大福星了，今天这个场合缺谁都行，就是不能缺他。”

沈行谦虚道：“哪里哪里，其实我也没做什么，就只是在床上躺了几天，又坐了几天轮椅，拄了一个多月拐杖，再加一个没良心的女人从来没有来看过我而已。”

简姝：“……”

这时，方方刚好过来：“简姝姐，我……”话说到一半，看到沈行，戛然而止，快速侧了身。

沈行脸上也是难得一见的尴尬，咳了一声后，看向别处。

简姝左右看了看，这两人什么情况？沈行脸皮那么厚的人，竟然还有这种表情。

制片人倒是什么都没看出来，继续在那里吹着沈行的彩虹屁。没过一会儿，导演就带着白长舟走了过来。制片人又开始新的一波吹捧。

白长舟始终微笑着，看上去和蔼又亲切。

从他出现开始，简姝就不自觉地往后退了一步，脸色发白，掌心已经冒出细密的汗水。

聊了几句下来，白长舟看着简姝，温声问道：“简小姐哪里不舒服吗？”

闻言，几个人都朝她看了过去。简姝喉间发干，死死咬着唇。

方方道：“之前电影院的那个男人刚才又在门口出现了，还想伤害简姝姐，不过幸好傅……”

说到这里，她好像觉得不太适合在这么多人面前提起傅队长，毕竟目前还只有她知道他们的关系。当然，沈二少另算。

制片人的关注点全在前面，也没注意她后面说了什么，紧皱着眉头：“这些粉丝真的是无法无天了，当初在片场的时候我就想说秦可可了，戏不好好拍，成天作妖。现在闹成这样，只能怪她自己，怎么还……”

导演手肘碰了碰他：“少说两句吧，她还在医院躺着呢，小心被人听见传出去不好。”他们也不是对秦可可没有同情心，只是早就被她的做法，和她那些不消停的粉丝给磨光了。

白长舟叫住路过的服务生：“麻烦倒杯热水来。”

沈行看了眼简姝，觉得她的反应有些奇怪，正想开口时，又和方方对上了视线，再次咳嗽出声来，快速移开。

简姝呼吸越来越困难，刚准备离开，又被制片人喊住。几乎是同时，服务生已经把热水倒了过来。

白长舟拿起杯子，递给简姝，笑容温润：“简小姐。”

那种战栗的恐惧感再次开始蔓延，简姝瞳孔收缩着，踉跄地往后退了一步。要摔倒时，腰上突然扶上一只手。落入了一个温热的怀抱。

白长舟手上的水杯也被接过。简姝蔓延的恐惧，开始回收，直至消失。傅时凛神色冷淡把水放在一旁，却没有松开她。

制片人神经向来大条，什么都没有察觉，开口道：“傅队长来了，今天能请到你们几位，实在是我们的荣幸。”

简姝情绪平复了一点儿后，才慢慢从傅时凛怀里出来，却悄悄揪着他的衣角。沈行看着这一幕，深深吸了一口气。早知道傅时凛要来，他还来个鬼！

又有其他人过来跟导演打招呼，简姝朝傅时凛眨了眨眼，朝走廊的方向去了。因为这部电影的成功，现在导演已经成了圈内的红人。

简姝和傅时凛走了，方方自然不可能留着。刚准备走，又是和沈行同时举步。

方方停了下来：“您先，您先。”

白长舟站在原地，拿了一杯香槟，看着简姝离开的方向，眸色深沉。

走廊的阳台上没有什么人，简姝靠在栏杆边，吹着夜风。很快，肩上就搭上一件外套。

“小心感冒。”

她转过身，环住男人的腰，小脸仰起："傅队长，我好想你。"

傅时凛笑了声："还是很怕吗？"

简姝知道他问的是什么，垂了眼睛，声音闷闷的："有一点点，不过我已经能自己克服了。"因为知道，无论发生什么，他都会在身边。所以她能自己克服。

"再等等，很快就能抓到他。"

简姝点头，小脸埋在他的胸膛。

很快，又重新开口："傅队长，电影明天首映了。"

"嗯？"

"我们去看第一场吧！"

简姝本来想给方方发个短信就走的，但是想了想好像又不是太好，还是应该回去给导演打个招呼。她收起手机，刚准备走，就被拉了回来。

傅时凛低笑出声："口红花了。"

简姝下意识摸了摸，拿出镜子看了一眼，用湿纸巾擦着。

简姝重新补了口红，把衣服还给他："那我先进去了，你等等再进去。"

"好。"

简姝走后，傅时凛点了一支烟，冷峻的五官隐匿在夜色里，只有烟头的火光忽明忽暗。

这时候，沈行走了过来，站在他旁边："我不是输给了你，而是输给了她。"

傅时凛神情淡淡，掸了掸烟灰："都一样。"

"看样子，你应该还没告诉她？"

他去查过，他哥，季承北，周豫南，陈斯，几个人从小就喜欢往许家跑。最开始他并没有放在心上，也是一次偶然的机会，在某个聚会上，听到许意提起她表哥。那时他才恍然大悟，许家老爷子，还有一个女儿。只不过远遁红尘已久。所以才逐渐被遗忘。

如果他没猜错的话，傅时凛就是许老爷子的外孙。那和顾昭的关系，也就显而易见了。顾昭一直看不上的警察，竟然是他梦寐已久想进的许家的正统继承人。

傅时凛轻轻抬眼：“这是我的事。”

沈行举起手，挑了下眉：“我知道，我也没打算管这件事，你们的关系说起来又与我何干呢，我只是觉得顾昭知道后，表情一定会很精彩，至于简姝嘛……”

傅时凛没再理他，熄灭烟头离开。

沈行靠在栏杆上，看着沉寂的夜空，眸色是暗淡的。

不远处，方方站在那里看着他的背影，抓了抓头发，心里说不出来是什么滋味。可能是最近太累了吧。

傅时凛刚走到大厅，孟远就冲了出来：“傅队，刚才派出所的人给我打电话，之前在酒店楼下行凶的那个小子跑了。”

男人神色骤冷：“简姝呢？”

“刚才已经走了，我正要下去找她。”

简姝站在酒店外面，这时候粉丝已经都走了，只有偶尔路过的行人。她看了看时间，脚尖踢着面前的小石头。一阵冷风吹来，她缩了下脖子，刚拿出手机准备玩会儿小游戏的时候，身后响起急促的脚步声。

简姝握着手机的手紧了紧，心里升起一股不好的预感。等脚步声靠近，她迅速转身。对方似乎是没料到她会这么快反应，手上的动作稍微停顿了一秒后，用更重的力道袭了过来。

简姝认出他就是之前在电影院和酒店门口攻击她的那个年轻男人，她穿着高跟鞋和裙子，即便是察觉到危险，可动作没有那么利落，往旁边躲的同时，踉跄了一步。

眼看着他手就要伸到她脸上，一只手突然挡在她面前。下一秒，简姝脸上就被沾上了温热的液体。血腥味在空气中蔓延开来。与此同时，年轻男人也在瞬间被制服，被死死压在了地上，藏在袖子里的匕首也被夺去。

简姝看着眼前的人，完全愣住了。他怎么会……

白长舟收回手，声音依旧温和：“简小姐，你没事吧？”

简姝的视线下意识落到他受伤的那只手上，鲜血几乎模糊了整个手掌，滴答滴答地落到地面，汇聚了一小摊。

傅时凛大步走了过来把人抱到怀里，身上冷寒的气息才有所融化，他低低问着：“有哪里受伤吗？”

“我没事……”

白长舟在一旁道：“简小姐应该只是被吓到了，没有大碍。”

傅时凛稍稍松开她，转头看向白长舟，对赶来的孟远道：“给白教授伤口止血，再送他去医院。”

孟远都还没怎么反应过来，喘着气开口：“白教授跟我来吧……”

“麻烦了。”

白长舟朝傅时凛和简姝点头致意后，拖着那只受伤的手随孟远离开。

等他们走远后，制服年轻男人的警察才起身：“傅队。”

“怎么回事。”

这个警察是三队的，一直负责跟白长舟，今天见他靠近简姝，本来以为他要做什么，快速赶了上来，等近了才发现，真正有危险的是简姝后面的那个男人。

简姝拉着傅时凛衣袖，小声道：“是白长舟救了我。”如果不是他替她挡了一下，那刀子就得划在她脸上。

警察跟着点头。

傅时凛抿着唇，音线冷冽：“先把人带回去审，看紧点。”

“是。”

傅时凛转身，拿出纸巾给简姝擦拭溅到脸上的血迹：“没事了，别怕。”

简姝抬头，怔怔道：“他为什么要救我？”

她知道那个年轻男人下手有多重，应该几乎刺穿了他的手掌。为什么？为什么他要这么做……白长舟应该是丧心病狂麻木不仁的杀人恶魔才对，为什么要救她？

傅时凛把她抱在怀里，低声哄慰着：“没事了，简姝，没人再能伤害你。”

隔了一瞬，简姝才道：“我们回家吧。”

“好。”

车给孟远送白长舟去医院里，傅时凛把外套脱下盖在简姝身上，打了一辆车。等回到她家，已经是晚上十点。

傅时凛揉了揉她的头发：“乖，先去洗个热水澡，我去给你弄东西吃。”

从浴室出来，她匆匆擦了擦头发，就去换衣服了。最近的温度已经比较低了，而且又是晚上，比白天更冷了一些。

简姝上次买的情侣装终于派上用场，她自己换好，又把另外一件放在了床上：“傅队长，你记得穿那件衣服，我去吹头发了。”

傅时凛看着床上那件衣服，嘴角勾起。进浴室之前，简姝看了一眼时间，已经十一点了。

啊啊啊，要来不及了！她又要吹头发，又要擦脸，一时有些手忙脚乱。

很快，傅时凛出现在她身后，从她手里接过吹风：“你弄你的，我来吹。”

简姝解放了双手，专心擦脸。她也没化妆，就是擦了点保湿的水乳。简姝从镜子里看着这一幕，男人身形高大挺拔，五官冷峻，此时却温柔专注地给她吹头发，嘴角不自觉扬起，眼角眉梢都是笑意。他们还穿着情侣衣服。

对了！简姝拿起放在盥洗台上的手表给自己戴上，又把他左手拉到身前，给他戴上。

她的头发也被吹得半干了。

简姝道："好了，就这样吧，我们该走了。"

傅时凛左手撑在她身侧的台面上，把她困在怀里，右手继续给她吹着："吹干，这样会感冒。"

"可是时间没剩多少了……"

"随便吃点就行。"

简姝鼓了鼓嘴："那好吧。"

又等了五分钟，傅时凛才放开她。

出门时，简姝拿了顶鸭舌帽戴上，挽住他的手臂，喜滋滋地开口："走吧。"

好在附近就有一家电影院，走十多分钟就能到。这条街上小吃也多，简姝几乎是一边走一边吃，觉得好吃的不辣的，就转过头塞到傅时凛嘴里："傅队长你尝尝这个，好好吃。"每一样她都尝了一口，剩下的，几乎是傅时凛吃完的。

她在买关东煮的时候，傅时凛去给她买水，卖关东煮的阿姨一脸羡慕："你和你老公可真恩爱。"

简姝耳朵有些烫，小声道："他还不是我老公……"

"不是？看你们这相处模式，我还以为是老夫老妻了呢，他看你的眼神里全是爱，不是也总会是的。"

简姝抿起唇笑了笑："谢谢。"

很快，傅时凛回来，把买来的水拧开递给她："吃饱了么，电影快开始了。"

简姝喝了一口水：“饱了饱了，快走吧。”

他们到电影院时，电影还有五分钟开场。时间刚好来得及。因为是凌晨，又是首映，情侣厅还没有放位置出来，他们坐的是普通厅。买的后排一点儿的位置。除了他们以外，还有三三两两的几个人，都是结伴来看首映的。放映厅的灯光偏暗，简姝又戴着帽子，也不担心会被发现。电影开始后，简姝靠在傅时凛肩膀上，专心地看着。

傅时凛低声问她：“要喝水吗？”

简姝摇头：“我现在不渴。”

他把水拿走，放到另一边，光明正大地扣住她细长的手指。简姝笑容扩大，脑袋在他肩上蹭了蹭，找了个更舒服的姿势靠着。稍做交代后，电影的剧情很快走向正轨，从女主人公被凶手抓走开始，便一环扣一环，险象迭生。再到简姝饰演的女二号为了案情回忆当年案发时的细节，到了衣柜的那个场景凶手出现时，前面几个女生都被吓得叫出了声。

简姝手发凉，掌心里是一层薄薄的汗。

灯光亮起时，前面几个女生讨论道：“幸好抓到凶手了，那个凶手不是人，那些女孩子都做错了什么？真的太可怜了。”

“对啊，最可怕的是，这是根据真实案例改编的，而且到现在都没有抓到凶手。”

“根据真实案例改编的？我的天呐，我还以为只是电影呢！”

“这个案子当年轰动一时，都是我妈妈给我讲的，不然我也不知道，听说前段时间B市那个杀人案，就是模仿这个，不过好在B市的凶手畏罪自杀了。”

“真的希望这个案子的凶手能被抓到，给那些无辜死去的女孩们一个交代。”

有人答：“一定能抓到的。”

等他们都走了之后，简姝和傅时凛才从位子上起身。这个地方离公安局只有一条街的距离。

傅时凛道："先去看看再回家？"那个年轻男人的审讯结果，应该出来了。

简姝点头："天气这么冷，要不要给他们买一点儿热的夜宵送过去啊。"

"可以，我去买。"

公安局里，周进和几个队员正在加班，也有点饿了，正打算出去吃点东西，就见门口出现两道身影。

傅时凛把东西放在桌上："吃了再继续。"

周进眼睛都亮了，高兴地搓着手，对简姝道："嫂子，你简直是我亲嫂子，以前没有你，傅队哪里能想到在我们加班时，还带着夜宵过来看我们。真应了那句话，一人得道鸡犬升天啊！"

周进说完后，就被身后的队员拍在后脑上："你这瞎用什么比喻呢，你才是鸡犬。"

几人笑着打闹了几句。简姝站在旁边，眉眼弯弯的。这时候，丁瑜应该是外面处理什么案子回来，刚好路过。

周进喊道："丁队，傅队和嫂子给我们带夜宵来了，挺多的，你也一起来吃啊。"

此话一出，空气中有一瞬凝固的尴尬。简姝轻轻抿着唇，傅队脸色青冷。都没出声。

周进左右看了看，心里毛毛的，后知后觉地问着："是……是我说错话了吗？"

丁瑜停顿了一瞬才回答："没事，我不饿，手上还有事情要处理呢，你们吃吧。"

简姝道："时间挺晚了，应该会饿，你吃点吧。"

丁瑜也没再拒绝，拿了一样东西："我等会儿吃，谢谢。"

等她走后，周进紧绷的心终于松了下来，这到底什么情况啊？其他几个队员对此也是一头雾水。

傅时凛冷淡着开口：“审讯结果怎么样了。”

“哦哦哦。”周进喝了一口水，把嘴里的东西咽了下去，“那小子骨头硬，怎么都不肯开口，不过我去查了查，他好像是秦可可的弟弟，应该是信了之前网上的那些话，所以才会……”

闻言，简姝皱了皱眉。

傅时凛牵着简姝的手往办公室走，扫了他们一眼：“继续吃。”

“是是是。”几人连忙收回了八卦暧昧的眼神。

进了办公室，傅时凛揉了揉简姝的头发，缓声道：“别想太多。”

简姝抱住他的腰，将小脸贴在他胸膛上：“我没事的。”

不管是秦可可的粉丝，还是她弟弟，在这些事情中，起到的效果都是一样的。她真的无所谓，也没有受伤。只要不对傅队长有影响就好了。

“我听说你来……哎哟！”柯显的声音随着开门声响起，又连忙关上。

简姝：“……”

她快速从傅时凛怀里出来，耳朵红红的，特别可爱。

傅时凛勾了勾唇，对她道：“在沙发上坐一会儿。”

简姝点头：“你去忙吧，不用管我。”

傅时凛拉开办公室的门，看着柯显：“什么事。”

柯显眼里都闪烁着激动的光芒：“公安局刚刚收到了一通举报电话，举报白长舟的。”

举报电话是十分钟前打进来的，举报人是白长舟家的保姆。她说她在打扫卫生时，不小心碰翻了白长舟书架上的一个文件袋，慌忙整理的时候才发现，里面全是十年前“铁链连环杀人案”受害的那些女孩的照片。由于事关重大，接线员接到这通电话后，立即汇报了上来。

傅时凛嘴角抿起，快速吩咐着："你跟我带着人去白长舟家，周进用最快的速度去申请搜查令。"

"是！"

所有人顿时都忙了起来，放下手上的东西就准备出发。

傅时凛转身，回了办公室，蹲在简姝面前："我要出去一趟，先送你回家？"

刚才他们说的内容简姝都听到了，她摇了摇头："我在这里等你。"

"好，我先走了。"

傅时凛刚起身，简姝就拉住他袖子，咬了咬唇，却不知道该说什么。

男人俯身，轻轻吻在她眉心："别担心，很快就结束了。"

所有的一切，都会结束。

"傅队长，你……小心。"

傅时凛转身，大步离开。简姝看着他的背影，坐在沙发里，手不自觉地攥紧，心跳比任何时候都要快。

白长舟终于要落网了，她明明是应该轻松开心的，可不知道为什么，却更加地紧张忐忑。

可能是因为这一刻已经等太久了，久到已经开始变得不真实。她太害怕这是一场梦，也太害怕这是白高兴一场。不到最后，永远会有意想不到的事情发生。她想要亲眼看到他被抓入狱，为自己所做的那些付出代价。

白长舟家门口，保姆站在那里，焦灼地徘徊着，脸上都是惧色。等到几辆警车在她面前停下，保姆连忙走了上去："警官，你们可来了，我都快要怕死了，那个杀人凶手就在这里，你们快去抓他吧！"

白长舟从医院处理了伤口回来之后，就直接睡下了。当傅时凛和柯显进去的时候，他穿着一身家居服从卧室里出来，像是才被吵醒。

"傅队长，你们这是？"

"我们接到举报，白教授家里藏了'铁链连环杀人案'里受害者的照片。”

闻言，白长舟看了一眼保姆，后者躲开了视线，小声道：“警官，就在书房里，第三层架子上，用牛皮袋装着的。”

傅时凛侧眸看了身后的队员一眼，立即有人进了书房。即便是现在，白长舟也从容地笑着：“傅队长你们还真是辛苦，这么晚了都还在办案。”

柯显道：“我们辛苦一点儿无所谓，只要能抓到凶手，给那些枉死的受害人和家属们一个交代，做什么都值得。”

白长舟笑了笑，伫立在原地。

不到一分钟，队员就拿出了牛皮袋给傅时凛：“傅队，就是这个。”

傅时凛脸色冷沉，把牛皮袋打开。里面除了所有受害者的照片，还有简姝的。都是十五六岁，笑容最明媚灿烂的时候。

傅时凛眸色更寒，抬眼盯着他：“白教授还有什么想说的吗？”

白长舟摸了摸手上的戒指，笑意敛了几分，却没答话。

这时候，周进跑了进来：“傅队，搜查令拿到了。”

傅时凛把照片重新装进去，冷声下令：“搜。”

“是！”

所有人都整齐地应着，毕竟这个案子跨越的时间太长太长了。能抓到凶手，实在是一件振奋人心的事。

白长舟坐在沙发里，缓缓倒了一杯水。

五分钟后，有队员跑出来道：“傅队，书房里发现了密室。”

白长舟手上的动作微顿，笑意彻底消失。傅时凛看了他一眼，大步往书房走。

白长舟站起身：“傅队长……”

柯显拦住他：“白教授，有什么话等到公安局里再说吧。”

十平方米大的密室房间里，摆了一张单人床，一张沙发。靠墙的书架上，除了一些书籍之外，大部分都是白长舟和一个女人的合照。照片上的女人黑发及腰，神情温婉恬静。傅时凛拿起一个相框，黑眸沉了几分。

“傅队。”周进拿了一个塑封袋过来，里面装着个药瓶，“这些和一个月前，我们在东山区挖出来的黑色皮箱里面发现的药瓶是一样的。”

此时，又有一个队员过来道：“傅队，我们在衣柜里发现了铁链和手铐，现场也有囚禁的痕迹。”

“傅队，书桌里有一份病历单以及十三年前火葬场的几个工作人员资料。”

“傅队，在床底的盒子里，有一份详细的杀人计划，每一个受害者出行时间都有记录。”

“傅队，发现了王建军女儿的照片，以及剩余的一部分毒品，还有几笔转账记录。”

“傅队，电脑里发现和秦可可的聊天记录，以及某段打架视频。”

“傅队，茶几上有一份简姝的个人资料。”

傅时凛放下相框，神色冰冷：“抓人。”

人大部分都已经走了，整个公安局都很安静。简姝手放在膝上，紧紧握在一起，额上不知道什么时候已经冒出了细密的汗水。冷不丁的，敲门声响起。简姝颤了一下，转头看了过去。

丁瑜走了进来，倒了一杯热水放在她面前：“你还好吗？”

简姝张了张嘴，却没发出声音。

“这次的证据充足，他不会再有机会狡辩了。”

“会……会抓到他的……”

“会的。”

丁瑜道：“现在这个案子已经不归我管了，过几天有一个去国外学习的机会，我已经通过申请了。”

简姝抬头看她。

丁瑜默了默：“师兄已经知道了。”

“不是我说的……”

“是不是都已经不重要了，我本来以为，我有机会可以和你竞争的，可是师兄知道后，他的态度很明显，我也知道自己没那个可能了。”

简姝轻抿着唇，没有说话。

丁瑜吸了一口气：“之前对你说的那些话，我诚心地跟你道歉，对不起。但是如果有重来的机会，我还是会选择说。师兄他真的很好，从警校到现在，他永远都是最耀眼的那个，优秀得让人不敢靠近，他不该以那样的方式从这个位置上离开。

“过去的这么多年中，师兄只有一次失控，就是当上面勒令‘铁链连环杀人案’结案封卷的时候。那段时间他像是变了一个人，成天酗酒，谁劝都没有用，谁的话都不听。虽然我不知道他后面是怎么恢复的，但我知道，这件案子，对他的意义有多大，甚至差点毁了他这个人。”

从知道简姝就是“铁链连环杀人案”的幸存者时，她就知道，他们两个的那种感情，是任何人都插不进去的。他们彼此，都是对方的救赎。

简姝有些愣，她之前是听孟远说，傅队长有一段时间酗酒厉害，后面戒了以后，便滴酒不沾。但不知道，竟然是因为这个。

丁瑜又道：“我就不去跟师兄道别了，他应该也不想再见到我，我是真心祝福你们。”

说完，转身离开。

简姝本来想叫住她的，可又不知道该说什么。就这么看着她走远。

第七章　等我告诉你

没过一会儿，公安局门口就响起警笛声。简姝连忙站起身往外面走，应该是他们回来了。很快，白长舟的身影出现。他手上戴着手铐，右手手掌缠着纱布，大半都被血迹浸湿。那是他几个小时前救她时受伤的。看上去，有些莫名的讽刺。

简姝站在那里静静看着，心里说不上来是什么滋味。

傅时凛道："把人带到审讯室去。"

他长腿迈动，朝简姝走去，把她抱在怀里，一下一下抚着她的头发："一切都结束了。"

简姝眼泪不受控制地流了出来，渐渐开始哽咽，泣不成声。

有些知道简姝是幸存者的，看着这一幕都百感交集。有些不知道的，也都被她的哭声动容，大致猜到了几分。纷纷转过了头。

傅时凛紧紧抱着她，嗓音低哑："乖，已经抓到他了。"

简姝这一哭，完全停不下来。十年了，是每个日日夜夜缠绕着她的恐惧，是每个夜晚惊醒时，深埋在心里的罪。现在，终于结束了。那些无辜的女孩，她的父母，在天之灵终于可以安息了。

"柯组，我查到了，温海清自杀的前一天，有人看到白长舟租了一辆黑车去……"林静从外面匆匆跑进来，说话的声音也越来越小。这诡异的气氛是怎么回事？

柯显咳了一声，走过去把她拉出了大厅。其余人也都纷纷该去交资料的交资料，该去审讯的审讯，该抽烟的抽烟。一时间，大厅里只剩他们两个人。

简姝哭了好半天才停住抽泣，从傅时凛怀里出来：“我刚刚是不是很丢脸啊？”

傅时凛笑了笑，擦着她脸上的眼泪：“不丢脸，还是这么漂亮。”

简姝瞬间破涕为笑，在他胸膛蹭了蹭，把眼泪鼻涕全部擦在他衣服上：“那你说，我漂亮还是你那个小女朋友漂亮，不能说差不多，必须选一个。”

“她漂亮。”

“啊？”

简姝眼泪还挂在睫毛上，样子呆呆的，似乎不敢相信他竟然会这样回答。

傅时凛笑的胸膛震动，继续给她擦眼泪：“你更漂亮。”

简姝气得踹了他一脚：“我就知道，你肯定心里还喜欢着她，渣男！”

傅时凛把她拉到办公室，亲了亲她的唇：“在这里等我，困的话就先睡，审讯可能会要很长时间。”

白长舟可能会拒不认罪，也可能会始终沉默。不管是哪一点，都不好审。

简姝点头：“快去吧，不用担心我。”

傅时凛揉了揉她的头发：“乖。”

如意料之中，白长舟始终缄口不言，面对种种铁证如山的证据，他的神情始终平静没有波澜。不承认，也不否认。时间一分一秒地过去，转眼第一缕阳光就投射在地面上。

黑夜过去了。

天亮后，白长舟以及所有证据被移送检察院，等待开庭判决。整个过程中，他始终没有说过一句话，平静淡然。白长舟被押出去的时候，傅时凛看着他的背影，眉头微蹙。

周进问道："傅队，怎么了？"

"没什么。"

有一个点，也是最关键的点，他一直没想明白。案发时，他一直在国外，有出入境记录可以证明。虽然在密室里，发现了详细的作案过程。但却始终没有具体交代时间是如何运用的，这其中的细节，可能只有白长舟本人才知道。

上车之前，白长舟看了一眼站在不远处的简姝，神色有些莫测不明。简姝垂在身侧的手下意识收紧。

傅时凛牵住她："回家吧。"

远处，阳光明亮得刺眼。简姝收回视线，她总感觉白长舟刚才的那个眼神，似乎有什么话想对她说。而且莫名的熟悉，好像在哪里，也是这双眼，同样的讳莫如深，欲言又止。可她想不到，也想不起来了。

很快，记者们也得到了消息，纷纷堵在公安局和检察院的门口。

下午时分，叶常林接受了采访。说"十年前铁链连环杀人案"的凶手确已落网，证据确凿，检方已经提起了诉讼，一个星期后开庭。

这个消息出来后，全网沸腾。

"终于抓住这个杀人狂魔了，请求立即处以死刑！"

"还真是地狱空荡荡，魔鬼在人间啊，那些女孩子受害的时候都还那么年轻，他到底是怎么下得去手的？"

"凶手竟然还是云城大学的犯罪心理学教授？我的天，那他每天上课，是在分享自己的犯罪经验吗！"

"我上过他的课，而且他还给我们讲过'铁链连环杀人案'，他不就是在炫耀他有多厉害吗，连警察都抓不住他，一想起就觉得毛骨悚然！天呐，那时候活下来的自己，实在是太幸运了！”

“他长得就一副道貌岸然的样子，看上去斯斯文文的，哪里知道背地里心肝都烂坏了，万人血书请求执行死刑！”

“不过话说回来，今天好像是《目击证人》首映啊？我记得电影好像就是根据这个案子改编的。”

“对对对，我正想说！我凌晨就看了，《目击证人》简直是个神奇剧组，他们在拍电影的时候，谁又能想到有朝一日能真正抓到凶手呢，可刚巧首映这天，凶手就落网了！”

“可能冥冥中自有安排吧，这人坏的老天爷都看不下去了，天网恢恢疏而不漏，不是不报，时候未到！”

因为白长舟的落网，《目击证人》再次登上热搜榜首。可剧方却没有因此炒作，只是发文沉痛悼念在当年的事件中，遇害的那些女孩。简姝微博转发了这篇文章，却一个字都没说。她想说的，可能永远都无法表达出来。

审判的那天，简姝和傅时凛都去了。她坐在最后一排，看着白长舟坐在被告席。他已经换上了狱服，下巴有浅浅的胡楂，不复以往风度翩翩的模样。

整个审判过程中，他依旧没开口。似乎面对已知的死亡，并不恐惧，也并不挣扎。

从被捕到现在，他甚至没有提出找律师。好像只是在等待最终的结果，属于他的结果。

当审判长宣判，判处死刑，一个月后执行时，简姝感觉心底的某处颤了颤，却又很快归于平静。明明他已经得到了他该有的惩罚，可她总觉得，好像不该是这样的。但心底的那一点儿奇怪的想法，却又始终抓不住。

傅时凛始终看着白长舟，他依旧维持着原有的姿势坐在那里，宣判死刑后，他脸上反而出现了一丝释怀，轻轻抚摸着左手的婚戒。

不对。

傅时凛皱了皱眉，突然想起，在东山区挖出来的那个皮箱里，照片被裁过，意味着少了什么东西。白长舟家密室里摆放的那些相框，全是正方形的。如果两个人拍照，照片有横竖很正常。可那些照片，尺寸不对。

傅时凛眸色一冷，快速起身。

简姝看向他："怎么了？"

"我去个地方，一会儿孟远送你回去。"

简姝点了点头："你忙吧，我等会儿这里结束了，要回公司一趟，完了给你打电话。"

"好。"傅时凛说完后，大步离开。

白长舟家已经被封锁，检方来二搜过，东西被杂乱扔在地上，铺了满屋。一股烧焦的味道从书房传来。里面一片狼藉，灰烬漫漫。

这时候，巡警见门开着，走了进来："你是？"

傅时凛拿出证件。

巡警立即敬了一个礼："傅队，今天凶手不是已经被判死刑了吗，还有什么需要调查的吗？"

傅时凛冷声问道："这里是怎么回事。"

巡警看了一眼书房："哦，昨天半夜，突然起了一场火，好在只烧了那一个房间，我们把火扑灭后，看到地上有打翻的酒精瓶子，应该是昨天保姆来收拾东西的时候，不小心弄洒的……"

"收拾东西？"

"对，她说她有点东西忘拿了，我们就让她进来了。"

傅时凛紧抿着唇，走进了书房，不只是书房，整个密室都被烧了，什么东西都不剩。

巡警不放心地跟了进来："傅队，有哪里不对劲吗？"

"保姆之前回来过吗？"

"没有，就昨天。"巡警回想着，"应该都是晚上十点左右了，她说她今天要回老家，收拾行李的时候才发现有东西落这里了就回来拿。"

"火是什么时候烧起来的？"

"等我们发现的时候，都已经一点了，应该是十二点后开始烧的。"

这不是意外，而是有预谋的纵火。偏偏是今天，偏偏是白长舟宣布死刑的今天。

傅时凛迅速转身离开，拿出手机拨了一个号码："立即查白长舟保姆的家庭住址，她本人及父母兄妹丈夫子女所有户头，最近有没有大笔款项汇入。"

一切都太巧了。从保姆报案开始，再到他们来搜查，所有的证据都像是整理好了摆在那里让他们发现。白长舟固然有很大的嫌疑，但越是这样，越绝对不会犯这种把受害人照片放在书架上的低级错误。他们都错了。

除了被害人的家属以外，法院门口还聚集了很多人和记者。一见白长舟铐着手铐被带出来，都纷纷涌了上去。

有一个五十左右，头发花白的中年女人死死拉住他的胳膊，眼睛通红："你这个魔鬼，我女儿她还那么小，你怎么忍心，怎么忍心！"

白长舟垂下眼睛，情绪不明。此时，有不少东西砸过来："去死吧，你这种人活在世上就是垃圾！"

"死刑都是便宜他了，他这种人就该被五马分尸！"

"你死了都不会有人给你收尸！报应，这都是报应！你活该！"

面对各种辱骂，以及砸过来的东西，白长舟始终不躲不避。

两个警察带着他往前走，穿过了人群，走到车前。简姝站在旁边，静静看着他。他这一走，可能下次听到他的消息时，就是执行死刑的那天。

孟远跟押解白长舟的两个警察打了声招呼，他们三个都走开了一点。

简姝问："为什么？"

白长舟停顿了一会儿才笑道："这应该是你这段时间以来，第一次主动跟我说话。"

他的声音因为长时间没有说话的缘故，嘶哑残缺。

简姝重复问道："为什么？"

白长舟笑："已经结案了，再说那些没有任何意义。"

"我是问，你为什么要救我？"

除去前不久秦可可弟弟攻击她的那次，还有几个月以前，在剧组外，她差点被车撞。都是他救了她。如果他想要灭口的话，这两次不用动手，都是最好的机会。

白长舟看了看自己的掌心："赎罪吧。"

"你真的忏悔了吗。"

"忏悔是最没有用的东西。"

简姝没有什么想问他的了，转身离开。

她刚走两步，白长舟的声音就从身后传来："简小姐，凡事都多加小心。"

简姝猛地回过头。白长舟已经弯身上车。

孟远走了过来："他最后跟你说什么了？"

简姝觉得脑子有些乱，喃喃道："也没什么，他让我多小心……"

"还有什么能比他更危险？"

简姝轻轻开口："走吧。"

进监狱时，需要取下身上所有东西。白长舟在原地伫立了许久，缓缓摘了左手的婚戒放进盒子里。如同放下了一生的重担。

从公司出来以后，简姝接到了顾昭的电话。电话通了，他却迟迟没有说话，隔了很久才道："小姝，想去见见爸妈吗？"

简姝闭了闭眼，嗓音有些干："好。"

这是父母去世后，简姝第一次来他们的墓地。当初葬礼是父母朋友帮忙办的，葬礼结束后，简姝把存折里所有的钱取出来给他们，他们只要了一半。剩下的那些钱，就是她念书的学费和生活费。

天空飘着细密的小雨，整个墓地灰青一片，雾霭沉沉。简姝站在父母的墓碑前，看着上面的照片，心像是被撕开了一道口子一样，生疼得厉害。顾昭只知道她曾经被凶手带走，父母在找她的途中出车祸身亡。但不知道，她那天是因为出去找他。这个就当作是秘密，永远藏在心底吧。

顾昭撑着伞，站在她身侧："小姝，凶手已经落网，他们可以安息了，你也不用再自责。"

尽管简姝紧紧咬住唇，可眼泪还是流了下来。

她转过身，头抵在顾昭肩膀上，终于放声大哭。就像是小时候做错了事，被父母责罚，可以依靠着他，不用顾忌任何哭泣一样。

顾昭抚着她的背，喉结滚动："小姝，一切都会好起来的。"

简姝哭的失声，像是小孩一样抓住他的衣袖："可他们不会回来了，永远都不会回来了……"

"还有我。"顾昭抱住她，"小姝，我会一直陪着你，永远都不会离开。"

把简姝送回家后，顾昭直接去了公司。秘书上来道："顾总，许董让你今晚去一趟会所。"

顾昭揉了揉眉心："他有说是什么事吗？"

"他没具体说，但我听说，过几天就是许老爷子的七十大寿，应该是为这件事……"

上次东山区停工，导致后面的项目无法按时进行，许远征发了很大的火，这段时间都没再找他。这次许老爷子大寿，很多人都会去，许远征可能是想借此机会，让更多人知道他的存在。

顾昭脚步顿了一下："沈行最近还每天都在拳击俱乐部？"

"这倒没有，开始回公司打理业务了。"

"他没去找简姝了吧。"

"应该没……"

顾昭脸色冷沉，进了办公室。

傅时凛打开门的时候，简姝正坐在落地窗前，看着外面出神。

听到声音，她连忙站了起来，朝他露出一个笑容："傅队长，你回来了，我叫了外卖，热热就可以吃了。"

傅时凛大步走近，将她抱在怀里。

简姝嘴角的笑慢慢收起，小脸埋在他胸膛里，声音闷闷的："能走到今天这一步，我应该是开心的，可我不知道为什么，却始终无法放松下来……我今天去墓地看了我父母，他们一点儿都没有变，还是像以前那样……我好久都没有看到他们了，我再也看不到他们了……"

她昏昏沉沉地说了一长串，自己都不知道在说什么。

傅时凛吻着她冰凉的唇瓣，低低道："想哭就哭出来。"

简姝眼眶很红，眼睛里蓄满了泪水，哽咽出声："傅队长，有时候我真的好恨我自己，为什么那天要那么冲动，如果我能听他们的话，一切就都不会发生了，他们会好好地活着……都是因为我……都怪我……"

傅时凛亲了亲她湿润的眼角："简姝，这个世界上，不是只有对错，还有很多不可避免的因素，这些都不是你的问题。"

过了好一会儿，简姝才在他怀里慢慢止住了哭泣。可眼睛还是红得厉害，抽抽搭搭的。

傅时凛揉着她头发，嗓音低低的，极富磁性："饿不饿？我去给你做点吃的。"

简姝点头应着，声音还有些瓮："好……"

"先去洗澡，出来就可以吃了。"

二十分钟后，简姝坐在餐桌前，看着面前热气腾腾的鸡蛋羹，吃了一口到嘴里，心情好了不少。

傅时凛坐在她对面，给她倒了一杯水，隔了一瞬才问道："下周六你有工作吗？"

"下周六？"听他这么问，简姝以为他是要准备安排一场约会，摸出手机看了看最近的行程，"下周六上午有个采访，下午就没事了，我们要去约会吗？"

"可以这么说。"

简姝来了兴趣，高兴地问道："去哪儿去哪儿？逛街？看电影？还是游乐场？"她说了几个地点，见男人的神色都没什么波动，不免有些好奇，"那我们到底去哪里呀？"

傅时凛道："我家。"

简姝："……"

她差点被嘴里的鸡蛋羹呛到，连忙抓过旁边的水杯接着喝了好几口，顿时紧张得不行。都到这种时候了，她不会傻到以为傅时凛说的他家，会是那个单人公寓。肯定是指……他家里。见家长这种事，她从来没有经历过，也很久很久没有和长辈打过交道了，她怕她说不好话，被傅队长家里人讨厌。一会儿开心一会儿为难。心里也正在激烈地做着斗争。

想着要不要让他把这个重大的仪式往后推推的时候，傅时凛却笑着出声："我外公生日。"

简姝："啊？"

"我想借这个机会，把你介绍给他们，至于其他的事，以后再说。"

简姝觉得自己有些坐不住了，小声问道："其他……什么事呀？"

傅时凛给她杯子里添水，面色无波："不重要的小事。"

"……"

合着还是她想多了。

简姝把最后一口鸡蛋羹吃掉，站起身："我吃饱了，先去睡了。"

傅时凛缓声道："才吃了东西，休息会儿再睡。"

简姝鼓了鼓嘴，去逗小家伙了。男人看着她的背影，勾了勾唇。

现在白长舟的案子出现了很大的漏洞，事情还没有全部结束，不适合谈其他的。睡觉的时候，简姝窝在傅时凛怀里，问道："傅队长，你外公平时都喜欢什么啊，我想给他买个礼物。"

"不用，你去了他就很开心。"

简姝嘴角翘起："可我第一次见他，空手去的话也不太好……"

傅时凛默了默："我来准备。"

简姝闻言想了想，买礼物的话，傅队长的确应该比她准备的更会让老爷子喜欢，便没有再多说什么了。

正准备睡觉时，男人沉沉的声音却在头顶响起："简姝，还有一件事……"

"怎么啦？"简姝抬起头望着他，眼睛亮亮的。

傅时凛薄唇微抿，将她搂住："算了，再说吧。"

第八章　丢失的记忆

五天后，孟远风尘仆仆地从外地回来，敲响了办公室的门："傅队，我去那个保姆的老家查过了，她根本没有回去，几乎是完全断了和家里人的联系，车站、机场那边我都问过了，没有她的购票信息，她就像是人间蒸发了似的。"

保姆以及和她有关的户头虽然没有款项汇入，但他去她在云城住的地方查看时，发现了好几个购物小票，每一样东西都是上千元，以她的生活水平，根本不可能有这么高的购买能力。

傅时凛脸色冷寒："他们最后一次联系是什么时候。"

"保姆家里人说很久没联系了，但我觉得他们肯定没说实话，问了下运营商那边，那个保姆最后一次打电话回去，是白长舟宣判死刑的前一天。我让那地方的警察盯着了，一旦她回家或者出现，就立即联系我们。"

"她不会回去。"

孟远不太理解："她家里还有父母孩子，应该会想办法回去看一眼……"

傅时凛道："不是她不想回去，是她身后的那个人，绝对不会让她回去。"

如此周密的局，保姆是其中最大的一个，也是最无可避免的漏洞。必须要靠她，来点燃这根导火线。可漏洞既然出现，她背后那个人，势必会想尽方法填补。白长舟已经被判了死刑，这个局便已经完成了。相比留下一个定时炸弹来说，死人是永远不会有开口的机会的。对方知道，他们不可能因为一具不会说话的尸体，以及毫无证据的猜测和怀疑，去推翻已经判了死刑的案件。

这时候，周进跑进来，喘着气道："傅队，刚才江城地方公安局打来电话，说河边发现一具女尸，体貌特征和我们要找的人一样。"

傅时凛冷然起身，嗓音低冽："准备一下，立刻去江城。"

江城和云城相距上千公里，保姆没有使用身份证件，高铁和飞机都坐不了。只可能是搭的黑车过去。

等傅时凛他们到发现尸体的现场，警察正在做笔录，见他们来敬了一个礼后道："尸体已经泡肿了，法医初步判断，死亡日期应该在两天以上。根据目击证人所说，三天前看到这个女人独自出现在附近的咖啡馆里，像是在等人，那时候她怀里抱了一个黑色的包，我们在现场并没有发现。"

傅时凛走到尸体面前，揭开白布看了看，眉头微蹙。

警察又道："最近这一带发生多起抢劫事故，再加上连日下雨，河边路滑，她有可能是遇到那伙抢劫的，在挣扎中，被推了下去，包也被抢了去。"

"附近有监控吗？"

"有一个，不过前不久坏了，还在维修中。"

傅时凛盖上白布，身形修长冷峻，对周进道："你留下来，协助他们找到劫匪进一步询问，把她出现在江城后，所去过的地方能调到的监控都查一遍，不要放过一个可疑的细节。"

周进答："是。"

回去的路上，孟远小心地问："傅队，白长舟真的不是凶手吗？可在密室里找出的那些东西都……”

傅时凛黑眸沉冷：“去问问他就知道了。”

等飞机降落云城机场时，已经是晚上八点。这一来一回，花了一整天的时间。傅时凛直接开车去了监狱。

途中，简姝给他打了一个电话：“傅队长，你今天很忙吗，我刚才给你打电话都关机。”

他轻轻嗯了一声：“你回家了吗？”

“回了，正躺在沙发上呢。”

“我可能回来的很晚，你早点休息。”

简姝摸着小家伙的脑袋：“好，我把饭热在锅里了，你回来记得吃。”

“好。”

挂了电话后，孟远道：“傅队，这件事不告诉简姝吗？她或许……能帮上忙。”

简姝作为唯一的幸存者，跟凶手正面接触过，也是最了解清楚凶手的人。如果白长舟不是凶手，真正的突破口，也只会在她身上。

傅时凛音线冷淡：“暂时不。”

简姝心里的那层障碍好不容易才消失，更何况他们还只是在调查阶段，没有任何证据，告诉她只会无端增加她的负面情绪。

很快，车在监狱门口停下。白长舟被带出来时，整个人都瘦了一大圈，眼里满是灰败，没有一丝鲜活的气息，仿佛就是个将死之人。

见到傅时凛，他笑了笑：“真没想到，傅队长竟然还会来看我。”

傅时凛扫了一眼他的左手：“白教授的戒指，取下来了吗？”

“对，这里不让戴。”

傅时凛朝身后看了一眼，跟着的警察会意，出去了一趟又很快回来，把盒子放在桌子上，又退走，关上了门。

白长舟道："傅队长这是什么意思？"

"我有几个问题想问白教授，这算是谢礼。"

白长舟盯着那个透明的盒子没有说话。

傅时凛看向他，嗓音淡淡："我很好奇，白教授和凶手到底是什么关系，值得你豁出性命也要保住他。"

闻言，白长舟身体不着痕迹地僵了一瞬，却又很快恢复，抬起头微笑："我不太明白傅队长是什么意思。"

"十年前案发时，白教授在国外，我能问问，你是如何完成连环杀人的？"

白长舟道："傅队长，案子已经结案了，我也被判了死刑，现在再说这些，没有任何意义。"

"那白教授觉得，这场案件里，那些受害者的生命，也没有任何意义吗？"

从一开始，白长舟就是在默认，或者说是配合，凶手把所有的证据指向他。或许也有过一两次的反驳，比如他妻子的尸体。除此之外，他始终没有做出其他洗脱嫌疑的措施。

白长舟失笑："傅队长……"

"相比结案判刑来说，抓住真正的凶手，才是结束。"

"我很感谢傅队长在这种时候，觉得我是清白的，如果我能从这里出去的话，一定会好好感谢傅队长。"

门外的孟远有些听不下去了，他们这几天昼夜不停地重新调查这个案子，只是想真正的凶手得到应有的惩罚而已，他这都是说的什么屁话？阴阳怪气的。实在是太过分了！

傅时凛抿着唇，看了他一眼，黑眸平静。

"你被判死刑不代表这个案子就结束了，只要有一点线索，我就会继续查下去，直到抓住凶手那天。"

白长舟笑了下："傅队长，你这样真的没有必要。"

傅时凛起身："我会在你执行死刑前，让凶手归案。"

"他们会同意你推翻重审吗。"

"我说了，抓住真正的凶手，才是结束。"

白长舟没有再说话，无声叹了一口气。临走之前，傅时凛看了眼桌上的透明盒子。

出了监狱后，傅时凛道："立即去查白长舟周围的人物关系，主要范围在他妻子活着的那段时间。"

孟远应了声，又说："傅队，白长舟刚才说的，我都听到了，这个案子才定案就要推翻重审的话，上面可能不会轻易答应。"

傅时凛神情微冷："任何后果我来承担，先抓住凶手再说。"

"明白了，我现在就去查。"

简姝惊醒时，是凌晨三点。她茫然地看着墙壁，剧烈地喘息着，头发被汗水打湿，贴在脸上。用了好几分钟，才逐渐缓过来。她刚才做了一个梦，一个很可怕的梦。心没由来地开始慌了。

简姝握着手机，本来想打给傅队长的，但是想到他在忙，电话最终却没有拨出去。她喝了几口水，放下手机，拿过黑猫警长抱在怀里。

梦里，她看到白长舟了。是真正看到了他的脸，没有戴面具。她还是蜷缩在衣柜里，惊恐地看着他离去。他在走到门口时，回过头看了她一眼，眼神和之前在公安局外上车时如出一辙。只不过更多的是怜悯，不忍，愧疚。

为什么？她为什么会做这样的梦？简姝紧紧抱着黑猫警长，身子有些颤抖。不知道过了多久，开门的声音传来。简姝连忙掀开被子跳了下去，直直扑到傅时凛怀里。

傅时凛将她抱住，抬手揉着她的头发，声音轻缓低沉："做噩梦了？”

“傅队长，我……不知道为什么，我心里有一个很可怕的念头……”

可怕的，她觉得自己可能是疯了。

傅时凛吻在她眉心：“不怕，我回来了。”

简姝环住他的腰，睫毛颤着，最终还是哽咽着说了出来：“我觉得……白长舟可能不是凶手……”

傅时凛眉头微微皱了一下，问她：“为什么？”

简姝摇着头，失笑道：“我大概是疯了吧，我也不知道为什么会突然有这种错觉……”

太荒唐，太不可思议了。

傅时凛把她牵到沙发前坐下，单膝屈下蹲在她面前，长指轻轻抚着她的侧脸：“简姝，你听我说，那应该不是错觉。”

简姝愕然地看着他：“什……什么意思？”

孟远说的对，简姝作为幸存者，是唯一一个真正和凶手接触过的人，没人比她更清楚凶手的特征。瞒不住她的。

“白长舟他，的确不是凶手。”

“可是……可是……”

傅时凛知道她要说什么，安抚住她的情绪，低声道：“是我错了，是我从一开始的调查方向错了。”

或者应该说，他们一直都在被真正的凶手牵着走。他们所查到的，了解到的，全是凶手想让他们看到的。

简姝摇头，这不能怪他，是她察觉到白长舟可能是凶手告诉他，他们才会朝白长舟身上查。

“可如果白长舟不是凶手的话，他为什么不否认？”

“我去问过，他不肯说。”

简姝闭了闭眼，指尖颤着，无法想象，因为她，把一个无辜的人送入监狱，判了死刑。

“都怪我……都怪我……”

傅时凛握住她冰凉的手，沉声道：“简姝，这不怪你，白长舟一直在默认凶手的所作所为，在一定程度上，现在的局势是他自己配合运作完成的。”

简姝脑子里一团乱，越来越觉得刚才那好像不是梦，仿佛是记忆残缺的一部分。

傅时凛将她抱在怀里，吻了吻她发心：“别担心，会有结果的。”

后半夜，简姝又做了那个梦。梦里，白长舟的面容似乎更清晰了些，清俊温雅。简姝记得，白长舟似乎眉眼嘴角总是带笑，就连被判刑送往监狱那天，他也是这样。她一直以为他是伪装得太好。从知道白长舟是刻意接近她开始，再加上记忆催眠所看到的那些画面，她便乱了方寸，执拗的觉得他就是凶手，从内心恐惧排斥着他的靠近。而且他也是真真正正地救过她，两次。她却全部忽视了那些。

第二天，拍摄杂志的空隙，简姝坐在位子上，任由化妆师给自己倒腾。简姝望着镜子，有些出神。等杂志拍完后，她去换了衣服，却没有立即离开，拿出手机拨了一个号码。

对方很快接通，温和地问道：“简小姐，有什么事吗？”

“陈教授，我……”简姝动了动唇，却不知道该怎么开口。

陈文光应该也是听出了她话里的为难，笑着说：“不着急，简小姐慢慢说。”

简姝这次停顿了许久，听筒里只能听到她静静的呼吸声，她缓缓道：“陈教授，我想再做一次记忆催眠。”

记忆催眠国内很少能有心理医生完成，而且她不信任其他人。只能找他了。

陈文光那边起身，打开了窗帘：“我方便问问，简小姐为什么要想重新做一次记忆催眠呢。”

“我好像丢失了记忆，想找回来。”

她没直接说白长舟不是凶手的事，傅队长他们那边还在内部调查，知道的人多了她怕引起麻烦。

陈文光道：“也对，记忆催眠一直是有漏洞的，不能长时间维持。”他沉默了一下，重新开口，“那简小姐什么时候方便，我们约个时间吧？”

她抿了抿唇：“如果可以的话……我想尽快，陈教授有空的话，我可以来B市……”

“这样吧，我过两天要到云城出趟差，等我到了之后，联系简小姐。”

简姝握着电话：“好，谢谢陈教授。”

陈文光笑：“不必客气，我不是说过嘛，简小姐有任何需要帮助，都可以给我打电话。”

“那到时候见。”

挂了电话后，陈文光看向窗外高飞的鸟雀，加深了笑意。

简姝看了看时间，离傅队长下班还早，便拉着方方去逛街。不用多想，又是一通买。现在天气已经冷起来了，是时候该买入冬的东西了。而且……最重要的是……她还是想给傅队长的外公买个小礼物。虽然他说他会准备，但毕竟心意不一样。

她问方方：“给长辈送礼，要送些什么比较好啊？”

方方想了想，道：“这要看送哪个长辈了，比如我妈的话，她不需要礼物，我把钱给她她就很开心了。”

简姝闻言顿了一下，眼里有些暗淡，随即重新恢复了笑容：“年纪大一点儿的长辈。”

方方拉着她走到了一家卖佛珠的店里：“简姝姐，这个怎么样？老年人都爱戴。”

简姝看了一会儿，摇头。她听说佩戴这些东西很有讲究，还有开光什么的，而且她也不了解这个，万一她选得不好，到时候冲撞了什么就麻烦了。

简姝正准备离开，旁边就凑了个人过来：“选佛珠呢？”

“……”

沈行今天刚好巡视商场，远远就看到了简姝身影，一边暗骂自己没骨气，一边又忍不住跟了上来。

他扫了一眼：“这么年纪轻轻就潜心向佛了，看来你的情路似乎不太顺利啊。”

“……”简姝忍住想踹他的冲动，咬着牙道，“我送人的。”

“送谁？”

“说了你也不认识。”

“你不说说怎么知道我不认识？”

简姝多看了沈行几眼，看的他有些发怵，“你这是什么眼神？”

简姝倒也没其他意思，就是看外面还有一群高管等着沈行，一猜就知道这商场肯定是他的，有了他在，她肯定不会被坑：“我送一个长辈，你帮我给他们说说，选一个最好的，等下请你吃饭。”

沈行挑眉笑了笑：“你倒是会打主意。”他手指在玻璃窗上敲了两下，“说吧，送哪个长辈，我帮你挑。”

“傅队长的外公。”

沈行：“……”

他撑在玻璃窗的胳膊一滑，略一思索，问道，“他寿宴你要去？”

简姝奇怪地看着他：“你怎么知道？”

沈行薅了下头发，回避了这个问题：“你别买佛珠了，他家里一大堆，全是比这些成色好的。你要真想送的话……对了，你厨艺怎么样？”

“饭能煮熟，菜能咽下。”

“……”沈行默了一阵，“让你做点心看来是有些难为你的，他喜欢喝茶，你随便买点茶叶就行了，反正他什么都不缺，你有一个心意就可以。”

简姝还是用同样奇怪的眼神看着他：“你……认识傅队长的外公吗？”

沈行咳了一声，把视线放到从他进来就已经缩到了角落的方方身上：“那个谁，你过来一下。”

被点名的方方四下看了看，指着自己：“我？”

“不然这里还有其他人吗？”

方方极其不情愿地挪了过去：“沈二少有什么吩咐。”

“这商场里的东西你随便挑，多少都可以，我送给你。”

方方：“……”

简姝：“？”

这个禽兽想要对方方做些什么！

同时收到两道防备的目光，沈行侧开视线解释道：“之前我喝醉了酒，她送我回了酒店，当作是谢礼。”

后面的事，即便他没有提起，可方方依旧涨红了脸，梗着脖子拒绝：“不用了，谢谢沈二少的好意，我不需要！”

沈行闻言没有再勉强，快速出声：“那我先走了，你们继续逛。”

“嘿，等等……”

刚才话题被他岔开，等简姝想起问他怎么知道傅队长外公那么多的时候，沈行已经跟着一众高层走远了。

简姝回过头，看向脸红到脖子根的方方：“你……”

“什么都没有！简姝姐你不要听他乱说！我送他到酒店立即就离开了！”

“……”

好吧，她什么都不问了。

最后，简姝选了半天的礼物都没有选合适，还是听取了沈行的意见。送茶叶本来就是个不会错的选择。

从商场出来后，简姝见方方有些魂不守舍的，伸手在她面前挥了挥：“你怎么了？”

方方连忙收回思绪：“没……”

“我这里也没其他事了，等会儿直接去找傅队长，你要是有事的话，就先走吧。”

“那我先送你……”

“不用，有司机呢，你去忙你的。”

方方可能这时确实有点不在状态，点了点头便没再多留，离开了。

简姝把买的东西都放在车上，正要走，就看到一道熟悉的身影。她把帽子和口罩都拉开一点，看得更清楚了些。前面不远处，就是傅队长的妹妹。简姝想着，应该过去打个招呼。她跟司机说了一声，让他等等，便重新下车了。快要走近时，许意身后不知道什么时候多了一个人。

她抱怨道：“蒋叔叔，这些店有些什么好巡的嘛，我今天都看了十几个了，都一样，我求求你，不要再折磨我了好不好？”

蒋均面不改色：“这是许董事长的吩咐，要小姐尽快熟悉我们在各大商场的店面。”说着，又提醒道，“这还只是起步而已，许氏旗下的商场都还没开始巡。”

许意：“……”她想去死一死。

简姝离得不远不近，没听清楚他们具体在谈什么，但看到蒋均时，她想到了许意曾经说起过的蒋叔叔。那时候她没有想太多，等他们两个站在一起时，有些东西，才要冲出脑海。

她一开始，以为许意只是凑巧也是姓许。但现在看来，好像不是。蒋均和许意明显是认识的，而且蒋均还走在后面，应该是低一级。能比MR总经理都还要高一级的人，在云城没有几个。

蒋均这人精明，几句话下来，就察觉到有人在跟着他们，随之看了过去，当即就想找一个地方躲起来。许意也顺着他的视线偏过头，却没他那么心虚，跟看到了救星似的，跳着上前："简姝姐姐，你也在这里啊。"

简姝朝她点了点头，又给蒋均打招呼。

情势危急，蒋均只能硬着头皮走了过来："简小姐，好巧啊……"

简姝扯了扯唇，要笑不笑。一时也不知道该说什么。反倒是许意，完全在状况之外，这会儿正想着怎么逃出去："蒋叔叔，这是我表哥的女朋友，简姝姐姐，你肯定认识。"又对简姝道，"简姝姐姐，我们找个地方喝点东西，我都快渴死了。"

蒋均拼命朝她使眼色，奈何许意完全不打算和他目光交接。

简姝被许意拉着走了两步，脑海里有根神经，突然断了。就现在的情况来看，许意应该是许家的人没错了，傅队长又是她表哥，那……她脚步突然停了下来。

许意问道："简姝姐姐，你怎么了？"

简姝抬头看向她："你知不知道……"

"那个，许小姐，我突然想起，我们还有更重要的事要做，走了走了。"蒋均快速上前，拉着许意就往车里走，同时又对简姝道，"简小姐，有点急事，我们下次见。"说着，不等简姝回答，不顾许意的挣扎，把人拉走了。

上车后，许意有些蒙："蒋叔叔，你……"

蒋均拍了拍脑袋，艰难地解释着："许小姐，傅少爷交代过，不能让简小姐知道那个代言是他给的。"至于这个代言后面牵扯的更多东西，他还不太搞得清状况。

许意后知后觉地道："难怪上次我说的时候，表哥总是打断我……"

过了会儿，她又问，“只是一个代言，应该没什么吧？简姝姐姐会因此生气吗？”

“我也不知道……”不过刚才看简姝的脸色，好像是有些不对劲。

许意觉得心里毛毛的，试探着出声：“要不……给表哥打个电话说说？”

蒋均点头，这个电话肯定是要打的。不过是谁来打，就是问题的所在了。两人对视了一眼，同时出手。

蒋均拍了拍剧烈跳动的胸膛，还心有余悸，清了清嗓子：“许小姐，你输了。”

许意：“……”

她拿着电话，磨蹭了半天，才拨了出去：“表哥……我有件事跟你说，你别骂我……”

电话那头，男人声音冷冷淡淡：“说。”

孟远在外面办完事回来，看见一个人影抱膝蹲在公安局门口，拿了根树枝，有一搭没一搭地戳着地面。他看着好奇，走近了几步。

简姝戴着帽子，垂着头，脸上的情绪被遮去了一大半。

孟远蹲在她旁边，瞅了瞅她戳的那个地方：“你干吗呢？”

“走神。”

“看出来了……”

孟远咳了声：“怎么不进去？跟傅队吵架了？”

简姝的声音闷闷的：“不是。”

“那是怎么了？”

简姝拿树枝的手顿了顿，却不知道该怎么回答。

过了一会儿，她才总结道：“我有一个朋友——”

她才刚开口，孟远就给了她一个“我明白”“我了解”“你那个朋友就是你自己的眼神”。

简姝："……"

"诶诶诶，你继续说啊，我一定做你最忠实的观众……不对，听众。"

简姝戳着地面，才又道："就我有一个朋友吧，她最近发现，她的男朋友，和她的……最重要的一个亲戚，好像是表兄弟来着。"她没说是哥哥，怕孟远直接听出来，这个故事的主人公就是她。

孟远听得很认真："然后呢？"

"那个很重要的亲戚，其实和我朋友，没有什么血缘关系，但是从小一起长大，和一家人也差不多。我朋友的那个亲戚，在很多年前，跟他有钱的亲生父亲走了……"

简姝把大致的背景简单地说了一遍，孟远听得津津有味的同时，帮她分析道："那你……那个朋友，现在是因为她男朋友，没有把他和那个很重要的亲戚之间的关系告诉你朋友，而生气吗？"

"也不是说生气，就感觉一直被瞒着，而且他明明都知道，却不说……"

"其实我听了听啊，你们这个人物关系挺复杂的，也不是那么一两句能说清楚的事，说不定是你……那个朋友的男朋友，也没想好该怎么跟你朋友解释呢。"

简姝想了想，也是这个道理。

孟远道："我还有点事儿，一起进去吧？"

"你先去吧，傅队长应该在忙，我现在进去说不定会打扰他。"

"那行。"

孟远起身往里走了几步，还在回味她刚刚那个故事。简姝嘴里的那个朋友是她肯定是毋庸置疑的，那她那个跟有钱的亲生父亲走了的很重要的亲戚，肯定就是顾昭了。

等等！顾昭是许远征的私生子啊！那他和傅队是表兄弟的话——孟远

脚下一滑，差点给摔了。

办公室里，傅队长挂了许意的电话，本来要给简姝打过去，但刚好其他事打扰，就给耽搁了。

直到孟远来敲门。

“傅……傅队……”

傅时凛抬眼：“怎么？”

孟远小心翼翼端了一杯咖啡进来，大有一副讨好的味道：“这是局里新采购的，味道还不错，你尝尝。”

他简直不能想象，平时跟着他们一起风里来雨里去，甚至比他们更能吃苦的人，竟然是云城首屈一指的富家少爷。这实在太惊悚了。而且……也实在太令人佩服。

傅时凛道：“我早上喝了。”

“哦哦哦，那你饿了吗，我看周进家里给他寄了点特产，我去给你……”

傅时凛打断他：“你到底想说什么。”

今天的孟远似乎格外的……殷勤。

听见他厉了声音，孟远立即站直：“那什么……简姝蹲外边呢。”

傅时凛不动声色皱了下眉，看了眼电脑上还没打完，立即要交的报告。

孟远察言观色的本事也十分厉害，当即冲了过去：“傅队，我来我来，你去忙吧。”

傅时凛起身，走了两步又回头看他：“你怎么了？”

“没没没，傅队你放心，我永远都是你最忠实的粉丝！会永远支持你！”

傅时凛：“……”

他出去时，简姝还蹲在地上，脚似乎有些麻了，却不愿意起来，正伸手捶着。傅时凛走过去，单膝屈下，蹲在她面前。

前方人影罩下，简姝下意识抬头，随即瘪嘴："孟远那个大嘴巴。"

"在这里做什么。"

"看蚂蚁搬家。"

傅时凛瞥了一眼，拉住她的手腕，让她坐在自己屈起的那条腿上，另一条腿跪在地上，支撑力道。简姝猝不及防，下意识搂住他的脖子："你干什么？"

傅时凛轻轻给她捏着小腿，嗓音低低传来："不是脚麻了吗？"

公安局外本就是一条街，又加上是下班时间，路过的人不少。他们这个姿势，难免不引人注目讨论，还伴随着羡慕的笑声。

简姝捂着自己发烫的脸，小声在他耳边道："好啦，不麻了，我们别在这儿了。"

傅时凛站起来，似乎一点儿都没被周遭的嘈杂所影响，扶住她的胳膊："还能走吗。"

简姝胡乱点着头，拉着他的手就往公安局里面走。大厅里几颗脑袋本来汇聚在一起偷偷看着外面，见他们进来，又连忙散开，假装无事，各做各的去了。

简姝一言不发地把傅时凛拉进了办公室，关上门和百叶窗，让他坐在沙发上，自己坐在茶几上，和他面对面。

"现在说吧。"

傅时凛把她有些挡视线的帽子取了下来放在旁边，声音缓而慢："对不起。"

"我不是……要听这个。"简姝本来是气势汹汹的来算账的，谁知道他这三个字一出来，她就偃旗息鼓了，鼓了鼓腮帮子，重新开口，"你是什么时候知道的？"

“有一段时间了，我不常回去，所以不太清楚家里的状况。”

“那……顾昭知道吗。”

傅时凛道：“应该不知道。”

简姝点了点头：“也是。”顾昭要是知道的话，就不会成天以傅队长养不起她这个借口来阻止他们在一起了。

见她低着头不再说话，傅时凛舔了下薄唇，正要开口，简姝忽然抬眼：“说起来，那个手表的代言，是你帮我联系的吗？”

她的手表戴了才几天，代言就找上她了。而且各方面条件都给她签的是最好的，MR还给她介绍了不少好资源。现在回头看看，真的是匪夷所思。难怪蒋均当时说的漏洞百出，一会儿说她是去门店购买，工作人员看她合适，一会儿又说工作人员是她粉丝，极力推荐她。

简姝想着，觉得有些泄气，之前她还高兴了很长一段时间，以为有钱可以养傅队长了。没想到，却是一直被他养着。

傅时凛环住她的腰，将她拉到怀里，嗓音低沉磁性：“不生气了好不好？”

“我没生气。”简姝道，“你让我跟你回家，不就是想告诉我这件事嘛，只是……今天刚好遇见了许意和蒋总……对了，顾昭是许意的亲哥哥吗？”

“嗯。”

“那他们的父亲是……你舅舅？”

也就是许远征。

傅时凛轻笑了下：“季承北说，你那次差点和他打起来了？”

本来简姝还因为许远征是傅队长的舅舅，有点发愁的，这会儿听到他这么说，脸顿时有些红，结结巴巴地回答着：“我……我哪有，就是和他呛了几句，不过也不是那一次，前段时间他找过我，又……”

反正她和许远征说话，从来都是挑最狠的，最能戳他痛处的地方说的。也从来没有掩饰自己的讨厌和敌意。许远征应该也非常不喜欢她。

傅时凛看出她的担心，手抚着她的头发：“没事，他和我外公也经常吵架。”

“那……我和你外公是站在同一边的？”

敌人的敌人，就是朋友？

傅时凛笑着嗯了声：“他会很喜欢你的。”

“因为我也和许远……你舅舅不对盘吗？”

“不是，他总觉得我一辈子都找不到女朋友。”

简姝闻言，极其赞同地点头：“我也觉得，除了我还有谁能忍受得了你这个臭脾气。”

傅时凛勾唇，除了她，他也没打算再找其他的。

接连几天的时间里，傅队长都特别忙，一早就出去，很晚才回来。简姝知道，他在重新调查“铁链连环杀人案”。她私下里又联系了陈教授一次，陈教授说他还有一点儿工作没有处理好，晚点再联系她。

很快，就到了周六。采访比预期时间长了一点儿，等做完已经是下午两点。简姝顺便换上了自己带的衣服，让化妆师再给她重新弄弄妆和造型。

在化妆时，简姝握着手机，几次想要给顾昭发消息，打出的字又删了。她现在终于明白，傅队长明知道和顾昭的关系，却没有告诉她的心情。这个事，换谁来说，都不知道该怎么开口。

化妆师道：“好了。”

简姝抬头看了看镜子，今天是去傅队长外公的寿宴，要见那么多他家里的长辈，她选的裙子从颜色到款式，都大方得体，妆容也不夸张。她看了看时间，快五点了。

此时，傅队长的电话打了进来：“结束了吗？”

“好了，我来公安局找你吧。”

“不用，下楼就行。”

简姝闻言，嘴角忍不住翘起：“你怎么知道我在这里？”

傅时凛道：“出门前看了看你手机上的行程。”

“那你等等，我马上下来。”

简姝收起电话，朝方方和化妆师挥手：“我先走了，你们也快回家吧。”

她的速度快到两人完全没反应过来。

简姝一下楼就看到停在路边的黑色越野车，拉开车门钻了进去。傅时凛左手随意搭在车窗上，薄唇间松松垮垮咬着一支烟，见她来，把剩了一半的烟摁灭，拧开旁边的矿泉水喝了一口。简姝偏头看着他，眼睛亮亮的。

“怎么了？”男人的低沉磁哑。

“就觉得……你今天特别好看。”

傅队长平时的衣服，基本都是休闲的，出任务行动什么都方便，可他今天却穿的是一身西装。她从没见过的。最简单的白衬衣，黑西装，禁欲又清冷，五官俊美沉俦，令人移不开眼睛。完完全全看不出来是个刑警队长，说是霸道总裁也不为过。

她把窗子降下来一点儿，试图吹散脸上的燥热：“走了走了。”

一个小时后，车缓缓驶进许家大宅。院落里，已经停了不少车，泳池旁人影绰绰，都是些商政名流。这一年来，简姝也参加不少酒会，算是见惯了大场面，可现在却还是忍不住紧张起来。

车行驶进大门，便有用人上前，恭敬地唤了声：“傅少爷。”

傅时凛下车，把钥匙给他，去开副驾驶的门，朝她伸出手。

简姝把手放在他掌心里，逐渐平静下来，走了两步又道：“啊……东西还在车里忘了拿。”

傅时凛道：“我拿了。”

她买的茶叶，他准备的礼物，都带着的。简姝这才呼了一口气，越往里面走，越忐忑。

傅时凛扣着她发汗的手：“不用怕，有我在。”

“不是……我在想，万一等下我和你舅舅又吵起来了怎么办，不过我一定会努力克制我自己的……”

傅时凛笑：“不用克制，吃亏的是他。”

“这倒也是，反正他吵不赢我……”

而且今天来了这么多有头有脸的客人，许远征是绝对拉不下那个脸来和她吵的。简姝发现，和傅队长说了几句后，她好像没那么紧张了。

一路上用人看见傅时凛都微微俯身，显然认识他。相对那些用人来说，其他的宾客却完全不知道他是谁。一时间，人群中爆发了一阵不小的骚动。

最多的大概是这样的对话：“那是哪家的公子，怎么以前从来没见过？太帅了吧！”

客厅里，许老爷子被逼着穿了一身喜庆的衣服，正别扭地坐在沙发上。但看得出来，还是开心的。他旁边的许意笑眯眯地和她母亲收着礼物，另一侧单人沙发上，坐着一个神情淡漠、穿着素雅、手握佛珠的中年女人。她坐在那里，安静冷然到了极点。仿佛与这热闹喧嚣的地方，格格不入。

简姝跟着傅时凛进去的时候，没有在客厅里看到许远征，也没有看到顾昭。先是许意眼尖发现他们，对许老爷子和许蕴道：“爷爷，姑姑，表哥来了。”几人都随即看了过去。

傅时凛在他们面前站定：“外公，母亲。”

简姝又开始紧张，结结巴巴地跟着喊了一声：“许董事长，许夫人……”

许老爷子一派和蔼："叫得这么生疏做什么，跟他一样，叫外公就行了。"

他早就想见见能让脾气又臭又硬的傅时凛两次来找他帮忙的姑娘到底是什么样子，真人比照片漂亮多了。两人站在一起，果真是郎才女貌。如果能早点抱重孙子的话，他也就心满意足了。

简姝闻言，脸红了红，但还是有点不好意思那么叫，于是换了个称呼："许爷爷，许伯母。"

相比许老爷子的和颜悦色来说，许蕴只是淡淡嗯了一声。

傅时凛把东西放在茶几上："这是简姝给您买的茶。"

许老爷子闻言，稍显意外，大概是没料到她第一次买东西，就能送到点子上，笑着点头："好好好，我就爱这口，小姑娘有心了。"

简姝道："许爷爷喜欢就好。"

她这会儿真的感谢沈行。投其所好准没错。

傅时凛牵住她已经汗涔涔的手，虽然没说什么，却仿佛给了她无形的力量。

许蕴喝了一口茶才缓缓开口："坐吧，别站着了。"他们坐下后，立即有用人过来添茶。

许老爷子问："小姑娘是做什么工作的？"

许意抢答道："简姝姐姐是艺人，现在最火的明星！"

上次傅时凛找许老爷子撤热搜的时候，他就料到简姝大概是从事这方面的工作，平心来说，艺人这个职业，他不太喜欢，圈子太乱了，但跟女警察比起来，还是好太多了。他可不想家里又多一个警察，能把他气死。而且傅时凛到了这个年纪，他已经不挑了。

许意回答了，简姝也不知道该说什么好，跟着点头应和。

许老爷子又问："那你平时工作很忙吧？"

"有……有一点儿，要拍戏的时候比较忙，其他时候都还好……"

“那你们打算什么时候生孩子？”

这话题跳跃得太快，简姝一时没反应过来：“啊？”

傅时凛嗓音淡淡，替她回答：“还早。”

许老爷子语重心长地说教：“我已经大半个身子都埋土里了，现在唯一的指望就是抱重孙子，还早是个什么时候。”

许意道：“爷爷，你别着急嘛，这种事要顺其自然，更何况表哥和简姝姐姐都还没结婚呢，你这也太快了。”

“对对对。”许老爷子拍了拍脑袋，“我差点忘了，那你们打算什么时候结……”

“外公。”

沉沉的两个字，瞬间让许老爷子冷静了一点儿。他差点忘了，之前叫傅时凛来的时候，就答应过不在今天谈这件事的。

“好了好了，我不问了。”

这时候，许蕴道：“我房间床头柜上有一个首饰盒，你去帮我拿下来。”话是对傅时凛说的，任谁都能知道她是有意支开他。

傅时凛薄唇微抿，看向简姝，她朝他笑了笑，表示自己能应付。

他起身：“我很快回来。”

许意小声开口：“呃，我……”用不用也离开？

“宾客都到得差不多了，去把你母亲叫下来，她总不能一直这样把自己关在房间里，该面对的还是要面对。”

“哦哦哦，好。”

等他们上楼后，许蕴收回视线，无波无澜地看着简姝，一字一句：“你和他在一起，就要做好守寡的准备。”

简姝万万没想到，她把傅队长支走，要说的竟然是这个，顿时愣在了原地。

许老爷子脸色没之前好了，不满开口：“你这是说的什么话！”

许蕴道："实话而已，提前看清楚，总比以后后悔要好。"

"那你是后悔了？早干吗去了！我和你母亲拉都拉不住你！"

许蕴没了声音。

简姝觉得，这个气氛有点不对，想说点什么打断他们，却又不知道该说什么。下一秒，许远征从外面进来，看到简姝时，以为是顾昭叫她来的，眉头狠狠皱起，不悦出声："你——"

"你什么你，宾客都来得差不多了，你们夫妻一个不下楼，一个到最后才出现，早知如此，这个寿宴还办什么办！"

许老爷子本来就在气头上，这会儿许远征正好往枪口撞，逮着就是一顿骂。

许远征："……"

"小姝？"顾昭的声音从后面传来。

简姝抿了抿唇，站了起来。该来的还是来了。

顾昭开始还以为自己是认错人，等看清楚时，脸色当即大变，快步上前，把她拉到自己身边。他不会傻到以为许老爷子把简姝叫来是做客的，他知道许家人不喜欢他，这样做，只可能是威胁。心里又急又怒。他这个举动，引得许蕴也看了过去。

许老爷子没太明白："你们认识？"

简姝张了张嘴："他是我……"哥哥两个字，在喉咙里，却不知道该怎么说出来。

"他和简姝是兄妹，没有血缘关系。"傅时凛的声音不冷不淡响起，将人拉到了自己身旁。

许老爷子左右看了看，脸色瞬间沉了下去："荒唐，你们简直是荒唐！"

"爷爷……"许意怕他气翻过去，赶紧去给他顺气，又去包里找药。

"吃什么吃，我迟早得被这一家老小给气死！"说完，拄着拐杖怒气冲冲地上楼了。

简姝想要说什么，却被傅时凛握住手，示意她没事。

许蕴跟着起身："我上去看看。"又对许意道，"意意，你招呼一下客人。"

许意连忙点头。

等他们一前一后上了楼后，许远征才看着傅时凛，又看了看他旁边的简姝，皱眉道："你难得回来一次，就把你外公气成这样，你到底……"

许意嘟囔着："不是你气的吗，关表哥什么事。"

许远征本来最近就因为让顾昭进许家，以及东山区要善后的一系列事情头疼，这会儿又遇到这种情况，太阳穴不住地抽着："你母亲呢？"

"楼上。"

"你没去叫她？"

"叫了，她不下来。"

许意说完后，瞥了顾昭一眼。这个和她同父异母的哥哥，这会儿脸色难看到了极点。她母亲的原话是，"你告诉你父亲，今天有那个私生子，就没我。"

许远征不想再管这里的事，上楼了。

许意眼睛转了转，感觉这里也不需要她，去招呼客人了。

顾昭立在原地，原本垂在身侧的手紧紧握成拳。他这辈子，哪怕是曾被人踩在脚下嘲笑，哪怕是许远征曾居高临下地站在他面前，告诉他，只有跟他离开那个家，他才有资格挺起胸膛说话时，都没感觉受到灭顶的侮辱，却在此时席卷了他全身。

傅时凛是不是一直把他当傻人看待？看着他拼了命想进许家，看着他以他养不起小姝的理由，来阻止他们在一起？顾昭上前了一步，脸色阴沉冷鸷。

简姝立即挡在他们中间，神色平静地开口："我也知道，本来打算告诉你的，但没想好怎么说。”

“所以你们是合起来看我笑话？”

“你为什么就不能明白，这一切都是你自己的原因，怪不了任何人。”

顾昭自嘲地勾唇：“是啊，我自己的原因，是我一直不自量力。”

简姝还想要说什么，却被傅时凛拉了回去，他冷声道：“你和许家的事，跟我没有任何关系，也跟简姝没有关系，谁都不欠你。”说完，牵着简姝的手往楼上走。

简姝本来以为傅队长是要带着她去找许老爷子解释的，没想到却进了一个黑漆漆的房间。

傅时凛摁开墙上的灯，缓声说：“楼下太吵了，在这儿休息下。”

简姝四下看了看，看到书架上摆放的都是模型枪支，长的短的，各式各样的都有，还有不少奖状和奖杯，和公安局的有所不同，应该是从小到大得的。她的注意力一下就被吸引过去，视线最后落在架子上的相框。

照片上有一个穿着警服戴着警帽的男人，五官冷硬，不苟言笑，和傅队长很像，旁边的女人很漂亮，眉眼弯起，笑容甜蜜。中间的小孩子应该五六岁的样子，脸上肉乎乎的，可爱得不行。

简姝嘴角扬起，刚回过头想说他小时候怎么这么可爱，就被人环住腰，压在了旁边的床上。这里虽然很长时间没人住，但用人每天都在打扫。床褥里，是一股清新的洗衣液的味道。

简姝问：“这是你的房间吗？”

傅时凛轻轻“嗯”了一声。就在这时，敲门声响起。傅时凛起身，低声道：“在这儿等我。”

简姝点头：“你去吧。”

门外，许蕴神情冷淡地站着。“你外公叫你去一趟。”

傅时凛抿了下唇：“母亲，那些事和她无关，她才知道。”

许蕴道："这是你舅舅的家事，我不管。"

傅时凛笑了下，走了两步，又回过头："这辈子，我只要她。"

"这是你的想法，她呢？"

"一样。"

见他回答得这么肯定，许蕴似乎无声扬了下唇，继而淡声道："去吧。"

等傅时凛走后，许蕴才推开门。

简姝见许蕴进来，她连忙站起来："许伯母……"

许蕴坐在她对面："坐吧。"

简姝手放在膝上，有些紧张地握在一起。

"刚才在楼下的那个问题，你还没回答我。"

听到她的声音，简姝抬起头，抿起嘴角，沉默了一瞬，严肃郑重地开口："我永远支持他去做想做的事，他的信仰，他的信念，他的坚守，我都支持，不论结果如何。"

"我也曾经，和你说过相同的话。"

简姝之前只知道傅队长家里不同意他做警察，却没详细问，但今天在楼下从许老爷子和许夫人的对话里，她基本能猜出来，傅队长的父亲，大约是……牺牲了。

许蕴又道："不过你比我幸运，我之前听叶局说，他准备转岗了，调去后勤。"叶局说起这件事的时候，几乎是暴跳如雷。

简姝有些不好意思地摸了摸鼻子，以为她是在表示不满，毕竟自己当初听到这件事的时候，都觉得连累了他："我找时间跟他说说，后勤……"

"后勤没什么不好，至少不用成天提心吊胆。"

简姝一直都知道刑警这个职业危险，每次傅队长去出任务的时候，她都会担心得睡不着。可傅队长穿着警服，身姿笔挺，站在领奖台上时，却是那么耀眼，完全让人挪不开眼睛。她却从来没有想过，他会为了她，甘愿放弃一身信仰与荣誉。虽然转岗那个事，最终是被叶局驳回的。但每每想起，她就觉得心里有什么东西堵着似的。这么久以来，傅队长为她付出太多了。

许蕴没再说什么，只是把之前让傅时凛去拿的那个盒子推到她面前："既然他认定你了，那就好好过吧。之后的事你们自己商量，有消息通知我一声就行。"

许蕴常年住在寒山寺，几乎已经不问世事，这次要不是许老爷子八十大寿，她也不会回来。她这一生，其实活得很失败，为女不孝，为母不慈。不论是哪个，都没有尽到半点责任。

许蕴起身："我先走了，你就在这里等他吧。"

简姝本来还呆呆在看那个首饰盒，闻言连忙站起来："许伯母，我……"

"有时间让他带你来寺里住住，那个地方清静。"

许蕴走后，简姝把盒子打开，里面是一个羊脂玉的手镯。她正看得出神，门被推开。傅时凛坐在她旁边，视线放在手镯上："我母亲给你的？"

简姝轻轻点头。

傅时凛笑了下，拿过手镯给她戴上，声音低低的："很漂亮。"

"这个东西会不会太贵重了啊，要不我还是还给她吧？"

这次来，傅队长说，只是外公过生日而已，她也没想那么多，就没给家里其他人买礼物，哪知道傅队长母亲反倒送了她一个，难免会觉得不好意思。

"送了你，就是你的。"傅时凛牵着她的手，"走了，下楼。"

简姝没再纠结要不要把手镯还回去的问题，偏头问道："许爷爷怎么样了，气消了吗？"

“差不多。”

楼下，许老爷子脸色虽然还有些绷，但比之前气头上那会儿好了太多。正在和来的宾客说话。许远征和一个面色憔悴的女人站在身侧。应该是许意的母亲。没有看到顾昭的身影。

简姝和傅时凛下来的时候，正在和许老爷子聊天的人好奇地问着：“许老，那是哪家的啊，怎么之前从来没见到过？”

许老爷子瞥了一眼，语气隐隐带了丝自豪：“我外孙，是警察，平时工作忙，没怎么露过脸，这次好不容易才把他请回来。”

对方似乎有些诧异：“警察？”

“对啊，据说当年他念警校留下的纪录，现在都没人能打破，次次搞训练也是第一，每年公安局的颁奖典礼他都是拿奖拿最多的，家里都快放不下了，他们领导隔三岔五就给我打电话表扬他，说他是整个警界的楷模，都是小事小事，不值得一提。”

对方：“……”

一直听闻许老爷子因为女婿牺牲的事，对警察存有偏见，今天看来，传言果然不可信啊。

许意在旁边听得忍不住笑，平时最不满意表哥做警察的人是他，现在拿出来吹嘘的人又是他。

“那他结婚了吗？”

“快了快了，旁边那个就是他女朋友，漂亮吧？”

对方看了看，撇了下嘴：“那是个女明星吧，我是说看上去有些眼熟……”

许老爷子不满道：“女明星怎么了，任何职业都应该被尊重。”

对方可能也意识到自己说的不太对，打着哈哈把这个话题绕走了。

他们长辈在那边说话，傅时凛和简姝也没过去打扰。

这时候，季承北端了一杯酒过来：“小嫂子，上次是我不对，我自罚一杯。”

简姝：“……”

她还没从这奇异的称呼中反应过来，季承北就已经一口饮下杯子里的香槟。

他喝完后，本以为能得到原谅，谁知道傅时凛手却放在一旁的吧台上，修长的手指漫不经心抚着酒杯。季承北咬牙，又拿了一杯。傅时凛的手依旧没收回来，神情闲淡地站着。

他正要去拿第三杯的时候，简姝小声开口：“你这是……在做什么？”

“我在……道歉。”

简姝还是有些不明所以：“我们有什么矛盾吗？”

季承北松了一口气，看向对面的男人：“傅老大，你看小嫂子这完全都忘了这件事，说明根本没放在心上，我……”

傅时凛不冷不淡的眼神扫了过来，季承北忙道：“……喝喝喝，我喝还不行吗！”

等他又喝下一杯的时候，傅时凛的手终于从吧台上收了回来。季承北感觉自己活了过来。

沈止跟周豫南一同走近，看着好不容易捡回一条命的季承北，表示同情。

打过招呼后，周豫南道：“现在去跟许老爷子聊天的，全是听他说你在公安局有多厉害，抓了多少犯人，立了多少功。”

傅时凛：“……”

季承北咳了一声，知道拍马屁的时间到了：“我们傅老大的光辉事迹，那三天三夜都说不完，现在时间有限，只能寥寥几句，还真是为难他老人家了。”

他们几人一人一句，就跟说相声似的。虽然吵吵闹闹，但看得出来关系很好。简姝站在旁边，嘴角一直挂着笑。她甚至有点能想到，傅队长小时候是什么样的，去哪儿都有这么一群好兄弟跟着，一定很有意思。

寿宴结束时，宾客陆陆续续走了。许老爷子让人单独把简姝叫了过去。

傅时凛揉了揉她头发："去吧，没事，我在这里等你。"

许老爷子重重叹了一口气："你们的事，我都听说了，这也确实和你没什么关系，都怪他舅舅太混账了！"

简姝很赞同最后一句，克制着没有随之点头。

"小姑娘，我问问你，你觉得顾昭是个什么样的人？"

简姝抿了下唇，缓缓出声："他才到我家时，只有八岁，很孤僻，不爱说话……他学习成绩很好，经常被老师表扬，对我很好，对我父母也很好……"

许老爷子静静道："他当初还是选择离开了你们。"

"我曾经也因为这个一直耿耿于怀，但他有自己的想法和选择，我们不能替他做决定，也留不住他。"

后来，她也就释怀了。说到底，她也没有资格去强行把他困在那个小地方，顾昭现在发展的，比以前好了千倍，万倍。

许老爷子默了一会儿才继续道："我查过他，他在回云城之后，没有借助他父亲的关系，仅仅用了两周时间，就让几家老工厂商户破产倒闭，手段雷厉风行，你知道这件事吗？"

简姝愣了一下，摇头："我没听说过……"

"罢了。"许老爷子不知道在想什么，隔了许久才又说，"这些终归都是上一辈的错，跟他又有什么关系，你先回去吧。"

简姝点了点头，起身，走了几步，回过头道："许爷爷，虽然我不知道曾经的情况到底是什么样的，也没办法去评论谁对谁错，但是顾昭的母亲……付出了自己的一生。”

说完后，她朝许老爷子微微弯腰，转身离开。

许老爷子神色更凝重了一些，当初他提出只要对外宣称顾昭是许远征和妻子遗落在外的孩子，就可以让他回许家时，却被拒绝了。他有些意外，本以为顾昭为了进许家能不择手段。

也是因为这一点，他才重新考虑了这件事。顾昭虽然在很多地方让他不满意，但的确是一个重感情的孩子。

简姝出了书房，就看到不远处的许远征。尽管知道他是傅队长的舅舅，她也没法用平常心态，喊出许伯伯或是其他什么。相信许远征应该和她是同样的想法，谁也没想到，他们到最后会成为一家人。

这场尴尬的会面，是许远征先打破：“你和傅时凛什么时候认识的？”

“十年前。”

简姝本来想趁机挖苦他两句，说是他带顾昭走的那一天，想了想又算了。

许远征大概是没料到他们竟然在这么早之前就认识了，沉默了一阵，本来还想说什么，视线却不经意落在她手腕的镯子上，太阳穴又抽了两下：“顾昭今晚心情很不好，如果……你还把他当哥哥的话，就给他打个电话。”说完就快步离开了。

简姝在原地站了一会儿，才往外走。其实她一直没想明白，许意二十二三的样子，顾昭却已经二十八。她之前偷偷在傅队长那里打听了一下，许远征结婚第二年就有了许意，应该不是婚后出轨。那些陈年旧事，具体的细节，可能只有许远征自己知道了。

简姝走下楼，便见到傅队长靠在墙边等她，薄唇间咬着一根烟，火光衬得他冷峻的五官柔和了几分。她翘起嘴角，走了过去。

傅时凛掸了掸烟灰：“说完了？”

简姝点头，声音轻轻的："我们走吧……要跟你母亲说一声吗，我刚刚没有见到她。"

许意母亲那边，很排斥顾昭，她作为顾昭的妹妹，还是不要去的好，免得让她看了心烦。

"不用，她已经走了。"

"她之前跟我说，让你有时间带我去寺里住，她……"

傅时凛缓声解释道："她在寒山寺清修，常年住在那里。"

简姝想起许蕴之前的那些话，道："她一定很爱你父亲。"

傅时凛淡笑着嗯了声，牵着她的手离开。

回去的路上，简姝趴在窗户边，任由冷风吹乱头发。如果顾昭最终能回到许家，她应该是为他开心的，许远征再怎么不济，也是他的亲生父亲。有个家，胜过所有。

车停在路边，傅时凛点了一支烟，低声问她："在想什么？"

简姝收回思绪，也没隐瞒："我在想，顾昭真的能回去的话，不论如何，他终于能回家了。"

傅时凛黑眸沉了几分，知道她真正的意思是什么，从她父母离开以后，她便一直压抑着自己。

他伸手给她理着被风吹乱的发丝："简姝。"

"啊？"

"家，我也能给你。"

这句话来的猝不及防，简姝怔了几秒后，红了眼眶。

傅时凛解开安全带，偏过身吻在她湿润的眼角，嗓音低沉磁性："我们会有自己的家。"

这一句，胜过万千情话。简姝抱着他的腰，把头埋在他怀里，哽咽地点头。这个世界上，可能只有傅队长，能一眼看出来她在想什么。她太想，有个家了。

傅时凛手轻轻抚着她后背："乖，回家了。"

门一开，小家伙就窜了出来。简姝抱着它，看了看空了的碗，添了粮和水，这又才把它放下去。

傅时凛让她先去洗澡，自己换了衣服去厨房做饭。

简姝洗完澡随便抓了一件他的衣服穿上，拿着手机到了卧室外的阳台。电话拨出去，很久才被接通。

顾昭没有说话，听筒里，传来的只有安静的呼吸声。

沉默了一瞬后，简姝缓缓出声："顾昭，今天的事，没有提前告诉你，是我的错，傅队长他……也才知道不久，我们不是在针对你，也没有在看你笑话。"

顾昭靠在沙发上，自嘲一笑："我知道，只能怪我自己。"

简姝抿了抿唇："我不是那个意思……"

"小姝，现在我没有任何理由，阻止你们在一起了。"顾昭的声音带笑，却无比惨淡。

不可否认，他内心深处最痛苦的，不只是因为这么长时间以来，像是小丑一样在许家外徘徊，被看轻，被不耻，被厌恶。更是因为，他真的没有任何理由了。只能看着她走远。

简姝手放在栏杆上，轻声道："他对我很好。"

"小姝。"顾昭看着外面，目光涣散，"我后悔了，你之前问我有没有后悔过离开，我现在后悔了。"

简姝闭上眼，吸了一口气，浅浅出声："可是你也知道，回不去了。"

顾昭笑："是啊，回不去了。"

当初是他抛下了他们，是他在她最需要陪伴的时候，没有在她身边。

挂了电话，简姝站在阳台没有离开，看着远处的路灯，犹如层层点点的星光。人的一生，漫漫数十年，怎么可能没有遗憾的事。只能带着那些遗憾，更加努力地过好以后。

第九章 “完美罪犯”

两天后，简姝接到了陈文光的电话，说他有时间，下午可以见一面。见面的地点约在一个心理咨询室。

在路上时，简姝给傅时凛发了个消息，说她有点事会晚点回家。她没说去见陈教授了，怕记忆催眠的效果不理想。还是有结果了，再说比较好。

简姝一下电梯，就看到那个咨询室，走过去敲了敲门。

陈文光穿着白大褂从里面出来，笑着开口：“简小姐来了。”

“陈教授。”

“先进来吧。”陈文光带着她进了一间办公室，倒了一杯水过来，“这间咨询室是我朋友开的，他正好今天有点事，托我帮他看一会儿。”

陈文光坐在她对面，双手交握着放在腿上：“我就直接问了，简小姐真的决定，再做一次记忆催眠吗？”

简姝点头：“我想好了。”

“方便问问，简小姐是为什么想做记忆催眠呢？”

“‘铁链连环杀人案’凶手落网的事，陈教授应该听说了……”

陈文光推了推眼镜，遗憾道：“对，我也没想到，竟然会是他。唉，好歹是同窗一场，说起来，也着实令人惋惜。”

简姝摇了下头：“白长舟可能不是凶手。”

“怎么说？”

简姝呼了一口气：“他判刑后，我做了一个梦，好像看到他了，可凶手明明是戴了面具的，我觉得……那应该不是梦……”

陈文光问：“除了这点，还有其他细节吗？”

“没有，所以我想再做一次记忆催眠，看看能不能想起更多的。”

陈文光笑了笑：“那简小姐今天来，傅队长知道吗，你的情况，如果要做的话，我觉得还是他陪在你身边比较好。”

简姝道：“不用，我现在能自己调节情绪了。”

“那我们开始了。”

陈文光起身，放了钢琴纯音乐，低缓悠扬。简姝呼了一口气，走到椅子旁，双手不自觉地握紧。她自己可以的……

陈文光看了眼茶几上没动过的水，坐在了她旁边：“简小姐要不喝点热水再开始？”

简姝不好意思地开口：“不用了……我怕我紧张想上厕所……”

陈文光微笑着，没有再多说什么，慢慢开始了催眠。

又回到了十年前，还是一样的场景。简姝蜷缩在衣柜里，听着铁链碰撞在地上发出的刺耳声，看着凶手把编织袋里的尸体拖出来，再一步一步朝她走近……

她用力捂着嘴巴，惊恐席卷了全身，令她无法动弹。凶手戴着小丑面具，缓缓朝她伸出了手。就在这时，突然传来了一阵急促的敲门声。凶手停下了动作，转过头。

嘭的一声，门被撞开。一个人影出现在眼前——

与此同时，清脆的手机铃声响起，仿佛和刚才的敲门声一样急促。简姝呼吸重了几分，睫毛剧烈颤着，慢慢才意识到，手机铃声是从外界传来的。神志逐渐被拉了回来。

她猛地睁开眼睛，看着头顶的天花板，手机还在重复响着。

简姝嗓音有些干，讷讷出声："陈教授，抱歉，我先接个电话……"

陈文光抬手，示意她去接。

简姝把手机从包里拿出来，见是傅队长打来的，缓和了一下呼吸，才接通。

傅时凛嗓音低沉清冷："你在哪里？"

"我……在外面见一个朋友。"

"我来接你。"

简姝看了看一旁正在喝水的陈文光，道："我这边可能还需要一点儿时间，我完了给你打电话吧。"

他缓声道："我预约了餐厅，超过时间要重新排号。"

简姝难得和他在外面吃一顿饭，闻言只是停顿了一秒："那我把地址发你。"

"好。"

挂了电话后，简姝对陈文光道："陈教授不好意思，我们能不能改天，我……"

陈文光放下水杯，笑容温和："没关系，我都听到了，你们小情侣谈恋爱比较重要，反正我还要在这里停留几天，而且今天被打断了，重新进入状态也难，你回去好好休息，我们下次再继续。"

简姝笑："谢谢陈教授。"

她收拾东西，离开前，陈文光叫住她："简小姐，刚刚的催眠，你有想起什么吗？"

"没什么异常的，还是和之前一样，要是时间再长一点儿，可能会有发现。"

陈文光点头："下次见。"

出了电梯，简姝腿都还在发颤。她完全可以确定，白长舟不是凶手，刚才门被推开的那一秒，她看到他了。而且凶手朝她伸出手的那一刻，手上是没有戒指的。但上次的记忆催眠时，明明就有，也正是因为这点，才指向白长舟是凶手。

两次回忆竟然是不同的场景，现在已经排除了白长舟的嫌疑，那……说明，上次的记忆催眠，是错误的！

傅队长这段时间很忙，每天都要加班，饭基本都是她送去的，在抓到凶手前，他不可能有时间带她去餐厅吃饭，再者说，他也不会在明知道她有事的情况下，强行来接她……

这些东西在瞬间杂乱地冲进脑海，简姝几乎是立刻察觉到问题，她根本没办法来得及整理，只能顺着傅队长的话说下去。楼下人来人往，可依旧无法冲散她盘旋在心里的恐惧与慌乱。

十分钟后，黑色越野车停在她面前。简姝拉开车门，坐了上去。黑色越野车，没有停留就离开了。

楼上，直到看不见那辆车的踪影，陈文光才拉上窗帘，取下眼镜，坐在沙发里，忽而笑出声。

车开出一段距离后，才停下。傅时凛解开安全带，将简姝紧紧抱在怀里。

隔着两层衣服，简姝都能感觉到他剧烈跳动的心脏，她动了动唇，声音轻颤：“傅队长，我……”

傅时凛吻了下她眉心，紧绷的神色有所缓解：“没事就好。”

半个小时前，孟远和周进的那边调查有了结果。白长舟和他妻子不是他们以为的是大学时才认识，而是从一家孤儿院出来的。只是被不同的家庭领养了。

陈文光也是那个孤儿院的，只是和其他的孩子不同，他不停地被领养，再不停地被退回来。反复数十次后，他年纪已经大了，没有人再领养他。仿佛被遗忘了一般。

他唯一的支撑，大概就是每个月收到的那两个朋友的书信。后来，他们相约考了同一所大学。最初，他们走到哪里都是三个人，相对白长舟的健谈风趣，他妻子的活泼开朗，陈文光显得自卑又敏感。到了第二年的时候，陈文光发现他们两人在一起了，他们却什么都没有表现出来，依旧走到哪里，都带着他。

陈文光无法接受这个事实，开始远离他们，更加地封闭自己，也变得更加极端，没日没夜地看书学习，发誓要出人头地。

那段时间，校园里经常发现流浪猫狗的尸体。

等到毕业时，陈文光已经从当初那个说话唯唯诺诺不敢和人对视的穷学生，变成了温和有礼、言谈绅士的俊雅青年，并接到了高校的邀请。彻底和白长舟夫妇断绝了联系，他们的婚礼也没有参加。期间再发生了什么事，无人知晓。

知道陈文光有问题后，傅时凛第一个想到的便是简姝。孟远说，陈文光前几天到了云城。

从上次做了记忆催眠开始，简姝一直都很信任他，又加上白长舟不是凶手，所以她一定会去找他，再做一次。

他在给她打电话时，心脏狂跳，却不敢表现出一丝一毫的猜测和怀疑，怕陈文光听出破绽。好在，她没事。

简姝哑声道："傅队长，我又做了一次记忆催眠，这次，凶手没有戴戒指，而且……"她喉咙干得厉害，有种想哭的冲动，"应该是白长舟阻止了他。"

白长舟救了她，却被她指证，送进了监狱，判了死刑。

傅时凛轻轻抚着她的背，低声哄慰着。

过了许久，简姝才从他怀里出来，眼睛红红的："那凶手是……"

傅时凛给她擦了擦嘴角有些花了的口红印："等抓到了再说。"

这次，一定不会再让他逃掉。

傅时凛把简姝带到公安局办公室，便去找了叶常林。

叶常林最近也因为重新调查“铁链连环杀人案”这件事，愁得头发一把一把地掉。烟灰缸里的烟就没断过。听到敲门声，他定了定神：“进来。”

傅时凛走到他对面，嗓音低冷：“叶局，凶手有线索了。”

叶常林眼睛亮了亮：“抓到了？”

“还没，需要确凿的证据还要走程序。”

“又要走程序？他是……”

“B市最出名的心理医生，也属于公安局特聘。”

听到“公安局特聘”这几个字时，叶常林差点疯了。之前一个白长舟，他已经费了很多时间去向上面解释，这次居然又来一个！

叶常林又点了一支烟，神色有些凝重：“小傅，现在的局面你也清楚，证据和嫌疑人都是我们提上去的，已经被判了死刑，推翻重审，不只是公安局，甚至……”

“这次是我的失误，等凶手归案后，我引咎辞职。”

叶常林先是惊了一瞬，又重重叹了一口气：“你辞什么职，要辞也该我。要怪只能怪凶手太狡猾了，把我们耍得团团转。”

傅时凛抿了抿唇：“他不狡猾，也不至于十年前作案时，半点线索也没留下。”

叶常林失笑，仿佛自言自语般喃喃道：“这个世界上，真的有完美犯罪吗？”

“或许会有，但不管过多少年，只要犯了罪，就一定会有归案的那天。”

“你尽快找到证据，最好能得到白长舟的口供，先把人抓回来再说。任何事，都有解决的办法。”

傅时凛点头：“是。”

等他离开后，叶常林从抽屉里摸出一张合照，上面两个年轻男人搭着肩，满头都是汗，手里拿着演习赛第一的奖杯。傅时凛父亲牺牲的时候，比他现在大不了几岁。但他们父子，都是一样的固执，死板，严肃，一样的有担当。这个社会，总要有人寻着光明，负重前行。哪怕被家人不理解，被旁人抹黑谩骂。也始终不忘国旗下的宣言。

十年饮冰，难凉热血。

办公室里，简姝坐在沙发上，把之前没有想清楚的事，一一都重新理了一遍。她闭了闭眼，努力回想着这次在记忆催眠里看到的细节。除了白长舟撞开门，还有什么？还有什么……能证明陈文光是凶手的细节。

简姝越想头越痛，仿佛再次陷入了那阴森恐惧的地狱，铁链碰撞在地上的声音，刺耳又悚然。就在她呼吸变急促的时候，突然落入了一个温热的胸膛。

傅时凛抱着她，轻声安抚着："不怕，有我在。"

简姝靠在他怀里，语气闷闷的："傅队长，我们现在是不是什么都做不了？"

目前的所有证据，都是指向白长舟的，而陈文光身上很干净，干净的找不到任何破绽和弱点。

"我们能做的，有很多。"傅时凛握住她冰凉的小手，"既然知道凶手是他，就可以继续查下去，总比毫无头绪的好，哪怕是一点儿线索，都有可能为我们带来希望。"

简姝吸了吸鼻子："那我重新联系一个心理医生，再做一次……"

话还没说完，唇舌就被堵住。

一吻结束后，傅时凛手指摩挲着她的侧脸，声音低沉磁哑："你已经做的够好了，剩下的事交给我。嗯？"

就在这时，她的手机响起，是方方打来的，说有个新戏已经定下来了，让她回公司谈谈之后的行程。

挂了电话，简姝道：“傅队长，我得回一趟公司……”

傅时凛揉了揉她的头发：“去吧，我让孟远送你，这段时间他都跟着你。”

简姝本来想说不用那么麻烦的，但想了想，现在这种情况下，如果只有她自己的话，万一出了什么事，只会给他们带来更多不必要的麻烦。

“那我走了，时间差不多了，你要记得吃饭。”

傅时凛勾唇，亲了下她眉心：“有事给我打电话，不管去哪里，都要和孟远一起，知道吗？”

简姝乖乖点头。

坐在车上时，孟远兴致勃勃地问：“你前两天是不是去傅队长家里了啊，怎么样，他家是不是特别大，特别豪华？”

简姝系着安全带，疑惑地问：“你怎么知道？”

“不是上次你说的吗，说他是……”说到一半，孟远意识到自己说漏嘴了，连忙停住。

简姝：“……”

她想起了，上次和孟远交流的“我有一个朋友”的故事。

孟远咳了一声：“我就是瞎猜的，你千万别告诉傅队啊。”

简姝嘴角抽了抽：“上次的那个故事，我说得很明显吗？”

“还……还好？”

简姝不想说话了。

到了公司，孟远道：“要不我陪你上去吧？”

“没事，门口有保安，四处都有监控，没问题的。”

孟远从车子里找出个对讲机给她，教她用了一下，“你把这个带好，有事随时喊我就行。”

“好，你快去吃点东西吧，我可能要等一会儿才下来。”

简姝把对讲机揣在包里，上楼了。她刚一下电梯，就看见了在吃饭的方方。

方方连忙放下盒饭："简姝姐，你来了，吃饭了吗？要不吃点儿？"

"不用了，我减肥。"难得有这么好的机会，能少吃一顿是一顿。

见方方加快速度吃饭，简姝把水递给她："你慢慢吃，别噎着了。"

不到两分钟，方方就迅速吃完了剩下的，拧开水喝着。简姝看着她，忍了忍，最终没忍住，试探着问道："你和沈行……"

她话才说到一半，方方猛地被水呛到，接连咳嗽了好几声。这下简姝不用问都知道，绝对有猫腻了。

方方脸被呛得通红，缓了一下才说："简姝姐，我和他真的没什么，他不是我喜欢的类型。"

简姝笑了笑："你之前挺喜欢沈行的嘛，天天在我面前夸他。"

方方脸似乎更加红了："我那是……觉得你们在一起挺适合的，不过现在看起来，相比他来说，还是傅队长更适合你。"

"真不喜欢他？"

"不喜欢！"

两人聊得正欢，阮兰从办公室出来："都进来，我说点事。"

简姝这一年的资源无疑是超过了许多当红小花，从一个十八线开外的小艺人，一举跃到了二线女星的位置。之前出演了江之舟的电影不说，在这次的《目击证人》中，表现也可圈可点，无论是讨论度，话题度，热度，都远超作为女主的秦可可。

也是因为这部电影的成功，更多剧本朝她伸出了橄榄枝。而且都是数一数二的资源。

阮兰现在是想要把她打造成一个电影咖，走高端路线。所以新的一部戏，还是电影，国外的金牌制作班底打造，并且和国内众多巨星合作。

简姝道："阮兰姐，如果可以的话，我不想只局限在电影这一块，我想多方面尝试。"

“我知道你的想法，可你在上升期，粉丝基础还不稳定，‘国民度’也不够高，等你在电影方面有所成就，拿了奖，有一定的票房号召力了，我们再试试转战小荧幕，那时候效果会更好。”

简姝沉默了一会，答应了。过了瞬，她又问：“阮兰姐，那我能公开……”

最后一个“吗”字还没开口，就被斩钉截铁地拒绝了：“不可以。”

简姝：“……”

她鼓了鼓嘴，“可是之前，网上在传我和沈行是男女朋友的时候，你不是也默认了吗？”

阮兰面不改色：“那是因为这样的传言对你有利，不管是沈二少，还是这个传闻本身，都能带给你更多资源。”

“但我的资源，大多的都是MR给的……”

阮兰不明白她的意思：“这和你公开恋情有什么关系？”

“没什么没什么。”

阮兰叹了一口气：“小姝，不是我为难你，一般情况下，你想公开，我也不会说什么，只是你也知道之前这件事闹成什么样子，现在网上虽然平息了，可你一旦公开恋情，而且还是之前那个警察，你想想秦可可的粉丝会怎么骂你，还有那些键盘侠会怎么抨击你们？不只是会损害你的形象，包括那个警察也……”

简姝垂下眼，回归了现实。

第二天上午，她接到了许意的电话。

许意的声音像是哭过似的，有些沙哑哽咽：“简姝姐姐，你能出来一趟吗？”

简姝一下坐了起来：“好。”

她匆匆洗漱换了衣服，给小家伙换了水抓了粮，下楼正要打车时，看见孟远朝她招手。

简姝走了过去，一边系安全带一边问道：“你什么时候来的啊？”

昨晚她到家后，想着不会再出门，就让孟远回去了。

孟远道：“来了半个小时的样子，傅队长说如果你有工作的话，基本会是这个时间出门。”

“傅队长他……大概什么时候能回来？”

“有进展的话，可能一两天，慢的话，那就说不定了。”

简姝抿了抿唇，白长舟还有半个月处刑，傅队长一定会在这之前，找到证据的。

早上的咖啡厅里，人不算多，只有偶尔买杯咖啡带走的上班族。许意坐在角落，眼睛还是红的。简姝走了过去，坐在她对面，轻声问道：“怎么了？”

闻言，许意抬起头，吸了下鼻子：“简姝姐姐，我真的不知道该和谁说了……”

寿宴结束后，许老爷子又找许远征谈了一次，具体的谈话内容，谁也不知道，只是在此之后，对于顾昭进许家的事，便松口了。

今天早上，许远征在饭桌上正式提出，要挑选一个日子，让顾昭进祠堂，认祖归宗。许意的母亲本来这段时间就因为这件事心力交瘁，彻底认回顾昭这件事，无疑是压死骆驼的最后一根稻草，许远征说完这句话，便彻底爆发了，当即提出离婚。但许老爷子和许远征都不同意，许老爷子让他们好好协商这件事后便离开了，等他一走，两人开始大吵。整个过程中，许意都安静地坐着。

简姝听完，张了张嘴，一时竟然不知道该说什么。她本以为，许意在这样的生活环境下长大，应该比顾昭幸福千倍、万倍，可并不是这样。在这件事里，从头到尾，没有任何人，考虑过她的感受。面对突如其来的哥哥，原本恩爱的父母，现在却像是仇人一样争吵，她应该心里比谁都难过。

简姝沉默了一会儿才问：“那你……恨顾昭吗？”

许意摇头：“我不恨他，爷爷说过，如果能选择，没有人会选择生下来就被唾弃厌恶，都是上一辈的错。而且，我一直挺想有个哥哥的，但没想到，会是以这样的方式……”

“他……是一个好哥哥。”

许意笑了下：“我表哥也挺好的，有他在，从来没有人敢欺负我。”

简姝也跟着笑。其实许意只是想找个倾诉对象而已，这些东西憋在心里太久，说出来就好了。大人们的事，有他们自己的解决方式。

孟远万万没想到，自己有一天，会跟着两个女生走在商场里，手里拎了大包小包的东西。

他从来不知道，逛商场竟然是这么累的事。早知如此，他宁愿跟着傅队去B市。

就在他觉得自己快要废了的时候，跟简姝一起的笑起来很漂亮的那个小姑娘，递了一杯奶茶给他：“这个给你。”

孟远愣了愣，手忙脚乱地去接：“谢……谢谢。”

“不客气，麻烦你了。”

孟远反倒有些不好意思起来，突然觉得好像也没那么累……

简姝结好账过来：“快中午了，找个地方吃饭吧。”

许意和孟远都能吃辣，午饭吃的是火锅。吃到一半的时候，简姝发现，孟远的话好像比平时少了许多，处处透着一股大男生的羞涩。她看了看旁边笑的甜甜的许意，明白了什么。

吃完饭，许意的司机来接她。孟远帮简姝提着东西，放到了车里。

回去的路上，他扭捏了半天，终于问出口：“那个女孩子，是你朋友吗？应该不是艺人吧？”

简姝憋着笑，一本正经地回答：“嗯，她不是。”

孟远问得更加小心翼翼了："那她……有男朋友吗？"

"大约是……没有的。"

"这怎么还能有大约呢，她……"

简姝道："你喜欢她啊？"

孟远脸瞬间就红了，支支吾吾的："也……也不能说是喜欢吧，毕竟才见第一面，就……想要认识她……"

"行，我帮你问问，如果她同意的话，我就把微信给你。"

之前她追傅队长的时候，孟远没少在其中出力，现在他也有了情感这方面的问题，简姝自然是义不容辞的。

孟远又有些担心："她要是不同意怎么办啊……"

简姝想了想："没事，一次不行就两次嘛，你看我当时追傅队长的时候，被他拒绝得多狠，不也过来了吗。"

孟远非常同意："这倒也是。"当初的傅队拒绝的有多么彻底，现在就有多打脸。

简姝下午没事，直接窝回了家里。

第一件事就是帮孟远探探许意那边的口风，但这事儿总要有一个开端，不然就这么硬梆邦地去添加，好像双方都会很尴尬。她找了个借口说许意买的一样东西落在她这里了，她又忘在车上，让孟远联系许意把东西给她送过去。反正今天她们都买了不少东西，也不是每一样都能记住。许意同意后，简姝就把她的微信推给孟远，让他去添加。之后嘛，就看他们自己的发展了。

这几天，简姝基本都是广告综艺采访挨着来，新戏还在筹备中，距离进组还有一段时间。综艺录制结束，一天也就过去了。

她回到休息室的时候，方方拿着东西过来："简姝姐，刚刚你电话响了。"

简姝接过来看了一眼，嘴角微微抿起。是陈文光打来的。

方方见她脸色不太对，小声问道：“简姝姐，怎么了？”

简姝定了定神，摇着头：“没事，你先去收拾东西吧，我打个电话。”

“那我在门口等你。”

“好。”

等门关上，简姝才吸了一口气，把电话拨了过去。

响了三声后，接通。

“陈教授……抱歉，我刚才有工作。”

陈文光笑道：“理解的，我打电话是想说，我明天晚上就要回B市了，简小姐如果还想做记忆催眠的话，明天下午如何？”

简姝握着手机的手收紧：“明天……可能不行，我有广告要拍。”

“没关系，其实我也不建议你再做记忆催眠，那个东西做多了没好处，反而会混淆你的记忆。”

“谢谢陈教授。”

陈文光又道：“那就这样吧，简小姐你忙。”

挂了电话，简姝觉得自己手心都是汗。她已经不知道是从什么时候开始，竟然能控制自己的情绪，和凶手对话。简姝拿起桌上的水喝了两口，起身离开。

等会儿要和节目组的人吃饭，吃了饭方方和司机会送她回家，简姝就让孟远回去了，这几天他都跟着她，都没好好休息。饭吃到一半，她听到有工作人员在讨论，说秦可可醒了。

上次秦可可的弟弟袭击她后，她没有起诉，但由于情节严重，他现在还在拘留所。

消息是一直照顾秦可可的护工爆料出来的，据说现在已经有不少媒体堵在医院，想要第一时间去采访她。虽然事件已经过去了那么久，秦可可也几乎被人遗忘，但简姝现在是炙手可热的女星。要是从秦可可嘴里挖出什么料来，也够本儿了。但据说，不知道什么原因，那些媒体却没能进得了医院。

吃完饭上车，简姝道："我想先去一趟医院。"

如果秦可可醒了的话，那她担心的那些事，都可以有一个结果了。

方方抓了抓头发："简姝姐，现在医院门口都是记者，阮兰姐刚才打电话说了，不让你去……"

不管简姝是出于什么原因去看秦可可，被媒体拍到后，难免有一两家挑事的，说她是因为心虚害怕，才第一时间去确定秦可可是不是真的醒了。

简姝皱了下眉："总要面对的，现在她已经醒了，我们就不会再像是以前那样被动。"

方方道："简姝姐，你先别急，我今晚去确定了她是不是真的醒了，如果是的话，我明天早上来接你，到时候我们再去会更好一些。"

简姝顿了一下后，点头。反正那么久过去了，也不急着这一晚上。

半个小时后，车停在公寓楼下。简姝跟方方道别，便进了小区。不远处的墙角，有一个男人戴着鸭舌帽，抽着烟，视线一直跟随着她。

到了家，简姝倒在沙发上，摸出手机看有没有傅队长发的消息。这两天就没联系过。她也怕贸然打电话过去，会打扰他。对话框上，聊天记录还停在一个星期前。

简姝换了个姿势趴着，把所有的聊天都翻着重新看了一遍。看完，脑海里不自觉想起了许老爷子问她的话。什么时候结婚，什么时候……生孩子。简姝嘴角翘起，打开了搜索页面，浏览着婚纱。之前还担心傅队长家里人不喜欢她，但现在看来，担心果然是多余的。他们都很好。除了许远征。不过那也跟她没什么关系了。

简姝想的是，就算是不公开，在今年年底前把证领了应该没问题。就是不知道傅队长那边是怎么安排的。简姝本来是想看一会儿就去睡觉，明天早点去医院的，可谁知道越看越精神，存下了好几个喜欢的款式。直到两三点才逼着自己放下手机，赶快入睡。

早上八点，方方给她打电话，说秦可可确实醒了。但因为长时间昏睡的原因，她每天醒来的时间还很短，方方问了问医生，说今天应该会跟昨天差不多的时间醒，也就是晚上五六点的样子，她们那时候过去就行。

挂了电话，简姝给孟远发了个消息，告诉他，她今天不出门，要等到下午，让他可以晚点再过来。消息发完后，她又窝回被子里睡了。

到中午，简姝才打着哈欠起床，洗漱完出来打开手机一看，有一条傅队长发的消息。

【我回来了，晚上见。】

是两个小时前发的。简姝不自觉扬起笑意，去冰箱里拿了食材弄了点东西吃。每次和傅队长住在一起，冰箱总是满满当当的，什么都有。

吃完饭，简姝把家里又打扫了一遍，给小家伙洗了澡。等到五点时，方方来了电话。

简姝穿好外套下楼。为了避免引起不必要的恐慌和泄露更多案子的细节，孟远就没有和她一辆车，紧紧跟在后面。

医院外，媒体记者已经散了不少。方方和简姝避开他们，从后门进去。

病房里，秦可可睁着眼睛，呆呆地望着天花板。旁边，医生护士正在给她做检查。

方方敲了敲门：“医生，我们可以进来吗？”

主治医生回过头看了一眼：“进来吧。”

他收起听诊器，“病人现在情况还不是很稳定，身体各方面的机能还在恢复，不过能醒已经是一个奇迹了，基本能听见说话，但要回答的话，可能比较困难，得过一段时间了。”

方方点头："谢谢医生。"

"行，你们聊吧，我们走了。"

门被关上，病房里只剩下安静。

秦可可现在只有眼睛能动，她慢慢看向简姝，不知道是被刺激到了还是仇人见面分外眼红，连嘴皮子都颤了颤。

周进匆匆走进公安局会议室，汇报道："傅队，刚刚出入境管理局那边打来电话，说陈文光今晚七点的飞机飞墨尔本。"

傅时凛看了眼时间，声音低沉冷肃："所有人准备，立即行动。通知海关，禁止陈文光出境。"

"是！"

这次长达一个星期的搜索调查，在最后关头，终于出现了决定性的证人。温海清的妻子。

在温海清出事以后，她因为温海清和赵倩的感情感到耻辱，带着孩子回了娘家。柯显去找过她好几次，她都避而不谈，说什么都不知道。可不久前，她和温海清之前住的房子要拆迁，她回去收拾整理东西，在温海清的遗物里，发现了一封信。

信里交代了，一次偶然的机会，他曾经亲眼看到"铁链连环杀人案"的凶手行凶全过程。

温海清连续两年选修犯罪心理学，又是第一次见到凶案在眼前发生，还是已经轰动全城的连环杀人案，他第一时间想到的不是报警，而是感觉到了前所未有的刺激。他在窗户外，把所有犯罪现场的细节都记在了脑海里，并且经常在梦里觉得自己好像就是那个凶手。醒来后，总是激动不已，气血难平。

温海清很聪明，用最短的时间从警方公布出来的受害信息里，找到了凶手行凶的范围。

那段时间，他就在各大高校外徘徊，看到有晚归家的，独自一人的女学生，就会多观察周围，看看是否符合凶手作案的地点。果然，再次被他遇见了。

其实那天天很冷，好像是年尾，他都打算放弃了回家了，却看到有一个穿着校服的女生从街对面跑过来。那一段路，没有人路过，灯也坏了。不知道为什么，他隐隐感觉，就是她了。她会成为凶手的下一个目标。

温海清借着黑暗，成功地隐藏了自己，屏着呼吸看着那个女生在那段没有路灯的道路上行走。然后，他就听到多出了一个人的脚步声。黑暗中，女生挣扎呜咽了几秒，便没了声音。

温海清悄悄跟了上去。凶手把女生带到了一个废弃的居民楼便出去了，紧紧锁好门。在将近一个小时的时间里，温海清就躲在灌木丛里，他内心里也有过挣扎和犹豫。凶手这么快就出来，那个女生应该还没有遇害，他要是现在报警的话，说不定能救她……

可他从来没见到过这样的完美到令所有警察都找不出破绽和线索的连环杀人案，他想看凶手到底能做到什么地步，这会不会成为一桩永远破不了的悬案。挣扎了许久，他最终还是没有迈出那一步。

一个小时后，凶手回来了。手上提着沉甸甸的编织袋。温海清偷偷看过去，凭着袋子突出来的形状和提在手上的重量，判定那是凶手作案时用的铁链。等凶手上楼，他刚想跟上去，却意外看到了一道熟悉的身影。他的犯罪心理学的导师，白长舟。

温海清重新躲回灌木丛里，他发现，白长舟好像也是跟着凶手来的。上楼以后，温海清怕被发现，不敢靠得太近。他亲眼看见，白长舟砸开了门，用震惊又痛苦的语气质问凶手，“你到底在做什么？！”

凶手没有回答他，快速离开。温海清在一瞬间有了一个清楚的认知，他的犯罪心理学导师，和凶手认识，并且很熟。凶手走后，白长舟没有过多停留，也跟着离开。等了一会儿，确定他们不会再回来了，温海清才出来，把自己待过的痕迹，都消除了。

他下楼就听到远处传来的脚步声，又连忙躲回了灌木丛里。两分钟后，那个女生被刚才上去的男人抱了下来，看样子，她好像还是活着的。救她出来的那个人，好像是个警察。

温海清回到学校，便对“铁链连环杀人案”这件事密切关注着，直到过了凶手以往行凶的时间，他才意识到，凶手这次留下了幸存者，以后都不可能再作案了。又加上，白长舟的缘故。温海清思考了很久，等到学校放寒假的那天，他去找了白长舟，平静地说，他目睹了凶手作案的过程，并且知道他们认识。

白长舟只沉默了几秒，便问他，你想要什么。

是啊，他想要什么。这个案子他们都已经知道凶手的身份，他没报警，白长舟也没报警。所以，这便成了他威胁白长舟的筹码。

这封信，到这里就结束了。从泛黄的纸张来看，应该是几年前写的。至于温海清后面是怎么留下悔过书，再选择了自杀，可能只有凶手才知道。这封信只能证明白长舟不是凶手，可如果贸然抓陈文光的话，证据还是不足。可在温海清的遗物里，还发现了陈文光的照片，上面用红笔简单标注了身高和外貌特征。或许是在某次巧合下，他察觉到陈文光可能就是凶手，所以才会从网上找到他的照片，再回忆脑海里凶手的特征，一一对上。

温海清本身就是凶手，从他身上，又牵出了“铁链连环杀人案”的案子。所以，但凡和他有关的东西，都能从一定程度上指向凶手是谁。信和照片一起，已经有了足够的证据抓捕陈文光。

六点四十。

陈文光坐在候机室里，神态轻松悠闲，他身上就只带了一个小帆布包，好像这趟只是出差旅行一般，要不了多久就会回来。

这时候，有机场工作人员走到他面前：“先生，不好意思，我们能看看你的证件吗？”

陈文光配合地取出，笑着递给了他们。

工作人员看了下，随即还给他：“抱歉，先生，请你跟我们来一趟。”

全程，陈文光什么都没有问，似乎也没有因为被耽误了飞机而感到急躁。

到了休息室，工作人员道：“先生，请你在这里稍候片刻。”语毕，便关上了门。

陈文光坐在沙发上，双手交握，又看了眼时间，笑意更深。十分钟后，门被打开。

傅时凛站在门口，五官冷峻：“陈文光教授，在温海清的遗物中，发现了指向你是‘铁链连环杀人案’凶手的证据，麻烦你跟我们走一趟。”

陈文光略微有些诧异：“‘铁链连环杀人案’凶手不是已经落网了吗，傅队长你们是不是搞错了？”

不等他继续狡辩，周进和其他几个队员已经上前给他戴上手铐：“有什么话到局里再说吧。”

陈文光的表情看上去有些无奈，路过傅时凛身边时，他却勾唇笑了笑。

简姝坐在病房沙发上，心平气和地给秦可可讲了这大半年来发生的所有事，以及她唯一的弟弟现在就在公安局里，只要她上诉，他至少被判三年。秦可可弟弟三番四次想要置她于死地，看来他们姐弟感情应该挺好。

闻言，秦可可被气得眼睛翻白。

简姝知道她没办法说话，又淡淡道：“你的身体机能会逐渐恢复，要不了多久也能开口，我也不要求其他什么，只是希望你召开记者发布会，把所有的事，一五一十地说清楚就行了。至于你弟弟，现在不能放他出来，你还什么都没澄清，万一他再对我动手谁负责？你要是答应的话，就眨两下眼睛，不答应的话，我现在直接上诉，早点判刑他也能早点被放出来，是吧？”

秦可可恨恨地眨了两下眼睛。

简姝笑：“既然你答应，那我们就这么说定了，下次见，祝你早日养好身体。”

出了病房后，方方忍不住竖起了大拇指：“简姝姐，你真厉害，把秦可可说的一愣一愣的。”

“她就是这样，欺软怕硬，你给她硬起来，她服服帖帖的。”

到了地下车库，简姝刚走了两步，就停了下来。

方方问：“怎么啦？”

简姝皱了下眉，她刚刚没有看到孟远。一般孟远都会在她视线范围中，以便有情况随时联系。可出了病房到这里，还是有一段距离。她却一次都没有看到他。

“简……”方方才开口，头部就遭到重击，倒在地上。

简姝瞬间回过头，可对方像是早有防备似的，冰凉的针头迅速打在她脖子上。她连一点儿声音都发不出，眼睛的光点，逐渐开始扩散。直至归于一片黑暗。

男人一身黑衣，戴着鸭舌帽看不清脸，快速把简姝装在编织袋里，扔进后备厢后，从她包里找出手机扔到旁边，随即离开。

审讯室里，周进走到单向透视玻璃前：“傅队，陈文光一直在辩解，说根本不知道怎么回事，也不知道温海清为什么会对他的照片做标注。”

傅时凛手撑在桌子上，高大的身形微俯，黑眸紧紧盯着办公桌前的男人。

“傅队，有什么问题吗？”

“他一直在看时间。”

是了，每隔几分钟，陈文光就会看一次手表，动作像是漫不经意，但却一直反复着。

周进不解道：“可他飞机已经赶不上了啊，他看时间有什么用？难不成他还有其他事吗？不应该啊……”

傅时凛不知道想到什么，神情骤冷，拿出手机快速拨了孟远的电话。暂时无法接通。

男人大步往外走，气息冷冽，声音犹如染了一层寒霜：“立即定位孟远和简姝现在的位置，查到之后发给我。”

周进一惊：“是！”

二十分钟后，医院。

傅时凛找到孟远的时候，他正揉着后脑扶着墙从楼道出来：“傅队……”

“出什么事了。”

孟远后脑还疼得厉害：“我也不知道，简姝刚才进病房，我就在外面等她，突然就被人从后面敲晕了……她失踪了吗？”

傅时凛嗓音紧绷：“她手机定位还在医院，但我给她打电话一直没接，分头找。”

孟远连忙点头。

傅时凛沿着楼道往地下室走，一直不停地打着电话。突然，不远处传来手机铃声。他寻着铃声响起的地方找了过去。方方躺在地上，简姝的手机被扔在旁边。

傅时凛探了下方方的鼻息，快速给孟远打电话，让他来地下室。孟远很快便下来。

傅时凛道：“你送她去医院。”

“傅队。”孟远叫住他，从包里掏出对讲机，“另一个我给简姝了。”

傅时凛接过，大步离开。

对讲机只有使用的时候，才能发出信号，被基站接收。傅时凛上车，拨了一个号码，说了对讲机的序列号后，让他们随时监测。

这时候，周进的电话打了过来：“傅队，我调了医院的监控，半个小时前，有一个套牌的黑色捷达从医院离开，往云新大道的方向去了。”

“知道了。”傅时凛挂了电话，脸色冰冷，把警示灯放在车顶，踩死了油门。一瞬间，安静的街道上，迸发了响亮的警笛声。所有行人车辆见状纷纷避让。很快，傅时凛车后就跟了好几辆警车。

简姝睁开眼，就发现自己躺在一个封闭的空间里，麻醉剂的后遗症让她浑身无力，脖子上被针扎过的地方，微微刺痛着。她动了一下手指，刚想四处推推，看看这到底是什么地方时，刺耳的铁链声从外面传来。不断地撞击在地上，正在慢慢朝她靠近。

简姝所有血液瞬间冲上头顶，恐惧从四面八方袭来，瞬间将她吞没。她不自觉地蜷缩成一团，手脚冰凉。不，不对……这不是在做梦，也不是记忆催眠，更加不是当年那个场景。

简姝深深吸着气，手在周围到处摸着，想要找自己的手机，什么都没摸到。她摸向外套的内衬口袋，慌忙把对讲机掏了出来，手指颤抖了好几下才摸到开关，刚按下去，还没来得及说话，刺眼的光便从头顶传来。

男人居高临下地看着她：“你终于醒了。”简姝想要藏手里的对讲机已经来不及，直接被男人夺了过去，他笑道，“还有后手呢。”

简姝嗓音发抖：“你是谁？”

男人蹲在她面前，取下鸭舌帽，拍了拍她的脸：“这么多年没见，当了大明星了，不认识我了？”

简姝看着眼前陌生的这张脸，用了很长的时间才辨认出来，他是以前她念初中时，经常骚扰她的一个男生，刘宇。

刘宇家是开工厂的，每年收入可观，他爸爸算得上是周围有头有脸的人物。有了家里的这层关系，他在学校里，走哪儿都跟着几个小跟班，不好好念书，到处为非作歹，肆无忌惮。

好几次，简姝在放学时，都被他们拦住。

刘宇的那一群小跟班起哄着，让她做他的女朋友，简姝又羞又恼，又气又没有办法。每次，都是在门口等她的顾昭，解决这些麻烦。他总是让她先走。

简姝知道，顾昭肯定跟他们打架了，因为他每次回来，脸上都是伤，她担心地哭，他却还笑着安慰她，说他们也没有讨到便宜。爸妈工作都很忙，偶尔注意到顾昭脸上有伤，问起时，他都说跟同学闹矛盾打架，轻描淡写地带过。

这个年纪的男生正值青春，有些摩擦是正常的，父母只是叮嘱两句，让他下次不要那么冲动便没说什么了。后来，刘宇他们不常来找简姝了，只是学校里遇见时，言语轻浮两句。

但顾昭脸上还是经常有伤。简姝问过他，他还是说和同学打架。

那时候，低年级是不允许去到高年级的，简姝想了解情况也没办法。好在没过多久，这种伤就没有了。她也听同学说，那个经常骚扰她的刘宇，他爸爸知道他过不了高考，把他送到国外去了。简姝那时还小，完全没有把这两件事联系在一起。也几乎已经忘了刘宇这个人。

刘宇道：“想起来了？怎么样，见到我开心吗？”

简姝紧紧咬着唇，死死盯着他。

见状，刘宇嘴角斜了斜，捏着她的下巴，像审视一件物品一样半眯着眼，“不开心？可我很开心。你哥哥害得我家破人亡的时候，你们不是很开心吗。”

她挥开他的手，冷声道：“我不知道你在说什么。”

刚说完，简姝脑海里就想起许老爷子说的那句，“他回云城之后，没有借助他父亲的关系，仅仅用了两周时间，就让几家老工厂商户破产倒闭”。难道，跟这个有关？

刘宇眼神更加阴鸷：“你们兄妹以为飞上枝头变凤凰就得势了？我告诉你，你那个哥哥，就算现在权势滔天又如何，当初他还不是只能被我踩在脚下践踏！”

简姝瞪大了眼睛：“你对他做了什么！”

“做了什么？”刘宇冷笑了两声，站起身，一脚踩瘪旁边的易拉罐，“他就像条死狗一样，只能在我脚下苟延残喘，只可惜那时候手机没有录像功能，不然我应该拍下来好好欣赏他那时候的模样，顺便让你看看。”

“你……”

简姝刚想站起来，一动就发现头晕得厉害，四肢软绵无力，瞬间又跌了下去。

刘宇捡起旁边的铁链：“别着急，我会很快送你们兄妹团聚的。”

简姝情绪反而比最开始平静了许多，缓缓开口：“你知不知道你在做什么？警方现在正在重审这个案子，你是想替凶手承担罪名，把自己送到他们手里吗。”

没错，这是陈文光的最后一步棋，也是他洗脱嫌疑的关键。如果她没猜错的话，傅队长他们现在应该已经掌握了陈文光是凶手的证据，或许已经抓捕他。而就在警方所有的视线都在陈文光身上时，“铁链连环杀人案”却在另一个地方重现。这样的话，陈文光什么都不用做，什么都不用辩解，便能成功从这个案子里退出去。

刘宇拿铁链的手顿了顿，随即嗤笑了声：“都到了这个时候，你以为我会相信你说的话吗，拖延时间也没用。”

“我没有拖延时间。”简姝道，“找你来杀我的那个人，应该没告诉你，我男朋友是警察吧？他正在负责‘铁链连环杀人案’，已经掌握了凶手的身份和证据，你这样做，只是在帮凶手转移视线而已，到时候被抓的人就是你，而不是他了。你想清楚，你要杀的不是我一个人，甚至还会背负死在真正凶手手里的那些女孩的生命。”

陈文光是顶级心理医生，最擅长攻破人的心理防线，从王建军到剧组摇臂的安全故障，再到刘宇，应该都是他找到人心里最薄弱的地方，加以利用。他能找到刘宇，看来应该是花了不少工夫。

刘宇表情狠戾了几分：“你以为这样说，我就会放过你吗！”

简姝呼吸加重，手不自觉地握在一起，越是这种时候，越不能激怒他，她要拖延时间，傅队长一定会来救她的。

“我说的是事实，你好好想想，我知道你想要杀了我报仇，可是那么多种方法，为什么要用铁链？他是不是还教了你，绑铁链的方法，以及把现场布置成当年一样？”

刘宇咬紧了牙关：“他说只要我用这种方法杀了你，警方查的就是‘铁链连环杀人案’的凶手，怀疑不到我头上来！”

“可他没告诉你，他就是‘铁链连环杀人案’的凶手。”

“你怎么知道？”

简姝道：“我说了，我男朋友是警察。”

刘宇重新蹲在她面前：“就算是警察，会连凶手是谁这些重要细节都告诉你吗？你当我傻，不知道公安局有保密条款？还是说……你在骗我？”

听到他危险起来的语气，简姝闭了闭眼：“我没骗你，我……是当年的幸存者，所以我能参与案情。”

“你一会儿说你男朋友是警察，一会儿又说你是幸存者，简姝，你的花样可真够多的。”

刘宇显然已经不打算再和她周旋下去，时间不多了。

他从衣服口袋里摸出针管：“这是能让肌肉僵硬的注射剂，但你的意识却不会受到影响，听到自己的骨头错位扭曲发出的声音，应该会很有趣。”

简姝抬起手想要阻止他，却被刘宇轻而易举地擒住：“谢谢你为我担心这么多，不过你放心，警方怀疑不到我头上来的。”

看到针头靠近，简姝绝望地闭上眼睛。她等不到傅队长了。就在这时，门被人重重踹开。刘宇甚至还来不及反应，嘭的一声，子弹打在右臂上，他痛呼了声，手里的针管无力掉落。

简姝睁开眼，终于看到了那张她日思夜想的脸。

傅时凛大步走近，把刘宇踹到一旁，将她紧紧抱在怀里，一贯清冷沉稳的嗓音此时却轻轻颤抖：“受伤了吗？”

简姝在他怀里摇头，眼泪终于忍不住流了下来。

傅时凛紧绷的神经终于有所缓和，一下一下抚着她的背，低声安慰着：“我来了，没事了。”

躺在地上的刘宇似乎还想要挣扎着起身，却被跟着冲进来的警察铐住。

傅时凛抱着简姝起身，看了刘宇一眼，音调冷寒：“把他带回单独关押，等我回来审。”

“是。”

刘宇被压在地上竭力嘶吼着：“简姝，我不会放过你们的！！”

简姝仿佛没有听见，只是静静靠在傅时凛怀里，声音轻轻的：“傅队长，我想睡觉。”

傅时凛吻在她眉心，嗓音柔和：“睡吧，睡醒就到家了。”

简姝再次睁开眼的时候，是在医院里。她望着雪白的天花板，闻着消毒水的味道，感觉手还是有点使不上力气。

旁边，护士的声音传来：“你醒啦。”

“我……”简姝动了动干涸的唇瓣，声音有些沙哑，“我睡了多久了？”

“一天一夜了，不过没什么大问题，你昏睡的主要原因是因为体内还有麻醉剂，醒了就好了。”

“可我还是没什么力气……”

护士笑了笑：“这是太长时间没有吃饭缘故，吃点东西就好了。”

说话间，门被人推开，护士道，“家属回来了，那我先走了，你明天早上就可以出院了。”

简姝点头：“谢谢。”

等护士离开后，顾昭才站在她床边，眉头紧皱着：“小姝，感觉怎么样？”

想起之前刘宇说的那些，简姝眼眶泛红，有些湿润：“对不起……”

她的声音很小，顾昭没有听清，微微俯身，靠近了她一点儿：“你说什么？”

简姝哽咽了声，吸了吸鼻子：“我饿了。”

“你等一下，我现在去买。”

顾昭说着，快速出了病房。简姝闭上眼，眼泪顺着流下，没入了头发里。顾昭从来就不愿意让她知道那些事，她知道，他有他的自尊，他的骄傲。她好像突然间就明白，顾昭为什么会选择和许远征离开，为什么在他眼中，只剩下钱权地位。如果他不这样，就只能被人欺负，侮辱。她真的，原谅他了。

不一会儿，顾昭便买了清粥回来，把病床升起，一勺一勺地喂着她：“烫吗？”

简姝轻轻摇头：“不烫。”

顾昭笑了下：“吃吧。”

他们好像很久很久，都没有这样相处过了。恍惚中，病房门好像开了一下，又很快关上。

傅时凛走到吸烟区点了支烟，静静靠在墙边。过了许久，顾昭从病房出来，路过时，脚步微顿。他走到傅时凛旁边，沉默了半晌，才道：“谢谢你救了小姝。”

傅时凛侧眸，嗓音冷淡：“用不着。”

顾昭视线看向窗外：“我应该过段时间就去美国了，希望你以后好好照顾她。”

“你跟她说了吗。”

“没有，我不想她担心，等我到了美国再联系她。”

傅时凛掸了掸烟灰，神情不变：“许家已经接受你了。”

顾昭道：“可我已经没了进许家的理由。”

从始至终，他想要的，想要保护的，就只有小姝。既然她现在已经找到一个最好的依靠，那他所做的那些，也就都不重要了。

傅时凛没再说话。

“我走了，照顾好她。”

手里的烟抽完后，傅时凛才重新朝病房走去。

简姝吃了东西，体力恢复了不少，她摸着手机，正想着要不要给傅队长发个消息，但又怕会耽误他工作，纠结了好几分钟，最终还是给他发了一条，说她已经醒了。傅队长忙的话应该不会看手机，等看到的时候，说明已经忙完了。刚按了发送键，门口就传来消息提示声。简姝下意识看了过去，她发送消息的对象，也随之推开了门。

她眼睛亮了亮：“傅队长，你来了。”

傅时凛薄唇勾起，问她：“什么时候醒的？”

“有一会儿了，公安局里的事……都处理完了吗？”

“嗯。”傅时凛坐在她旁边，给她倒了一杯水，“刘宇虽然没有和陈文光见面，但他怕事后出意外，聊天记录和通话内容都有备份，他为了减轻罪行，把这些都交出来了，已经足以定陈文光的罪。”

简姝闻言，彻底松了一口气：“那白长舟那边……”

“要等开庭，死刑会被驳回，但他包庇纵容凶手，还是会得到应有的判决。”

简姝呼了一口，又想起一件事：“对了，方方怎么样了？”

傅时凛道：“轻微脑震荡，已经没事了。”

“那就好……”简姝望向他，“傅队长，你是怎么找到我的啊？”

“对讲机。”

“可我还没来得及说话。”

傅时凛抬手，大掌揉了揉她头发：“对讲机有定位功能，几秒的时间，足够了。”

简姝扑在他怀里，手环住他的劲腰：“我就知道你会来救我的。”

“抱歉，这次是我没有安排好，应该多派两个人保护你。”

简姝摇头：“陈文光最后孤注一掷，就算你派再多人在我身边，他也能想办法支开，所以你不用跟我道歉，是我应该提前防备的……孟远他有事吗？”

傅时凛把她抱得更紧了些：“没，不用担心。”

简姝从他怀里出来，笑容甜甜的：“傅队长，我已经没事了，我们回家吧。”

“医生说要明天早上才能出院。”

“傅哥哥……”

傅时凛沉默了瞬，“我再去问问。”

回去的路上，简姝趴在窗边，看着外面的风景。现在的天气还不算太冷，街道上总是有着三三两两的行人。

几天后，叶常林被停职的消息传了出来。

周进听了着急忙慌地跑到傅时凛的办公室，气喘吁吁地道："傅队，不好了，叶局他……他被停职了！"

傅时凛倏地站起身，脸色微冷，大步往前。

局长办公室，叶常林正在收拾东西，拿起手边的合照，露出一个欣慰的笑容："老傅啊，你儿子很优秀，我能放心把这里交给他了。"

"叶局。"傅时凛的身影出现在门口，看了眼桌子上的纸箱，"我现在去上面汇报，所有的事，由我一人承担。"

叶常林叫住他："你回来，去什么去，过来坐这儿。"

傅时凛站在那里，身形笔直，没动。

叶常林坐在沙发上，点了一支烟，叹声道："小傅，你过来，我跟你聊两句。"

"叶局，这件事不……"

"这件事就这样了，你别再多说。"叶常林换了个姿势，"你站在我的角度想想，我也一把年纪了，从警这么多年，一直没好好放过一次假，你就当我去休个假行不行？更何况我早就想退休了，一把老骨头，干不动了。"

傅时凛皱着眉，薄唇紧抿。

叶常林又道："这件事本身，错不在我们，但你也知道，误抓误判，总要给外界一个交代的，你辞职也顶不了事，所以现在这样，是最好的解决方法。而且你忘了我跟你说过吗，你年底的评优很重要，一丝一毫的差错都不能出现。"

"那不重要。"

"重要，怎么不重要！"叶常林气得敲了敲烟斗，"别人不知道你，我还不知道吗，你当初走上刑警这条路想的是什么，付出了多少，又承受了多少，我比任何人都清楚。小傅，你走到今天，背负的不仅是你的信仰，也是我的，更是你父亲的！你应该知道，他生前最大的愿望是什么，现在你已经替他完成了一大半，不能半途而废。我走之后，上面很快会调新的局长过来，在这段时间里，局里的大小事务，由你负责，陈文光的案子还有很多善后处理，过几天开庭还有的忙。小傅你记住，不是只有在一线才能抓犯人，有些时候，你做的决定，你做的判断，能直接影响案子的最终结果。”

过了很久，傅时凛才答：“叶局，我知道了。”

叶常林终于松了一口气：“行，我这里也没什么事了，你出去忙吧……诶，等等。”

叶常林站起身，把桌子上的相框递给他：“留给你做个纪念，想我的时候就看看。”

傅时凛刚走到大厅，一群人就围了过来：“傅队，怎么样了，叶局怎么说？”

他冷淡着声音：“都去做事。”

一群人想问又不敢问，只能偷偷溜了。

周进跟上前道：“傅队，你办公室有美女等你啊。”

傅时凛：“……”

简姝上午去了一趟公司，结束后又不想回家，就直接过来了。

傅时凛关上门，走过去揉了揉她的头发，语调温柔：“吃饭了吗？”

“吃了，你呢？”

“也吃了。”

简姝看向他手里的相框，好奇地问道：“这是什么？”

傅时凛坐在她旁边：“我父亲和叶局的合照。”

简姝刚才来的时候就听到周进他们在讨论叶局被停职的事。

她咬了咬唇，望向他：“是因为陈文光的案子吗？”

傅时凛知道她在想什么，笑了下，将她拉在怀里：“没事，就当他去休假了。”

简姝默了一瞬，出了这种事，傅队长心里肯定比她还难受。叶局不仅是他师父，更是类似于他半个父亲的存在。而且他的声音听起来，很累。

“傅队长，我昨晚没睡好，你陪我再睡会儿吧。”

傅时凛将她紧紧抱住：“睡吧，我陪你。”

简姝没怎么睡，她睁开眼，悄悄从傅时凛怀里退出，让他枕在了自己腿上。

过了半个小时，孟远来送资料，刚推开门，看见的就是这一幕，瞬间瞪大了眼睛。

简姝连忙朝他比了一个“嘘”的手势，后者表示了解，轻轻退了出去。又过了一会儿，外面有小幅度的起哄声。声音不大，可傅时凛还是醒了。

简姝连忙捂住他的耳朵和眼睛：“继续睡。”

他的嗓音低沉沙哑：“几点了。”

“一点半，还可以再睡半个小时。”

傅时凛握住她的小手，坐了起来：“我去看看出什么事了。”

简姝也猜到他醒了就不会再睡了，跟着一起出了办公室。人群中，许意正笑容甜甜地给大家分着下午茶和糕点，孟远站在她旁边，脸上透着不自然的红晕。

简姝眨巴着眼，他们发展这么快的吗……

有人道：“傅队和嫂子来了。”

孟远转过头，刚想要解释，就听许意开心地喊了声：“表哥，简姝姐姐。”

包括孟远在内的众人：“？”

所有嘻哈打闹的人，瞬间连大气都不敢出了。这孟远喜欢的小妹妹，是傅队表妹？

这小子下手可够快的啊。

傅时凛舔了下薄唇，视线在她和孟远身上来回扫了一下，淡声道：“跟我进来。”

许意完全在状况外，高兴地跑了过去。

孟远忙道：“傅队……”

“在外面等着。”

孟远刚迈出的腿，瞬间收了回去。办公室门关上后，一群大老爷们儿都面面相觑，提心吊胆的。尤其是孟远。

周进跟赶鸭子似的挥着手：“好了好了，都回自己位子上做事。”

简姝拿了一杯奶茶，站在孟远旁边，拍了拍他的肩膀：“别这么紧张，他就问问，不过你们这发展速度，简直超出了我的想象。”

孟远收回视线，抓了抓头发：“也没什么进展，就之前你让我把东西给她嘛，然后她请我吃了一顿饭，我当然不可能让她付钱了，就偷偷把账给结了，她今天说要来局里看我，我也没想到，她会买这些来……”

“只是这样？”

“她说她从来没去过游乐场，我前两天不刚好休假吗，就陪她去了……”

简姝笑：“玩得开心吗？”

孟远不好意思地回答：“开心。”

“我问她，她玩得开心吗？”

“也开心……”

其实她理解许意，从小被养在许家，有很多事身不由己，许远征那样的性格，是肯定不会带她去游乐场玩的。看样子，许意和孟远挺聊得来的。

孟远有些担心地问：“傅队会不会骂她啊？”

简姝不解地看着他：“为什么要骂她？”

“就……”

“你别想那么多了，许意那么大了，有交朋友的权利，你放心，他们家里人都挺好的。”

“她家里……”

孟远说了三个字，瞬间顿住了。他险些忽略了，傅队是许老爷子的外孙，这么说的，那许意……孟远觉得太阳穴抽了抽。

很快，许意就出来了，还是之前那个样子，仿佛没有谈到什么不愉快的事。

傅时凛走在她身后，对一脸欲言又止的孟远道：“把陈文光开庭要用到的资料整理一份给我，白长舟明天下午从监狱转到检察院，相关的资料今天下班前送过去。”

“是。”

孟远应完声后，没有立即行动，干干地看着他。

傅时凛道：“还有事？”

“没……没……”这就完了？

孟远连忙离开，走了两步又倒回来结结巴巴地对许意道：“我……我还有事，不能陪你了……”

许意笑道：“没事，我等会儿和简姝姐姐去逛街。”

简姝知道傅队长工作忙，也没打算多待，正愁下午该怎么安排呢。

傅时凛看向简姝，给她理了理头发：“你跟她去玩儿吧，晚上我来接你。”

简姝点头：“那我们走了。”

商场的奶茶店里，许意咬着吸管，若有所思地问道：“简姝姐姐，什么叫作喜欢一个人呀？”

“你表哥跟你说什么了吗？”

“他就问我是不是喜欢孟远。”

简姝道：“那你怎么回答的？”

许意慢慢出声：“我说我也不知道，不过我跟他一起聊天很开心，他会讲段子逗我笑，也会请我吃饭，还会陪我去游乐场玩儿……我从来没有像这几天这么开心过。”

“你会不自觉地想他，想要立刻见到他吗。”

“有诶。”

简姝笑了笑：“这种就叫喜欢。”

许意趴在桌子上，又有些惆怅：“不过我表哥说，让我想清楚再做决定。”

“对，感情是一辈子的事，你首先要确定，你是只把他当朋友，还是想和他有更进一步的发展。”

“如果是只做朋友的话，是不是就是以后他有了女朋友，就会和我保持距离，甚至不再联系了？”

“差不多就是这样。”

许意皱眉：“可是我不想。”她停顿了一下后，又扬起笑容，“简姝姐姐，我知道该怎么做了，谢谢你。”

简姝笑着摇头：“没事，孟远人挺好的，你表哥也只是希望你能分清楚对他是什么感觉，避免你们受到伤害。”

两人又聊了一会儿后，许意问：“简姝姐姐，你和表哥，什么时候结婚啊？”

简姝一时语结：“这个……我也不知道。”

“我听说姑姑已经把手镯给你了呀，爷爷天天在家里念叨呢。”

“手……镯？”

“对呀，那是姑父的妈妈给姑姑的，既然姑姑现在又给了你，就说明已经承认你这个儿媳妇了。”

简姝怔了怔，原来那个手镯的意义……是这个？说起来，她是想过结婚，但傅队长最近挺忙的，也完全没有提起过这方面的事……

下午，明媚璀璨的阳光升起，一点一点驱散了初冬的寒冷。

白长舟穿着深蓝色的监狱服，铐着手铐，在狱警的陪同下，走了出来。刺眼的光线险些让他睁不开眼睛。但外面的世界，是鲜活的，充满温度。恍若隔世。往前走了两步后，白长舟突然停住，看着不远处正在等他的两道人影。

简姝站在傅时凛旁边，静静看着他。狱警朝傅时凛敬了一个礼后，便回去了。

检察院的车，在旁边等着。

白长舟大概是没有料到，他们还能以这种方式见面，顿了几秒后，笑着开口："简小姐，好久不见了。"

是啊，好久了。简姝向前了两步，朝他鞠了躬。

白长舟愣了一下："简小姐……"

"谢谢。"

那个记忆催眠，虽然不完整，但她知道，应该是白长舟救了她。今天来之前，傅队长也把温海清留下的那封信给她看了。

白长舟动了动唇，却不知道该回答什么。一向笑容温和、风趣健谈的白长舟，沉默了。

不是在面对审讯时的闭口不答，也不是在监狱里时的独自无言。

他抬头，望着天空。他也恨过自己，恨为什么那么晚才发现，陈文光心底积攒的罪恶，恨明明知道陈文光是凶手，却无法把他交出去，恨那么多无辜女孩的生命，停格在最美好的年岁里。可当他发现的时候，已经太迟了，只来得及救下简姝。

简姝继续道："我重新做过一次记忆催眠，当时的情况，大致都想起来了。"

白长舟收回视线，缓缓开口："我也只是，做了我该做的而已。"

简姝摇头：“我很谢谢你救了我，但你真正该做的是说出真相，而不是一味地包庇他，纵容他。你这样做，什么问题都没有解决，那些因为他而死去的女孩子，也永远得不到应该属于她们的正义。”

白长舟深深叹了一口气：“我知道该怎么做了。”

这时候，检察院的人走过来，跟傅时凛打了声招呼，把白长舟带走了。路过傅时凛身边时，白长舟朝他颔首。这个案子中，付出最多的，就是他。

傅时凛微微点头。

等白长舟走了之后，简姝走过去，挽着男人的胳膊：“傅队长，我们也走吧。”

“好。”

第二天，“铁链连环杀人案”重新开庭审理。这个案子自从白长舟判了死刑后，一直压得很严，直到今天早上，媒体记者才接到消息，此时纷纷聚集在法院门口，激烈地讨论着，不清楚这是个什么状况。

柯显和林静也从B市赶来，旁听这次审判。柯显和陈文光的私交不错，他怎么都不会想到，认识那么多年的人，竟然就是“铁链连环杀人案”的真凶。实在是太匪夷所思。

在开庭前，林静观察着他的脸色：“柯组，你还好吗？”

柯显冷着一张脸：“我看起来很好吗？”

“……”林静不说话了，转过去安静坐着。

不一会儿，简姝也到了。

傅时凛作为这个案子的负责警察，还有资料准备，等会儿开庭时也要上去，就没和简姝一起。林静已经憋了一天一夜了，这会儿见到简姝，跟见到救星似的，连忙挨着她坐。

简姝小声问：“怎么了？”

“就柯组长，心情很不好……”

简姝偷偷看了眼，呼了一口气："他是真的把陈文光当朋友。"

林静撇了撇嘴："是啊，谁又能想到，赫赫有名的心理学教授，会是一个杀人狂魔呢。"

很快，陈文光被带到被告席的位置，坐下时，他看向简姝的方向，嘴角勾起。

简姝抿着唇，放在膝上的手不自觉握紧。脑海里闪过的是凶手拿着铁链朝她走近的模样，眼神也是如同现在这样，漠然又带着戏谑，轻松惬意，好似她只是一个任他宰割的羔羊，毫无反击之力。而他，仿佛只是在做一件跟吃饭睡觉一样，平常得不能再平常的事。

林静看出她的异样，转过头问道："简小姐，你没事吧？"

简姝对她笑了下："我没事。"

很快，庭审开始。

陈文光拒不认罪。甚至是有理有据，思路清晰地反驳着检察官的话，镇定又平静。他所占据的最大优势是，这个案子曾经判刑。在当时，种种证据，都指向了白长舟。

庭审进行到后半段时，所有人的内心都是紧绷的，林静没忍住骂了一声："他现在就是咬死了这点，他的心理素质，真的是强大到变态啊。"

柯显冷冰冰的声音传来："他心理要是不强大的话，也不会杀了那么多人，连一点儿线索都没有留下来了。"

林静没话说了。

简姝抿着嘴角，陈文光对犯罪心理学的研究不比白长舟差，又是心理学的专家，心理承受能力远超常人，所以才能在面对种种指控时，若无其事，波澜不惊。

刘宇作为第一个证人出庭，自从他家里破产之后，他本就一直处于情绪激动的状态，才能轻易被陈文光利用。这会儿在庭上，三言两语，就被陈文光反问得什么都说不出来了。

第二个出庭的是王建军，他算是和陈文光有过接触，只是没有看到他的脸，也用了变声。

陈文光应付起来，更是游刃有余。

第三个出庭的是白长舟，他本身作为之前的“铁链连环杀人案”的真凶，说的所有话，都有洗脱嫌疑的可能。更何况，他没有做太多的解释。

陈文光早就知道，这些人对于他来说，都不具备真正的威胁性。所以从被抓的那一刻开始，他就一直在辩解。

法官宣布，休庭十分钟。

简姝四下看了看，都没有见到傅队长，他们一起到门口的，怎么这会儿还没来?

她起身，在审判庭外面找到了孟远：“傅队长呢，他去哪儿了？”

孟远道：“傅队前不久接了一个电话出去了，应该很快会回来。”说着，他又叹了一口气，“看现在这情形，陈文光是打算死不承认了，今天可能判不下来。”

简姝看着外面的一大群记者：“今天必须让他认罪，不然事情就麻烦了。”

很快，庭审重新开始。这起案子因为检方和警方都不能拿出直接指证陈文光是凶手的证据，陷入了瓶颈。

审判席上，法官面容严肃，面对现在的情况，不得不开口：“如果检方拿不出来新的证据，本庭将对被告陈文光，做出无罪判决。”

此话一出，全场哗然。检察官的脸色也很难看。

这个已经判了死刑的案子推翻重审，警方，检方，法院本就需要承担的更多，现在如果因为证据不足做无罪判决的话，他们就真的是无能，被凶手玩得团团转了。更何况，外面还有那么多记者，等待报道这个案子的最终结果。

简姝看着脸上露出轻松笑容的陈文光，紧紧咬着下唇。她拿出手机，给孟远发了一个消息。就在法官即将准备宣判的时候，孟远走到检察官身边不知道说了什么，后者脸色好转了几分。

检察官道："审判长，我们还有第四个证人。"

法官翻了翻面前的资料："我在证人这一栏里，只看到三个。"

"出于对第四个证人的保护与尊重，我们之前并没有打算让她出庭，这次出庭，是她自己提出的。请审判长允许。"

法官点头："允许证人出庭。"

简姝从位子上站起来的那一刻，林静瞪大了眼睛："简小姐……"

柯显也看了过来。

简姝抿了抿唇，轻轻挽唇："我没事。"

她缓缓往前，站到了证人席上。

法官道："请证人表明你的身份。"

简姝看了一眼陈文光，缓缓开口："我是'铁链连环杀人案'中，唯一的幸存者。"

众所周知，警方对幸存者的保护一直很好，就算是之前配合调查B市的模仿杀人案时，也没有把她的真实身份公布出来。甚至是之前审判白长舟时，这位幸存者都一直没有出现。

更何况，在座有不少人都知道简姝，现在《目击证人》的电影大热，她在电影中饰演的就是幸存者的角色……不少人都是小声交谈着，觉得实在匪夷所思。

法官敲了敲法槌，严声道："肃静！"

等法庭安静下来了之后，再出声，"请证人阐述你的证词。"

简姝收回视线，吸了一口气："在B市重现了'铁链连环杀人案'时，我曾配合调查。当初给我做记忆催眠的，就是陈文光，在做催眠时，他修改了我的记忆，把所有的证据都指向白长舟，让我误以为白长舟就是凶手。然而事实是，白长舟的确在案发现场出现过，但他不是凶手，而是阻止凶手行凶的人。”

陈文光无奈地笑了笑：“简小姐，我说过，记忆催眠本身就容易混淆记忆，你可能是把梦境误认成现实了。”

“那不是梦，在上一次你给我做记忆催眠时，我清楚看到了。”

“那简小姐怎么能确定，是在B市时做的记忆催眠出了问题，而不是这一次的呢？”

简姝嘴角抿起，没有说话。

陈文光继续道：“既然简小姐也承认，我给你做了两次记忆催眠，催眠时，正是人意识最薄弱的时候，如果我真的是凶手，我为什么不在那时候杀了你呢？”

检察官接过他的话，厉声开口：“因为你知道，你那时候动手的话，就会直接暴露。”

“直接暴露等待我的也是死刑，那我为什么还要坐在这里，等待宣判呢。”

“你……”

法官敲了敲法槌，阻止了检察官无意义的反击，沉默了一瞬之后，看向简姝：“证人还有什么话要说。”

简姝闭了闭眼：“没有。”顿了几秒后，她又道，“可我也没有任何理由维护白长舟，我比任何人，都希望抓到真正的凶手。”

陈文光笑：“简小姐，我和你是一样的想法，还希望审判长不要误判的好，一次可以解释，两次的话，损伤的就是整个法院的威严。”

他指的是这次推翻重审的事。现在的法庭上，遇到了有史以来最难判的一起案件。所有人都明知道陈文光才是真正的凶手，做无罪判决的话，无异于打了这次致力推翻重审的所有人的脸，只能眼睁睁看着他逍遥法外。可目前的阶段，证据不足，无法判有罪。法官也思考了很久，但法律不容改变。

他重新敲响法槌："全场肃静，根据现行刑诉法第162条规定，证据不足，不能认定被告人有罪的，现在本庭宣判结果如下。被告人陈文光在……"

"等等。"

傅时凛的身影出现在审判庭里，黑发湿润，气息微喘，明显是跑过来的，他嗓音清冷沉稳："有新证据。"

与此同时，检察官和法官都松了一口气。陈文光嘴角的笑意沉了下去。

简姝转头看向他，眼睛里都是光，她就知道，傅队长一定会有办法的。

傅时凛缓步走了进去，把袋子里的U盘给了检察官，检察官又移交了上去。当视频开始播放时，他道："这是10月26号，在江城的一段监控设备损坏时，手机录下的视频。视频中，揭发白长舟是凶手的保姆董某，以及一名不知身份的男子正在河边交谈，视频的内容只有两分钟，在末尾时，男子捂住董某的口鼻，使其窒息后，推入河中。"

"录制视频的是当地警方追查已久的劫匪，日前已归案，为了减轻刑罚，主动告知视频一事。在视频中，虽然看不清该男子的面貌，但身高体形，和被告陈文光完全符合。"

傅时凛说完的时候，视频也刚好播到保姆被扔入河里的画面。陈文光脸色已经没有之前好看，但还是保持着平静。

傅时凛又道："当然，这不能成为直接证据。"

屏幕上，继续播放着下一个视频。

"在去年的11月12号，有行车记录仪拍到，已经畏罪自杀的犯罪嫌疑人，温海清，在作案后的第三天，去了被告人陈文光在B市的心理咨询室，这辆车的主人是因为停靠在路边接电话，只停留了三分钟，刚好拍到温海清进去时的画面。所以，被告人陈文光在做监控清理时，并没有发现这辆车。”

“在今年1月9号，温海清自杀当天上午，有目击者称，见过疑是陈文光的男子出入教师公寓。”

“从十年前开始，凶手作案的每一个细节，都透着超高的智商与异常的冷静，他在体验杀人的快感，挑衅警方的同时，最得意的，莫过于他作案的凶器，他绝不会轻易丢弃。”

陈文光脸上已经没了笑容，双手交握。

“今年9月23号，在东山区地下挖出了一批铁链，经过对比，和十年前‘铁链连环杀人案’是同一型号。这些剩下的铁链，完全没有被使用过。”

傅时凛说着，看了一眼简姝，薄唇微抿，继续道：“但十年前，凶手最后一次作案时，出现了失败，留下了幸存者。在埋下这堆铁链时，凶手选择将已经取下来的铁链作为战利品保存。不仅如此，凶手在作案时，脸上戴的小丑面具，也保留了下来。”

“在温海清死后的一个星期，凶手将这两样东西藏到以前待过的孤儿院里。昨天夜里，孤儿院有孩子失手点燃了仓库，里面所有的东西被抢了出来，在发现这两样东西后，立即联系了当地警方。”

“有孤儿院的院长，及门口的监控可以证明，陈文光当日的出入记录。凶手在放置东西前，擦拭了上面所有的指纹。凶手知道，他在进入孤儿院时，戴手套反而会引人注意，他大概也没想到，警方会真正查到孤儿院去。”

“在箱包的帆布提手上，发现了被告人陈文光的指纹。”

傅时凛把文件袋里的资料，递了上去。从开庭到现在，所有人真正松了一口大气。陈文光紧绷着脸，没有再反驳辩解。事情到了这个地步，有确凿的证据，他无法再找任何借口。

最终的结果是死刑，立即执行。

白长舟包庇凶手，情节严重，处五年有期徒刑。

刘宇蓄意谋杀，然犯罪不成立，处十年有期徒刑。

审判结束后，陈文光被带走。临走之前，他看了眼白长舟，嗤笑出声。白长舟神情是平淡的。戒指重新戴在了手上。

等人陆陆续续离开后，简姝朝白长舟微微鞠躬。不论如何，他曾一次次地救过她。

白长舟微微颔首，跟随身旁的警察离开。

法院、检察院、警方的相关人员，去外面回答记者媒体有关这次案件的采访。傅时凛也去了。简姝站在阶梯下，远远等着。

柯显和林静走了过来："其实，你就算不出来指证他，也没有关系的。"

简姝抬头笑了笑："我知道我的证词可能影响不了这个案子最后的判决，但至少拖延了一点儿时间。"

等到傅队长回来了。

林静道："可……现在所有人都知道了。"

"没关系啊，之前一直躲着，是因为害怕凶手，现在凶手已经落网了，也没什么好担心的了。"

林静叹了一口气，凶手归案了，外界一直也在密切关注着。现在所有人都知道简姝就是那个幸存者，她又是艺人，肯定会有不少人讨论……各种各样的声音。对她来说，绝对不是一件好事。

柯显拍了拍林静的肩膀："行了，事情已经发生了，再说也没用。"又对简姝道，"我们局里还有事，先回去了，下次见。"

林静也道："简小姐再见。"

简姝笑着朝他们挥手。

记者渐渐散去，法院外恢复了安静。

傅时凛迈着长腿走了过来，嗓音低沉缓慢："等很久了吗？"

简姝仰起小脸，笑容甜甜的：“只要你能来，多久都不算久。”

傅时凛将她抱在怀里：“抱歉，是我来迟了。”

她轻轻摇头：“其实我一直想这么做，真正面对一次，我知道我可以的。”

“你做到了。”

第十章　你，我的星光

“铁链连环杀人案”的重新判决，再次登上了热搜。关键词中，没有出现简姝的名字。所有媒体在采访完的第一时间，新闻稿都还没来得及写，就收到了许氏那边的消息。关于这个案件的字眼里，都没有提到“幸存者”三个字。

回去后不久，简姝接到了顾昭的电话。

“小姝，我回美国了。”

简姝愣了愣：“什么时候走？”

“已经到了。”顾昭道，“我没告诉你，是不想你为我担心，我该做的事已经做完了，没有再留在云城的必要。”

简姝握着手机的手收紧，抿着嘴角，过了半晌才道：“我尊重你的选择。”

“小姝，傅时凛他会对你好的。”

“我知道。”

电话那头沉默了一阵，顾昭缓缓开口：“那就先这样吧，等我这边安顿好之后，再给你打电话。”

简姝看向窗外，眸色安静。

傅时凛从身后环住她，下颌枕在她肩头，嗓音低磁：“怎么了？”

“顾昭回美国了。”

她不知道顾昭最后为什么会做这样的决定，但他一定有他的理由。

傅时凛："有时间我们一起去看他。"

简姝回过头："真的吗？"

"嗯。"

简姝挽唇笑了笑，将脸埋进他怀里："傅队长，我们结婚吧。"

傅时凛身形微顿，黑眸沉沉，抱着她的手收紧，音线暗哑："这种事应该我来说。"

"反正都要结婚，谁说都一样。"简姝声音轻轻的，慢慢说着，"等你哪天有时间，我们去把证领了吧，但目前的阶段只能隐婚，不过也没关系，秦可可已经醒了，应该等不了多久就可以……"

简姝话还没说完，就被傅时凛抱着进了卧室。

简姝搂着他的脖子："傅队长，我们领证的话，是不是要先给你妈妈和外公说一声啊。"

"不用。"傅时凛嗓音低低沉沉，"领了再告诉他们。"

"那……"

很快，她脑子里就装不下别的东西了……

然而还没等到傅时凛有时间的那天，简姝就接到方方的电话，说有一个广告要去国外拍摄，为期半个月，晚上就走。挂了电话后，她给傅队长发了个消息，说她要去国外工作，半个月才能回来。消息刚发出去，傅时凛的电话就打了过来。

简姝见状，连忙接通："我是不是打扰你了？"

"没有，刚好开完会，什么时候走？"

"八点的飞机。"

傅时凛道："我送你。"

简姝把行李箱打开："不用啦，一会儿方方会来接我，你忙你的，我很快就回来了。"

傅时凛抿了抿唇："到了给我打电话。"

"好，我先挂了。"

简姝收拾好行李后，看着床头的黑猫警长，拿起抱在了怀里。这段时间就他们两个相依为命吧。

这次广告拍摄的很轻松，反正时间长，也不赶进度。简姝坐在酒店的椅子里，看着外面的海，搅动着杯子里的果汁，她已经来这里一个多星期了，从前天开始，就和傅队长失去了联系。

方方拿了一盘水果回来，见她有些走神，伸手在她眼前晃了晃："简姝姐，你怎么了？"

"没什么。"简姝收回视线，"我们还有多久才能回去啊。"

"广告拍得挺顺利的，再有一个星期就差不多了吧。"

方方刚说完，手机就响了，她看了眼来电显示，连忙把电话挂了，调整了一下姿势坐着。很快，手机再次响起。方方又挂了，把手机调了静音翻过去盖住。

简姝饶有兴趣地看着她，咬着吸管："谁打的？"

方方支支吾吾道："就传销电话，烦死了，天天都在打。"

"传销电话你脸红什么。"

"……"

简姝笑着问："沈行打的吧。"

方方脸更加红了，紧张地喝了两口水："我和他没什么的……"

"其实沈行人挺好的，长得帅，下半辈子的生活就是在钱堆里泡澡，日子怎么舒服怎么过。"

方方纠结道："可是我只喜欢他的钱，不喜欢他的人啊。"

"有了金钱的基础，感情慢慢培养也可以嘛。"

"这倒也是哦。"

简姝看着玻璃桌上还在反着光的屏幕："接了吧，不然按照沈行的脾气，指不定直接飞来找你。”

方方闻言，不知道想起了什么，浑身哆嗦了一下，连忙拿起手机走到旁边。

简姝拿起自己手机，等了一会儿，还是没忍住给傅队长打了过去。已关机。她呼了一口气，看向窗外。阳光落在沙滩上，泛起金色的光芒，海水清澈见底，美不胜收。这么漂亮的地方，如果能和傅队长一起来该多好。

简姝又发了一会儿呆，回房间了。她抱起床上的黑猫警长，百无聊赖地扯着它的耳朵。

好想傅队长，好想回家啊。不知道过了多久，门铃响起。

简姝坐了起来，出声问道：“谁？”

方方有她房间的门卡，平时都是直接来的。她刚才也没叫客房服务啊。

简姝没有听到回答，把黑猫警长抱在怀里，慢慢朝门口挪去，再次问道：“是谁啊？”

等了一分钟，还是没有听到声音。门铃继续响着。简姝越来越觉得奇怪，这个酒店治安挺好的，应该不至于有什么安全隐患吧。她抱紧了黑猫警长，把门打开了一条缝。如果对方身材魁梧她打不过的话，这里有个窗子，逃跑应该不是问题。这条缝开的太小了，什么都看不到。简姝又拉开了一点儿，然后看到了一个行李箱，和男人被休闲裤包裹着的长腿，再往上……

“傅队长！”

简姝把黑猫警长一扔，直接跳到了他身上。

傅时凛托住她的臀，捏了捏她的鼻子，嗓音低沉：“不知道是谁就开门？”

“我有准备的。”

“准备什么？”

“打不过就跑。”

“……”傅时凛拍了拍她的屁股，“下次再遇到这种事，不要开门，给我打电话。”

简姝搂着他的脖子，眼睛笑得弯弯的：“我知道啦，不过你怎么来了？我之前给你打电话，都还是关机。”

“局里这两天没事，那时候在飞机上。”

接替叶局的局长三天前已经上任，汇报工作结束后，他就调了假过来找她。

简姝问：“你能待几天啊？”

“你什么时候回去。”

“一个星期吧。”

“差不多。”

简姝笑得更开心了，低头咬在他薄唇上。傅时凛黑眸暗沉了几分，一手托着她，一手拉了行李箱进去，将门踢上。

简姝睁开眼睛时，窗外的阳光依旧明媚。她翻了个身，用被子遮住头，摸过手机看了看时间，五点十分。都快要吃晚饭了。简姝掀开被子坐起来，才发现傅队长不在房间。她拿了一条小吊带和超短裤换上，正要出去找他时，傅时凛回来了。

“傅队长，你去哪儿了？”

“随便走了走。”傅时凛给她理了理头发，“饿不饿？去吃点东西？”

简姝抱住他的胳膊，声音委屈巴巴的：“饿。”

傅时凛轻笑了下，牵住她的手：“走吧。”

酒店一般是五点开始供应晚餐，这会儿正好。吃完饭，太阳正在慢慢退散。但金色的光芒还铺洒在海滩上，熠熠生光。

傅时凛道："去走走？"

"好呀。"简姝赤脚踩在沙滩上，小脸上满是灿烂的笑容。

她跑了一会儿后，回过头朝傅时凛挥手："傅队长，你快点过来啊，这里好多贝壳。"

傅时凛拿着手机，在给她拍照。简姝长发被海风吹起，对着镜头，笑得特别漂亮。

又走了几步，简姝脚下好像踩到什么东西，她稍稍往后退了一点儿，把刚才踩到的东西拿起来。是一个拳头那么大的贝壳。刚才她看到的都是贝壳碎片，这个却是完整的。

等傅时凛走近了之后，她道："傅队长，你说这个里面会不会有珍珠啊。"说话间，拿着在耳边摇了摇。

傅时凛薄唇微勾："打开看看。"

简姝眨了眨眼："我听说粉色的珍珠很珍贵，如果我们这个是的话，那就发财了。"

她抱着期待又好奇的心情，缓缓打开。贝壳里面，静静躺着一枚钻戒。

简姝怔了一下，盯着戒指看了两秒后，突然意识到什么，猛地抬眼望着面前的男人。

在她诧异的目光里，傅时凛单膝跪了下去，从贝壳里拿过戒指，抬头看着她，嗓音低沉磁性："简姝，嫁给我。"

"你怎么……"

这场求婚来的毫无征兆，完全在她意料之外。她没想过，傅队长会做这么有仪式感又浪漫的事。

"我不会说情话，还会惹你生气，也没有太多时间陪在你身边。但我会尽我所能，照顾你，保护你，不让你受到任何伤害。"

简姝眼睛逐渐被雾气湿润，傅队长哪里不会说情话，他明明就很会“撩”……

男人握住她细嫩的小手，黑眸极深：“嫁给我，嗯？”

简姝吸了吸鼻子，点头。傅时凛薄唇勾起，慢慢把戒指戴了上去。尺寸刚刚好。而后，低头吻在她戴了戒指的手指上。

简姝现在脑海里只有他曾经给她说过的那句话，“我们会有自己的家”。

他给了她一个她梦想中，最好，最幸福的家。

等傅时凛站起来时，简姝直接跳到了他身上，紧紧抱住他：“傅队长……”

“我爱你。”

简姝闻言，眼泪终于控制不住，掉了下来。哭着哭着，又开始笑。

哽咽着声音问道：“你什么时候去买的戒指？我都不知道。”

傅时凛舔了下唇，没告诉她具体时间，只是道：“以前买的，喜欢吗？”

简姝脑袋在他脖子里蹭了蹭，呼吸像是羽毛一样，痒痒的，软软的。

“喜欢，你送的每一样东西，我都很喜欢。”

不远处，季承北穿了个白短袖，和骚到爆的花纹沙滩裤，躺在太阳椅里，把墨镜拉下来了一点儿，偷偷看着那边，拿手机拍着。他的助理站在旁边，手里拿着一沓钱，面无表情地给每一个来沙滩游玩的游客发放着。

“这位阿姨，你已经来了两次了。”

来了两次的阿姨红着脸道：“我就好奇那边到底在做什么，看看嘛。”

季承北头也不回地说：“她要你就给嘛，这喜庆的日子，就应该大家一起分享。”

助理：“……”

于是，刚刚领了钱走了的游客，又都回来，沾沾喜气。这天上掉馅饼的事，不要白不要啊。

季承北喝了一口饮料，把照片发到了群里：“傅老大这婚求得真的骚断腿，我真的自愧不如。”

陈斯：“你懂个啥，小姑娘就喜欢这一套。你以为跟你似的。”

季承北：“你说话能斯文一点儿吗？我那怎么不是爱情了，来得快去得也快，轰轰烈烈爱一场不行吗？”

周豫南：“你跟过去到底是做什么的，偷看他求婚，不怕傅老大打死你吗？”

季承北：“我？我最辛苦了，后勤工作不得搞起来嘛。”

陈斯：“你就瞎扯。”

沈止：“你们谁知道沈行最近又在搞些什么东西，成天见不到个人。”

季承北推了推墨镜：“哦，他好像在追简姝的助理，但是被拒绝了。”

沈止：“……”这是个什么命！追谁都被拒绝。

季承北没管群里又聊了什么，抬起头一看，那两人都不见了。这就完了？不来个激情大拥吻什么的？季承北觉得，这波看得有点亏。

剩下这一个星期的时间里，简姝除了拍广告之外，其余的时间都和傅时凛待在一起，把周围都玩了个遍。不过她好像觉得，她每天早上出门时，傅队长的脸色都不太友善，但却什么都没说。晚上回来就没完没了折腾她。简姝觉得委屈的不行，又不知道到底是哪里惹到他了。

直到有一天拍广告的间隙，方方偷偷说：“简姝姐，傅队长真的对你好好哦。”

这两天被折腾的骨头都快要散架了的简姝：“？”

“男人的占有欲不是很强吗，你每天不是吊带裙就是超短裤，他都放你出来诶。”

简姝：“……”原来如此。

她低头看了看自己的穿着，觉得其实也还好。在国内时，很少有时间会这么穿，不是赶通告就是拍戏，那时候都是怎么舒服怎么来。这次是来海边工作，太阳又大，当然是想穿得美美的。而且来这里的，基本都是这么穿的。

当天晚上，简姝回去后，就趴在了傅时凛身上，眨巴着眼睛看他：“傅哥哥，我们晚上做什么？”

“你想做什么。”

“我们去楼顶泡温泉吧，方方说那儿的风景很好，露天的，晚上有好多人呢。”

傅时凛皱了下眉：“泡温泉？”

简姝点了点头：“对啊，我带了泳衣的，给你看。”

说着，撑起手脚从他身上趴了起来，在衣柜里拿出来一套泳衣朝他晃了晃：“是不是很好看？”

傅时凛看着巴掌大的两块布料，太阳穴狠狠一抽，喉结滚动着：“简姝！”

简姝眨了眨眼：“不好看吗？”

“不准穿那个。”

“为什么？”

傅时凛紧紧抿着唇，黑眸危险：“过来我告诉你为什么。”

简姝闻言，连忙后退了几步。

傅时凛起身，迈动长腿，两步就走到她面前，将她拦腰抱起进了浴室，将她放进了宽大的浴缸里，薄唇贴着她的耳郭，嗓音低哑暗沉："就在这里穿。"

简姝抖了抖，快速把手里的东西裹成一团扔了出去。她压根儿没打算穿这个，就是想刺激一下傅队长，谁让他这几天故意折腾她，又不说原因的。这会儿有那么丁点儿的后悔了。

过了几分钟，简姝道："傅哥哥，我行程明天就结束了，后天回国。"

"我还有两天时间，要去其他地方吗？"

"回国吧，我想回去了，以后再出来玩儿。"

傅时凛不知道想到了什么，吻了吻她的眉心："好，回去。"

两天后，云城。

简姝是和工作团队一起走的，刚坐上保姆车，方方就道："简姝姐，你快看，秦可可召开媒体发布会了。"

秦可可身体刚好转了一点儿，现在只是能坐起来而已，还不能下床走动。选择在这个时机召开记者发布会，有两个原因，一是想快点把她弟弟救出来，二是她现在这个情况，更能博取同情。就算她以后可能无法再做艺人，但这波同情分，还是必须刷一下，毕竟之前受伤时，手上的工作不得不停掉，品牌商各方总要趁着这个热度，找点损失。采访开始时，秦可可坐在病床前，脸色苍白，神情憔悴虚弱。

有个女记者问道："可可，你现在的身体还好吗，要不今天的采访改一下？"

秦可可捂着唇咳了两声，无力地开口："谢谢大家的关心，我可以的。大家有什么问题，都问吧。"

"那……我们就开始了？"

秦可可点头："好的。"

紧接着，问题纷至沓来。

“关于导致你受伤的那个综艺，有人说那本来是简姝的行程，临时被你抢了，对此你有什么想说的吗？”

“这个我真的要好好解释一下，我也是临时接到通知要去拍摄，都已经快开拍时，才知道这是简姝的，当时有点误会，我也没搞清楚，就争执了两句，才会有大家后面看到的那些。”

记者群又问了一些无关痛痒的问题后，有人道：“那关于之前《目击证人》拍摄时，你和简姝以及那个刑警队长，陷入了三角恋情的事是真的吗？”

“或者说你和简姝都不知情，是那个刑警脚踏两只船，把你们都蒙在鼓里？”

“可可，你别担心，把事情的真相说出来，大家会为你主持公道的。”

秦可可紧紧握着手，勉强扯出了一抹笑：“我想大家误会了，事情不是你们想象的那样，我……”她吸了一口气，继续道，“我在剧组的时候，是……追过傅队长，但他一直没答应我，至于他和简姝有没有在一起，我就不清楚了。”

“网上那些东西是怎么传出来的，我是真的不知道，给傅队长和简姝带来的影响，我表示很抱歉，也希望他们能原谅我……”

看到这里，简姝关了手机，松了一口气，这件事总算是尘埃落定了。车刚出机场，突然一个急刹。两人都往前栽了过去。

方方脑袋撞在前面的椅背上，头七晕八晕的：“司机师傅，怎么了啊？”

“前面突然冲出一辆车，还横在那里呢。”司机师傅说着，还往外看了看，“神经病吧这是。”

就在此时，“神经病”从车里出来，径直走到他们车旁，单手撑在车门上，做了个很酷的姿势后，敲了敲车窗。

方方：“……”

简姝忍着笑：“你再不下去，他就得砸车了。”

“可是等下还要回公司……”

“没事，我跟阮兰姐说一声就行。更何况今天也没什么事，我去了公司后，就直接回家了。”

方方看了看外面赖着不走的沈行，磨了磨牙，拉开了车门。

她一下车，沈行就不满道：“你为什么不接我电话？”

“我在飞机上，怎么接啊。”

“那你不能提前给我说一声吗，问你什么时候回来也不说，要不是我……”

见他一开口就没完没了，方方连忙把他拖到一旁：“你先把车挪开吧，别挡路！”

沈行撇了一下唇，透过窗户给简姝打了个招呼，拉着方方上车，很快行驶离开。

到了公司后，阮兰道：“你来的刚好，我正准备给你打电话呢，你看到秦可可的采访了吗？”

简姝点头：“看到了。”

“虽然有些事她不承认，她现在最主要的目的是博同情，把自己塑造成一个无辜的形象，但至少基本已经澄清，她现在那样，以后还能不能回娱乐圈都不一定，我们也别去跟她较那个真了。”

“现在这样也差不多，只要不再造成负面影响就行了。”

阮兰往后靠了一点儿，问她：“你指的是不给你造成负面影响，还是那个警察？”

简姝闻言笑了笑，甜甜开口：“阮兰姐，既然秦可可现在已经澄清了，那我可不可以……”

“不可以。”

“……”

阮兰继续道：“你的新电影还有半个月就开拍了，男主演是现在当红流量，剧方有意给你们炒炒，你现在传出恋情，有影响的。”

简姝皱了一下眉：“那……如果是结婚呢？”

阮兰嘴角抽搐，以为自己听错了：“你说……什么？”

“结婚，我要结婚了。”

阮兰长长呼了一口气，艰难出声：“小姝，你要想清楚，你现在正是上升期，前途一片大好，要是结婚的话，很多资源都会因此丢失。”

简姝挽唇：“没关系，只要还有戏拍就好了。更何况，你之前不是说，主要就是想把我往大荧幕推吗，走演技流，其他的炒作就都不重要了。”

“……”

见她执意如此，阮兰沉默了许久才道：“结婚可以，隐婚，暂时不能对外公布。”

简姝刚想再说什么，就被打断，“这事儿没得商量，关于你结婚这件事，我还要去和各个品牌商广告商剧方沟通。”

“那好吧。”

又谈了一会儿工作后，简姝才从公司离开。

到了楼下，刚打算摸出手机给傅队长打一个电话，就看见停在路边的黑色越野车。

她连忙跑了过去，拉开车门：“傅哥哥，你什么时候来的啊？”

傅时凛放下手里的水：“刚到。”

简姝望着他眨了眨眼睛：“你下午要去公安局吗？”

“不用，怎么了。”

“我们……回家拿户口本吧。”简姝看了看时间，鼓着嘴，“快三点了，也不知道时间来不来得及。”

傅时凛勾唇，捏了捏她软软的耳朵：“来得及。”

“路上不堵吗？”

傅时凛打开车置盒，把两个户口本拿出来。

简姝眼前一亮：“你回家拿的吗！”

“嗯，衣服也带了。”

简姝回过头，后座上放着一个纸袋。

她低下头，抿着唇笑，往后面爬：“那我先把衣服换了，你……好好开车，不许偷看！”

傅时凛轻笑了下：“好。”

纸袋里放着两件款式相同的白衬衣，新的，应该是傅队长才买的。

简姝躲在座椅后，把衣服换好，在车停下等路灯时，又爬到了前面，放下副驾驶的镜子补妆。等弄完之后，她转过头看傅时凛，扬起一个大大的笑容：“傅队长，我漂亮吗？”

“漂亮。”

简姝把镜子推了上去，拿起旁边的水喝了一口，这才发现车里好像少了什么东西。烟和打火机都不见了。自从上次戒烟失败后，简姝就一直没有再提过这件事，想着他工作压力大，这种事慢慢来就好了。

“傅队长，你的烟呢？”

傅时凛单手抚在方向盘上，嗓音沉磁：“扔了。”

简姝转头看向他：“为什么？”

“抽烟，影响下一代繁殖。”傅时凛一本正经地说着，又低声补了句，“我不能把它扼杀在摇篮里。”

简姝脸腾的一下红了，这些都是她以前说过的话……又想起她之前说过想给他生孩子的事，压了压翘起的嘴角，看向窗外。丝丝缕缕的阳光铺散在地面，驱散了冬日的寒冷，温暖又灿烂。这一路上的心情怎么说呢，有些激动，又有些紧张和忐忑，更多的，却是满满的甜蜜。

半个小时后，车在民政局门前停下。

简姝转身把纸袋拿了过来：“你快换吧，我下去等你。”

傅时凛看着她的背影，黑眸里笑意明显。

坐在婚姻登记的窗口前，简姝一笔一画写下了自己的名字，比她小学时候练字还要认真严谨。写好之后，她抬起头，朝着傅时凛笑弯了眼睛：“傅队长，我填好啦。”

傅时凛勾唇，目光温柔宠溺，伸手揉了揉她的头发。

办证的工作人员把结婚申请书接了过去，左右看了看，小声问道：“你是简姝吧？”

简姝回过身，点了点头，没有丝毫隐瞒：“对！”

工作人员又推了一张纸过来：“你能给我签个名吗，我保证，你来这里办证的事，我不会告诉任何人的，一定会替你们保守秘密。”

简姝利落签下了自己的名字，凑过去用只有她们两个人听见的声音道：“不保密也没关系的。”

工作人员愣了一下，还没反应过来，简姝已经起身，朝她笑道：“谢谢啦。”

下午来办理结婚登记的人不多，填申请书，拍照，领结婚证，宣誓，总共就用了二十分钟。出了民政局后，简姝把结婚证跟宝贝似的握在手里，翻来覆去地看，有些不敢相信，她和傅队长竟然就这么结婚了。有种意料之中，又状况之外的感觉。结婚证上，她笑得甜甜的，傅队长嘴角浅浅勾起一个弧度，冷峻的五官多了几分柔和。越看越好看，越看越配。

傅时凛低笑，将她搂在怀里：“傅太太，晚上想吃什么？”

简姝仰起小脸望着他，眼睛里都是光芒：“烛光晚餐怎么样？傅先生。”

“好。”

上车时，傅时凛问她："你刚才和她说什么了？"

简姝眨了眨眼："秘密。"

晚上，有消息爆出，简姝和某男子今天在民政局领证，并配图。只可惜是偷拍的，只能看到一个模糊的背影和侧脸。简姝最近热度正高，当即便登上了热搜榜首。

"什么情况？没听到简姝谈恋爱的消息啊？这怕不是假的吧。"

"简姝不是在马尔代夫拍广告吗，今天才回来啊，是不是弄错了？"

阮兰刚回到家，打开手机看到的就是关于简姝结婚的新闻，眼皮子剧烈地抽动，一口气差点没上来。她连忙拨了电话过去，询问情况。

电话那头，简姝的语气很自责，很惭愧："阮兰姐，我也不想的，也不知道怎么就被拍下来了……不过你看事情既然都已经这样了，我们也不能欺骗粉丝，不如就公开吧？"

晚上十点，就在全网讨论的正热烈时，简姝发了一条微博——

【他来时有星光】

配了四宫格图片。第一张是两张结婚证。第二张是男女牵在一起的手，两人的手腕都戴了同一款情侣手表。第三张是餐厅里，光线朦胧隐约，简姝双手撑在桌子上捧着脸，笑容明媚，左手无名指上，戴了一枚钻戒。第四张是在客厅的落地窗前，夕阳落下，男人侧对着镜头，单膝弯曲蹲在地上，摸着狗狗的小脑袋，形成一副好看的剪影。

微博发出之后，工作团队立即转发，并配上祝福语。全网都炸了！

"简姝小姐姐也太刚了吧，直接官宣，爱了爱了。"

"想看她老公的正面照啊，那个侧脸剪影简直帅哭我！一人血书求正面照！”

“姐妹们，简姝手上那个手表，她从年初就一直在戴，我之前还以为是因为她代言了那个品牌的原因，没想到是情侣的！我已经是一个柠檬精了。”

“女神嫁人了，虽然很不舍，但还是含着泪说恭喜。”

沙发上，简姝躺在傅时凛腿上，刷着微博上的评论，基本都是祝福他们的。偶尔看到几条带有攻击性的言论，很快都会被粉丝盖下去。简姝感觉全世界充满了善意，好像正在被很多人爱着。手机上的消息不停响着，快要爆了。

傅队长也在一直接电话，同时还分出心来给她剥葡萄。简姝放下手机，仰头看着他。这通电话是许老爷子打来的，让他赶紧带简姝回家，商量结婚的具体事宜，傅时凛淡声应着。

说完了正事，许老爷子又语重心长地说：“你去帮我查查，意意是不是谈恋爱了？成天抱着个手机傻笑，问她一句就跑回房间了。”

傅时凛剥好一颗葡萄放在简姝嘴里：“外公，这是她的隐私。”

“什么隐私不隐私的，最近家里出了那么多事，她心思单纯，我怕她被人骗。你别给我找借口啊，你哪次找我帮你我没帮你？不过我一直有个事想问你，几年前你就对简姝有意思了吧，不然也不会找我帮忙，你说你要是那时候就……”我也不用等这么久才能抱孙子了。

许老爷子话还没说完，傅时凛就打断他：“外公，我有电话进来，先挂了。”

傅时凛刚放下手机，简姝便扑在他胸膛上：“什么几年前？”

他不动声色地舔了舔薄唇：“没什么。”

简姝嘟嘴，不相信：“我都听到了，傅哥哥，你是不是还有什么没告诉我的。”

傅时凛单手搂着她的腰，气息温热：“确定想听？”

她回答得很诚实：“想，你……到底是什么时候喜欢上我的？”

傅时凛黑眸沉沉凝着她，关于这个问题，他从来就没有确切的答案。或许是在几年前，或许是在重新见到她的第一眼，或许是在她带着目的性软声喊他“傅队长”时。那些深埋在心底的，经过漫长年月的积累，全都破土而出。

傅时凛低头吻着她，将她手放到了自己胸膛上，声音轻而缓：“当它开始为你跳动的时候。”

简姝万万没想到，傅队长还能说出这种情话。掌心之下，他的心跳沉稳有力。

回到房间，简姝睡着后，傅时凛给她盖好被子，拿出手机，上面的消息很多，他一个都没回，把简姝今天发微博的那几张照片保存下来，发在了朋友圈。

不去管都有哪些人点赞回复，放下手机，俯身吻在简姝眉心：“晚安，傅太太。”

很久之后简姝才明白，傅队长这句不只是情话。十年前，他在救她时，那颗心，就因为她的生死而剧烈跳动着。

几天后，简姝和傅时凛一起回了许家，商量婚事。许老爷子看了几个日子让他们选。简姝的新戏马上就要开拍，所以近期的都不行。结婚日期定在了半年以后。本来因为简姝突然公布婚讯的事，剧组那边炒不成有点不高兴，但刚好借着简姝公布婚讯这波宣传了一下，简姝的团队那边也很配合，效果还不错。

在开拍前，制片人因为资金的问题，正在联系投资商追加投资，晚上就接到了许氏秘书室的电话，说要给这部电影投资五千万，制片顿时眉开眼笑。一切问题解决之后，电影正式开拍。

进组之前，简姝和傅时凛一起去了寒山寺看许蕴。进组之后，简姝每天晚上回到酒店就和傅队长打视频电话，腻腻歪歪大半个小时才挂。这样的日子持续了差不多一个月之后，简姝某天猛地想起，她“大姨妈”半个月前就该来了……

收工后，她连忙到酒店附近的药店买了一大堆验孕棒回去。等把最后一根验孕棒放下之后，她呆呆地看着镜子里面的自己。中奖了……现在还没去医院检查，不知道有多少天了。但她估计应该是在马尔代夫的时候，都过去那么多天了，她完全忘了这件事。

简姝摸着自己的小腹，觉得有些不可思议，这里竟然已经开始孕育一个小生命了……她和傅队长的孩子。晚上，傅时凛的电话打了过来。简姝抱着黑猫警长坐在沙发里，小脸上写满了纠结。

傅时凛低声问她：“怎么了？哪里不舒服吗？”

“不是……”她鼓了鼓嘴，几次想开口，都欲言又止。

傅时凛察觉到她的不对劲，看了眼腕表：“我来找你？”

简姝拍戏的地方离云城不是很远，开车差不多要六个小时。现在晚上没车，应该五个小时就能到。

“你别……”简姝连忙出声，又扯了扯黑猫警长的耳朵，“你局里最近忙，来来回回太费时间了，现在也很晚了。”

傅时凛薄唇微抿，声音缓了几分：“那你跟我说，你怎么了。”

简姝舔了一下唇，慢慢道：“就是……滚滚可能要当哥哥了……”

她压着声音，傅时凛没太听清：“什么？”

简姝嘴角忍不住翘起，对着镜头眨了眨眼睛，小脸上升起笑意，一字一句清晰地说着：“我说，滚滚要当哥哥了，你……也要当爸爸了。”

傅时凛微愣，一时竟然不知道该怎么回答。简姝第一次在他脸上看见这种表情，错愕又夹杂着惊喜。

她抿着唇笑：“我刚刚验出来的，测了很多次，应该能确定了，我准备明天请半天假，去医院检查一下。”

简姝说完后，傅时凛还是没反应。真把他吓到了？

简姝出声：“傅队长？傅哥哥？老公？”

“等我。”

傅时凛说了两个字以后，快速挂了电话。简姝看着黑了的屏幕，本来想再给傅队长打过去，让他别来，但想了想，又感觉特别能理解他的心情。她放下手机，抱紧了黑猫警长，双脚踩在柔软的地毯上，高兴地跺着。

凌晨两点，门铃响起。简姝连忙起身去开门，直接扑到了男人怀里。

傅时凛稳稳接住她，轻轻抚着她头发：“有没有哪里不舒服？”

简姝摇头：“没有啦，你开了那么久的车，肯定很累，快点进去休息吧。”

傅时凛吻了吻她眉心：“饿不饿，我给你做东西吃。”

“不饿，就是有些困了。”

“那睡觉吧。”

傅时凛直接将她拦腰抱起，进了房间，动作轻缓地把她放在床上。

简姝拉着他的手放到了小腹上：“傅队长，你要不要摸摸？”

傅时凛轻轻覆了上去，怕弄疼她，低声问：“有感觉吗？”

简姝笑了笑：“现在还没成型呢，没感觉的，等过几个月胎动，就有感觉了。”

说到这里，她突然想到一个问题，“到时候婚礼的话，我肚子大了怎么办……婚纱都穿不了。”

“我路上的时候给外公打电话了，婚礼提前，就在这几天。”

简姝瞪大了眼睛：“提前？”

“嗯，婚纱是按照你之前的尺寸做的，这几天穿应该不会有问题。”

“那剧组那边……”

“外公会协调。”

简姝抱着他的胳膊，皱了皱眉：“会不会太麻烦了啊，反正我们结婚证都领了，也没那么着急，不然生了再办婚礼？”

傅时凛给她理了理头发，语调温柔强势：“不行，办婚礼耽误不了两天。我保证，你会是最漂亮的新娘。”

简姝在他怀里蹭了蹭，扬唇道：“好。”

她知道，傅队长之所以坚持提前办婚礼，是不想外界说她未婚先孕，才不得不领证。毕竟她怀孕和领证的时间，挨得太近了。

第二天，简姝九点钟醒的，傅时凛把早饭端到她面前：“乖，吃了我们去医院。”

简姝闭着眼伸手，声音软软的：“抱。”

傅时凛俯身，抱着她去浴室洗漱，等弄好之后亲了亲她的嘴角：“简姝，吃饭了。”

简姝抱着他的脖子，嘟着嘴：“你都不爱我。”

“嗯？”

“你总是叫我名字，都没有爱称。”

傅时凛低笑了声：“你想我叫你什么？”

简姝嘴巴嘟的更高了：“这个要你自己想，我想的不算。”

“简妹妹？”

简姝睡意一瞬间醒了，鸡皮疙瘩掉了一地，连忙松开他：“当我没说过！”

傅时凛笑着将她拉了回来，嗓音低低地在她耳边道：“宝贝，嗯？”

简姝憋着笑，环住他的腰，这两个字虽然肉麻，经过傅队长的嘴里说出来更显怪异，但像是一团棉花，砸在了她心口上。听的她从耳朵开始，全身都麻了。

傅时凛道：“乖，去吃饭。”

检查出来，黄体酮指标一切正常，妊娠四十天。就是在马尔代夫的时候怀上的。

回到酒店后，简姝就给导演打电话，本来想请个两三天的，谁知道她还没开口，导演就道："那个，小姝啊，戏份临时做了一下调整，你的戏份排到一个星期后去了，这段时间你就当放个假吧。"

简姝闻言，扬起嘴角："谢谢导演。"

当天下午，简姝就和傅时凛回了云城。

车在公安局门口停下，傅时凛解开完全带："乖，在这里等我，我很快出来。"

简姝笑着点头："你忙吧。"

傅时凛亲了亲她，而后快步离开。最近公安局没有什么大案子，只是年底事情比较多。傅时凛把周进和孟远叫进办公室，把最近需要做的事和需要整理的资料都交代了之后，去了局长办公室请婚假。简姝在外面等了半个小时，他就出来了。

"傅哥哥，我们等会儿去哪儿啊，回家吗？"

"试婚纱，明天拍婚纱照，如果有不合适的地方，今晚还可以改。"

简姝抿着唇笑，打开了一点窗户，凉风灌进来了一点儿，头顶的阳光带了冬日特有的温暖绵长。

在工作人员的帮助下，简姝穿好了婚纱，她站在婚纱店巨大的落地镜子前，黑长的头发柔顺地垂在身后，露出白皙的脖颈，婚纱裙摆拖曳在地面，拉着长长的弧度。

工作人员羡慕道："你真是我见过最漂亮的新娘。"

简姝回过头，笑容灿烂："谢谢。"

工作人员问她要了个签名，走过去拉开了侧面的大帷幕。傅时凛的身影缓缓出现在眼前，他穿着一身笔挺的黑色西装，身形冷峻修长。简姝看着他，脸上的笑容更加明媚，漂亮的眼睛里满是浮动的光芒。男人轻轻抬眼，黑眸深不见底。大厅里的光线柔和，静静地落在她身上，婚纱的裙摆上，形成一道道温柔流连的光晕。四周的一切，仿佛都成了背景。

傅时凛迈动长腿，一步一步朝她走近。带了万千星光。每一颗，都耀眼无比。而他，是独属于她的那颗星。照亮了她黑暗绝望的世界。给了她救赎与爱。

六天后，简姝坐在床上，妆容浅显，却明艳动人。旁边是穿着小西装的滚滚。伴娘是方方和许意，房间里还有自己强行加进来的沈行。

简姝没有娘家人，她结婚这件事，之前打电话告诉了顾昭，可她也知道，顾昭和许家的关系还是很僵。如果他回来参加婚礼的话，势必会遇到他们。因此，许多环节都省去了，只留了一个堵门要红包。

但许意和方方两个女孩子，力气哪里敌得过门外一群常年训练的大老爷们儿，没要到两个红包，门就被推开了。一群人蜂拥而进。

方方笑着往后退了两步，一只手随即扶住她的腰，像是怕她摔倒。方方转头看了一眼，嘴角抽了一下，连忙和他拉开距离。

沈行："……"为什么这女人总是对她如此冷漠？他有那么令人讨厌吗？

孟远也把许意护在怀里，小声问道："没事吧？"

许意笑得甜甜的，摇头。

季承北，周豫南，陈斯，沈止，周进，都在。

一群人的到来，使这一居室，显得狭小起来。

简姝看着走近的傅时凛，朝他伸出手，眼睛弯弯的："傅队长，抱。"

傅时凛薄唇勾起，俯身亲吻他漂亮的妻子。身后一片起哄声。一吻结束后，傅时凛抱起她往楼下走。

门口，礼花炸开。令外界最好奇的是，这场婚礼没有任何赞助，也没有任何直播，只是在酒店设置了一个区域宴请记者，却办的无比盛大。现场所有的花都是凌晨从国外空运过来的，场地也布置得如梦似幻，如同进入了另外一个世界。参加这场婚礼的，除了娱乐圈的大腕，还有许多警界的高层。

据可靠消息，在云城颇有威望的许老爷子，将成为这场婚礼的证婚人。好多人想去挖傅时凛的背景，但却什么都查不出来。后来，有消息传出，和简姝从小一起长大的哥哥，是许氏集团副董事长许远征失散多年的儿子。众人这才了然。

婚车在行驶过程中，简姝的心情一直都是甜蜜开心的。从今天开始，她不管从法律上，还是形式上，都是傅队长的妻子了。

傅时凛牵着她的手，嗓音低沉磁性："紧张吗？"

简姝歪着头看他，感受着他掌心里的薄汗，扬起笑："傅队长，你好像比我更紧张。"

傅时凛舔了舔唇，拿起水喝了一口。烟已经戒了一个多月，现在想抽烟的冲动已经很小。

简姝和他十指相扣："傅哥哥，别怕，一会儿我罩着你。"

傅时凛低笑，视线扫向窗外的时候，脸色一沉，突然道："停车。"

司机搞不清楚状况，连忙将车停在路边。简姝还没来得及问出了什么事，就看见男人用最快的速度打开车门，冲了下去。她满脸愕然，什么情况……傅队长该不会是临时想悔婚了吧？简姝也跟着下车，看着傅时凛离开的方向。他从街道这头，翻越到了另一头。车流很急，他的身影穿梭其中，简姝看的惊心动魄，呼吸都变得稀薄。

后面的车辆也紧跟着停下，许意抱着滚滚跑了过来："表嫂，什么情况啊，发什么事了？"

简姝摇头："我也不知道……"

街道那头的公交站旁，两个女孩子正在说说笑笑地等车，一个脸色阴鸷的男人走近，手里的匕首狠狠朝其中一个女孩子刺去，女孩尖叫了一声，下意识用手一挡，匕首划破了她手臂，鲜血顿时涌了出来。四周的人见状都被吓着了，忘记了反应。

男人正要去捅第二刀，就在这电光火石之间，他的手腕被人重重掰过，匕首也被夺去。

他刚想反抗，就直接被制服在了地上。傅时凛去摸手铐，才发现今天没有带。从男人行凶到被制服，总共不超过二十秒。

周围的人慌忙回过神，有人报警有人打救护电话，受伤的女孩被同伴扶着，满脸的惊恐。

这时，刚好一辆巡逻车辆路过，见状连忙过来。

有个警察迅速从傅时凛手里接过凶手，给男人戴上了手铐，另外一个警察道："你是傅队吧？"

傅时凛起身，点了下头。

警察瞪大了眼睛："你不是今天结婚吗……我们所长都去参加婚礼了……"

傅时凛道："交给你们，我先走了。"

四周的群众看着他的背影，惊呆了，纷纷讨论着。有人刚巧拍到刚才案发时的经过，发到了网上。视频配文，"刚刚这里出现一个拿着匕首行凶的男人，太可怕了，幸好被人及时制服。听赶来的警察说，刚才制服这个凶手的人好像也是警察，而且今天结婚，内心一时百感交集，不知道说什么……为伟大的警察叔叔致敬。"

微博发出后，瞬间上了热搜。

其实，这个世界上，没有人在面对死亡的时候会不害怕。他们也有亲人，朋友。之所以明知道对方是穷凶极恶的歹徒，还要奋不顾身地上前，只是因为他们还有一个名字，人民警察。

简姝看到傅队长回来，悬着的心终于落了下去，刚才街对面的事，她看了个大概，也知道是怎么回事了。

傅时凛站在她面前，抿了下唇："抱歉，我……"

"没事，你衣服脏了。"简姝给他拍了拍袖口的灰尘，笑容明媚，语调软软的，"走吧，我们该出发了。"

婚车重新行驶上了主路，傅时凛扣着她的手，唇畔勾起一抹笑意。简姝轻轻靠在他肩上，她说过，她不会成为他的拖累，也不会成为他的绊脚石。她会一直在他身后支持他。无论在什么情况下，都是如此。

她的傅队长，是照亮她的星光，也是守护所有人的太阳。只有在光明之下，才能无畏前行。她愿意陪着他，在这条路上，永远走下去。

【全文完】